武将列传·战国烂熟篇

[日]海音寺潮五郎　著

叶荣鼎　译

九 州 出 版 社
JIUZHOUPRESS | 全国百佳图书出版单位

图书在版编目（CIP）数据

武将列传. 战国烂熟篇 /（日）海音寺潮五郎著 ；
叶荣鼎译. -- 北京 ：九州出版社，2018.12
ISBN 978-7-5108-7710-0

Ⅰ. ①武… Ⅱ. ①海… ②叶… Ⅲ. ①长篇历史小说
－日本－现代 Ⅳ. ①I313.45

中国版本图书馆CIP数据核字(2018)第294259号

BUSHO RETSUDEN Sengoku Ranjuku-hen by KAIONJI Chogoro
©1959-1963 Kagoshima City Foundation for Education and Cultural
Promotion
All rights reserved.
Original Japanese edition published by Bungeishunju Ltd., Japan in 1959-1963.
Chinese (in simplified character only) translation rights in PRC reserved by
jiuzhoupress, under the license granted by Kagoshima City Foundation for
Education and Cultural Promotion, Japan arranged with Bungeishunju Ltd.,
Japan through shanghai yuzhou culture communication Co.,LTD.

著作权合同登记号：图字01-2021-6349号

武将列传. 战国烂熟篇

作　　者	［日］海音寺潮五郎　著　叶荣鼎　译
责任编辑	沧　桑
出版发行	九州出版社
地　　址	北京市西城区阜外大街甲 35 号（100037）
发行电话	(010)68992190/3/5/6
网　　址	www.jiuzhoupress.com
印　　刷	三河市兴博印务有限公司
开　　本	880 毫米 ×1230 毫米　32 开
印　　张	9.75
字　　数	226 千字
版　　次	2021 年 12 月第 1 版
印　　次	2021 年 12 月第 1 次印刷
书　　号	ISBN 978-7-5108-7710-0
定　　价	48.00 元

译 者 序

笔者在为《武将列传·战国摇篮篇》《武将列传·战国烂熟篇》撰写译者序时，适逢年味十足的传统节日春节正朝着笔者走来，每每伏案笔耕时，厨房的年货香气也总是扑鼻而来，窗外的购物脚步声也总在耳际响起。翻看日历，适逢大寒。所谓大寒，指每年1月20日前后，太阳到达黄经300°时分，气候冷到极点，寒潮频繁南下，风大，低温，积雪不化，遍地冰雪，银装素裹，也是二十四节气的最后一个。大寒过后就是立春，迎来新的节气轮回。笔者也确实没有想到，撰写期间正值难得飘雪的上海，气温零下，雨雪交加，昼夜空调。其间，送别了立春，还送走了小年。今天终于完稿了，然而距离春节只剩五天，也可谓春节前夕。

有学生说，瑞雪兆丰年，象征着老师的两部译著将畅销大江南北，将在我国刮起全面了解日本历史文化、精确解读日本飞速发展过程的旋风。

纵观日本战国挟天皇以令领主的幕府时代，恰似我国挟天子以令诸侯的三国时期，主要由镰仓幕府、室町幕府、安桃幕府、江户幕府构成。

镰仓幕府（1185—1333）位于神奈川县，创始人源赖朝系源义家长子源义清的后裔，日本平安时代末期起至镰仓时代的武将、政治家，镰仓幕府首代征夷大将军，日本幕府制度的创立者，幼名"鬼武者"。其父死于平治之乱，其曾被流放于伊豆国。后白河天皇三子以仁王与源氏家族合谋，岂料讨伐时任天皇外戚平氏的令旨泄密，反而引来平氏发兵征讨。源赖朝与岳丈北条时政纠结伊豆、相模、武藏的源氏势力迎击，却落败而逃。后与三浦半岛豪族坂东平氏的三浦义澄等会合后，势力得以迅速壮大，以源平合战消灭了平氏家族。从此，武士集团权势跃升，公卿集团迅速衰败，源赖朝遂于1192年就任征夷大将军，在镰仓设立幕府，开始了日本长达680年漫长的幕府时代。

室町幕府（1336—1573），也称足利幕府，创始人足利尊氏，系镰仓时代末期至南北朝时代的武将，室町幕府首代征夷大将军，原名足利高氏，幼名又太郎，是源义家次子源义国的后代，因下野足利庄园而得足利式部大夫称呼。因不满镰仓幕府实际掌权者北条家族统治的拙劣待遇而心怀不满，加之祖先八幡太郎传有"自己投胎转世，后代夺得天下"的遗训，足利尊氏先是在镰仓幕府北氏家族麾下倒皇，后因听从后醍醐天皇密令而中途倒幕，消灭了镰仓幕府后，由后醍醐天皇赐名为尊氏。之后，北条家族死灰复燃，遂请愿带兵平息，岂料后醍醐天皇不准。于是，被惹恼的足利尊氏擅自率兵出征。全歼北条后裔军队后，在弟弟源直义和家臣高师直的劝说下，易帜再倒皇，挫败了楠木正仪率领的朝廷军队后，攻入京都开创了室町幕府，也称足利幕府。可是，室町幕府先天不足，从足利尊氏开始对待大领主们怀柔安抚，唯唯诺诺，对于领主互相侵吞领地袖手旁观，以致他们犯上，干预幕政。在足利尊氏与足利义诠两代将军执政期间，南北朝内讧。到了第三代将军足利义满统一了南北朝，才算太平了一个时期。足利义满强调将军权威，杀鸡儆猴。

足利义满去世后，从第四代将军到第十五代将军卑躬屈膝，息事宁人，以致酿成战乱四起，生灵涂炭自第十五代将军足利义昭被织田信长赶下台，室町幕府灭亡。

安桃幕府（1589—1598，室町幕府第十五代将军足利义昭任期至1588年）即安土桃山时代，也称织丰称霸时代，创始人织田信长废黜室町幕府第十五代将军足利义昭后设立安土城为大本营，平定了大半个日本。后在本能寺被明智光秀突袭杀害后，丰臣秀吉设立桃山城为大本营，统一了天下。织田信长和丰臣秀吉制定治国理政的多个举措，有力地促进了日本的现代化发展。

江户幕府（1599—1867），也称德川幕府，创始人是德川家康。与镰仓幕府以及室町幕府全然不同，这可谓是个十全十美的幕府。经历过镰仓幕府时代与室町幕府时代的统治后，领主、公卿与皇室的势力衰弱到了极点，对幕府不再构成任何威胁。德川幕府设计推行了面目一新的"幕藩制度"，将直系大领主安置在江户幕府周边的关东及近畿、东海等要塞，将非直系大领主安置在边远地区。为防再生叛乱，幕府规定各藩大领主须送家人作为人质，长期住在江户。可第五代将军德川纲吉晚年暴政，致使统治出现危机，再者没有顺应商品经济的发展，以及受到西方文明的影响，虽引进欧式制度改革幕政，但土佐藩1867年6月主张德川幕府将大政奉还给天皇，并且发动了声势浩大的倒幕暴动。江户幕府因交战失利，第十五代将军德川庆喜不得不在1867年10月14日奉还政权给明治天皇，从此宣告江户幕府结束。

镰仓幕府的创始人源赖朝，室町幕府的创始人足利尊氏，这两个人都是源义家的后代。从这个意义上说，幕府的"开创者"出自源氏家族。源义家又名八幡太郎，或八幡大菩萨，八幡神，拥有镇守国家、去除灾厄、保佑生产、育儿等各种功德，也是源氏家族的守护神。自镰仓时代起还被视为武神。祭祀八幡神的神社，在日本有逾400家及其支系神宫逾四万家。

据传，创建江户幕府的德川家族的先祖也出自源义家后裔的支系新田家族。倘若这一传说有史可查，可以说"日本的幕府制度诞生，与源氏家族有着无法割舍的渊源"。

历史与大众结缘，成为人生的智慧，多取决于史书。历史，不仅仅是过往，更多的是赐予后人取之不竭的人生智慧。那些历史事件是如何发生，那些历史人物是以怎样的姿态生存在那个时代，我们对他们应该怎样做出公允的评价，我们又应该怎样启发和借鉴流传至今的伟大历史经验？

我以为，担心国民与民族历史常识渐行渐远的海音寺潮五郎，热衷于史传文学的撰写，重要理由就在于此。

纵观长达八百六十余年的日本战国史，时而由幕府统治日本全国，时而由皇府统治日本全国。幕府统治时期也好，皇府统治时期也罢，一旦幕政或皇政出台的政策有损武士阶层的利益，日本国内就会循环往返地出现倒幕捍皇或者倒皇建幕的武士群体，甚至还出现南北皇朝，战火四起，硝烟弥漫，生灵涂炭，怨声载道。两者之间争斗不息的根本原因大约是：皇政奉行概念主义，皇朝之所以治国理政是天赐，与勤王等大小武士的誓死捍卫无任何关系，故而日本皇帝名曰"天皇"；与之相反，武士奉行现实主义，坚持功劳与利益成正比，坚持以利益是否受损作为标尺。他们崇武尚武，认定"没有武士阶层，就没有统治阶层"。皇府与幕府的存在，都是武士用生命和鲜血换来。归言之，武士阶层与天皇阶层之间是一对天敌。

其实，两者都无视民主，漠视人民的权利。皇政也好，幕政也罢，评判政府的标尺应该交到国民手中。只有让日本全体国民起来监督政府，才能跳出政权交替的历史周期率之怪圈。

话说倒幕复皇运动风起云涌导致江户幕府崩溃进入明治天皇时期，也颁布过日本国宪法，因其本质是巩固皇政的法律保障，是崇尚武力巧夺豪取邻国的战争宪法，以致把日本国民推到了战争火海，最终在吞下巨大威力的两颗原子弹后不得不向世界宣布无条件投降。

第二次世界大战败北后，日本在美国的主宰下进入和平宪法治理下、天皇只是象征的民主法治新时期。从那时起，日本七十余年的变化有目共睹，连续在物理学、化学、文学、和平领域荣获诺贝尔奖，迄今已逾二十个，可谓脱胎换骨，翻天覆地。

剖析《武将列传·战国摇篮篇》《武将列传·战国烂熟篇》等史传文学作品，都曾连载于文艺春秋社创办的《全读物》杂志与《周刊现代》杂志，是海音寺潮五郎根据责任编辑约稿、视编辑为读者代表，兼顾读者希望知晓的顺序所写。海音寺潮五郎原打算写出一百人物传或二百人物传，再根据时代顺序和地区分类改排后提交出版社编审、校对、付梓。然而由于撰写史传文学作品的工作量浩大，加之年迈，最终仅完成三十三名武将传记时便由文艺春秋社出版问世了。

现今，日本有许多作家在撰写优秀的史传文学作品。而在海音寺潮五郎撰写史记文学作品的年代，仿佛苦行僧在创作路上孤独行走，没有一个人同行。每每写成一本提交出版社前，他总是费尽口舌请人撰写书评，却无人乐意揽活。急性子的海音寺潮五郎不得已在每完成一部史传文学作品后，自己废寝忘食地撰写书评。

现在不同了！许多优秀的作家以海音寺潮五郎为榜样，交出了不少优秀的史传文学作品。更难能可贵的是，怀着对历史负责任、投身于史传文学的作家多了起来，乐意撰写书评的人多了起来，相应地让读者惊吓的虚构历史人物的作品也少了起来。

海音寺潮五郎撰写史传文学作品非常严谨，一是一，二是二，绝不搞四舍五入拉郎配。他在每次写一部作品前，都要大海捞针，收集大量史料，经过严格比较，去粗取精，去伪存真，让列传人物复活，让他们能在现实世界里生存的真实一面栩栩如生，展现在读者面前。

过往和历史，也都是文学。假设哲学是孕育所有学科之母，那么历史就是诞生所有学问之父。无论经济学，还是社会学，无论政治学，还是伦理学，都在历史长河之中。历史是一条涵盖所有学问、波澜壮阔、浩荡流淌的奔腾大河。

正因为海音寺潮五郎以对历史负责任的态度，始终满怀不让人们与历史生疏的满腔热情，四十年如一日，投身于史传文学的创作事业。如今，海音寺潮五郎虽已去世四十年，但他留下的史传文学作品依然经久不衰，作为权威的历史书籍为广大读者首选，出现在大大小小的图书馆里，出现在家家户户的书架上，出现在爱读史传文学作品的读者手上。

叶荣鼎

2018 年春节前夕于上海寓所

目　录

竹中半兵卫

一

美浓的竹中氏家族是清和源氏家族。美浓的清和源氏家族有两个家系，是多田满仲的弟弟多田满政的后代家系与多田满仲的儿子多田赖光的后代家系。第二家系的多田赖光之子多田赖国，当上美浓太守后一直居住在这片领地上，其妻生下多田国房，而多田国房一直滞留在美浓，自称美浓之七郎，其后代有多田土岐氏。多田满政的后代及其多田赖光的后代，都在这片领地上香火相传，人丁兴旺，改名为美浓源氏家族。但不知道竹中半兵卫是谁的后代，在竹中家族的家谱图里，有关竹中半兵卫祖父之前的家族成员模糊不清。

竹中半兵卫的父亲是远江太守竹中重元，在当时具有相当地位。现在的揖斐郡莺村大字公乡，是以前的池田郡大御堂，位于美浓平野北端附近揖斐川左岸的农村。这里是竹中家族代代传承的世袭领地，竹中重元也生活在这里。

竹中重元时代，当地附近有叫岩手氏的豪族。岩手氏，由于其姓名出现在《承久记》里，因此从镰昌时代起就是著名的豪族。在进入关之原盆地的入口垂井町附近有岩手村，他是那一带的领主。岩手村两侧有岩手山，别名叫菩提山，祭祀观世音菩萨，成了美浓第十六号札所。这座山上有城寨，被称为岩手山城或菩提山城，是岩手氏的居城。

虽与永禄年代有那么些相似，但与后来发生的事件联系起来综合思考，那第一年至少是在永禄三年织田信长的桶狭间之战刚结束后的那段时期吧。《新撰美浓志》称，竹中重元攻占了这座城市，赶走了城主岩手弹正，将城寨收入囊中，定为自己的居城。

这本书还说，竹中半兵卫从竹中重元时代开始，屈居稻叶山城斋藤氏的直属下官。我认为大致是从这时开始的，也就是说，为了获得大豪族认可自己强夺别人城寨的行为而申请归属于斋藤家族。我这不是因持有证据而做出的判断。作为当时的小豪族生态，确实普遍存在。

竹中重元夺取岩手山城后不久告别人世，如果他长寿那也就不会展开下面的话题。

竹中半兵卫是竹中重元的长子，继承了竹中家业，当上了家主。先调查一下他的年龄。他系天文十三年出生，于天正七年谢世，如此计算，享年三十六岁。也就是说，发生桶狭间之战的永禄三年，他才十七岁。

《莆庵太阁记》说，竹中半兵卫那年十九岁，并记载了下述情况：

竹中半兵卫模样善良，为人大方，不拘小节，于是世人贬低他说性格软弱，身上压根儿就没有武家的处世举止。对此，竹中半兵卫气不打一处来，"好吧，让你们领教领教我的武家性格"。他策划谋反，依靠自身力量打下了稻叶山城。

《织田军记》记载的情况也与上述相同，但这是抄袭了《莆庵太阁记》的说法，当然是相同叙述。

新井白石也在《藩翰谱》里沿袭了这一记述。不过新井白石进一步说道，美浓武士黑田孙右卫门对白石的老师木下顺庵说的内容如下：

竹中半兵卫从少年时期开始，既被视为喜欢读书，也被评价为软弱、迟钝，因此城主斋藤龙兴藐视他，动不动就拿他开涮。于是，斋藤龙兴身边的人也蔑视竹中半兵卫，一有机会就用侮蔑性语言以及举动欺负他。这时代说到底偏重武力，杀戮风气盛行。男人尽可能要刚强再刚强，尽可能要勇猛再勇猛。

当时就是这样的时代。小田原北条氏家中发生过如下这种情况：

胡须少的男人一听别人说他"没有胡须"则暴跳如雷，二话不说便把说话人给杀了。"没有胡须"，意指"长着一张女人般的脸"。世人一般认为，男人的模样应该永远保持着武士般的英勇气概。

因此，人们通常觉得，长相善良，甚至像官吏和僧侣那样嗜好学问痴迷读书也不是武士应有的品相。把对于许多事没有反应且悠然自得的竹中半兵卫这种性格诬蔑为软弱、男人身上不该有的作风是很自然的吧。人的态度也有变化，时而冷淡，时而热情。

十九岁时，竹中半兵卫去稻叶山城上朝，拜访家主斋藤龙兴后回去时，斋藤龙兴的几个近侍从塔楼上发现了他的身影，议论说：

"瞧，这'昼行灯阁下'心不在焉地回去了！"

"瞧他脸上始终是睡不醒的表情。"

说着说着，可能得意忘形，竟然撩起下门襟，朝着凑巧从塔楼正下方经过的竹中半兵卫脑袋上撒起尿来。

竹中半兵卫不怒也不惊，若无其事地擦拭了一下后回到自己居城，立刻去岳父安藤伊贺太守家拜访。

安藤伊贺与稻叶一铁、氏家卜全一起，在当时被称为"美浓铁三角"。不只是富豪，还是武勇超群。"发生什么事啦？"安藤伊贺

3

前往大门迎接询问。

"今天遇上了烦恼事，完全是家主斋藤龙兴经常侮辱本人的缘故，我打算袭击家主以牙还牙。如果诸位还念亲友之情，请派军队加盟。"

对于安藤伊贺而言，竹中半兵卫是自己的女婿，不过也总觉得他身上缺少了点什么。尽管女婿现在说了这样的被侮辱事，他也没觉得大惊小怪。

"哎呀，傻人有什么能耐！也不考虑力量悬殊，由着一时怒气跑到这儿大白天里说梦话。"

竹中半兵卫在回家路上想着岳父说的这番话。是呀，别异想天开，会毁掉自己的，决不能在其他地方这么说。

综上所述，只是动机与《莆庵太阁记》说的不同，但是其他完全相同。大抵黑田孙右卫门传说的美浓领地继承情况，与事实接近。因为，只是想显示能力，也没有特别动机，不会被认为策划谋叛。

接着，终于进入谋叛实施阶段。

竹中半兵卫有个叫竹中重隆的弟弟，被作为人质送到了稻叶山城。以往这竹中重隆得过病，这时期已经痊愈一段时间了，但竹中半兵卫称弟弟他旧病复发，以护理的名义获准给他配备侍者，于是从自己领地护送六个侍者进城。

那天傍晚，竹中半兵卫把铠甲、头盔和武器放在衣箱里让仆人挑着，亲自带着十多个侍从登上城楼。《织田军记》称那天是三月十八日，可这说法靠不住。其他如下：

"这衣箱里装的是为招待前来探望弟弟的亲友准备的酒菜食物。"

竹中半兵卫每经过一道门岗，都要重复如此解释。

就这样，一行人一直来到主城里竹中重隆的寓所，等到半夜三更打开长箱，取出铠甲头盔穿戴好，整装待发。竹中半兵卫与家丁十六人组成了一个十七人小队。

竹中半兵卫先去大房间查看，只见那天夜岗当班长官斋藤飞骅太守以及达官显贵正聚集在一起。

竹中半兵卫径直靠近斋藤飞骅太守：

"奉上天旨意……"

他大声喝道，随即挥刀砍去。

"放肆……"

斋藤飞骅太守拔刀抵抗，却被竹中半兵卫接二连三砍来的锋利刀刃拦腰断成两截倒地。

其他人呆若木鸡般站了起来。

这时，其余十六个侍从杀将过来。

顿时，房间里乱作一团。

人们惊慌失措，大喊大叫，根本没有想到只是十六七个人突袭而骤变成如此惨败的局面，还以为是竹中半兵卫与邻国领主预谋潜入城内而乱了守军的阵脚。十七勇士四处散开，大吼大叫，挥刀砍杀。人们越发胆怯，许多死于刀下。

十七勇士中，有一个叫竹中善左卫门的武士还跑上钟楼，把钟推了出来。响彻月夜的隆隆钟声，让全城处在极度的恐怖之中。如此一来，早在城外等待信号的竹中半兵卫的手下朝城里扑来。竹中半兵卫的岳父安藤伊贺太守也率大队人马赶来了。

"哎呀呀呀，这是我那傻瓜女婿干的！"

安藤伊贺太守也许抱着什么动机来的？或许觉得不抓住机会证明与己无关则有可能引来自身灭亡，抑或认为既然已经开战就算无可奈何也只有采取共同行动才是救助自己的上策？总之，不清楚他内心的真正想法。但不管怎么说，他策马率兵赶来了。

城主斋藤龙兴尽管后悔不已，还是从水闸那里潜泳逃到了城外。

就这样，稻叶山城到了竹中半兵卫的手中。

得知这一消息，织田信长派使者捎带亲笔信去竹中半兵卫那里：

"把稻叶山城交给我！如果同意，我愿把半个美浓给竹中半兵卫阁下。"

"这城寨是该领地家主也是该城主的居城，如果交到别人手上，可能遭来众人非议。"

竹中半兵卫拒绝了这一要求。据说不久，他让安藤居间调停，把稻叶山城还给了原城主斋藤龙兴，自己则以浪人身份去了近江。

我不知道这一说法可以相信到何种程度，可此说于元禄以前在美浓那里一直被认为可信，确系白石记述。

二

说是移居到近江，其实只是把寓所移到近江与辞去曾在斋藤龙兴手下担任的直属下官职务，也并非放弃岩手领地、城寨及其所有权，仍然保持着原来的权力，弟弟竹中重隆以及多兵卫一族成员也都留守在那里。

在竹中半兵卫看来，无论出于哪种理由，一旦反叛过，就不能持续保持与被反叛过的家主斋藤家族的主从关系，而且居住同一地方从道义上也会口碑不佳。不过，他拥有的领地及其城市都不是斋藤家族赐予的，而是祖祖辈辈用自己力量得来的，因而从道理上即便继续持有这片领地及其城寨，对他来说也是合乎情理的。

我以为，这种合情合理的思维方式，与传说当时作为武士且十分喜欢学问及用功学习的竹中半兵卫的思路是相吻合的。大凡也该把岩手与近江边界只距离八公里的要素考虑在内吧？

话说竹中半兵卫一直把寓所设置在近江什么地方呢？《绘本太阁记》是与史实毫不匹配的读物，那书上说竹中半兵卫闲居在栗原山里。我不知道栗原山在什么地方，但如果是在栗原乡，则有可能是在因关之原战役而闻名的南宫山东侧山脚的村庄。他也许是设想把住所建立在从那里稍稍深入南宫山的地方。这里虽距离岩手近，但属于美浓领地内而不是近江。如果是在距离岩手西侧两里左右的藤川、上平寺一带，则属于近江领地内而在伊吹山的南侧山脚地带。人们一般认为，这里才适合仅对终身隐居生活持憧憬态度的竹中半兵卫居住。但这不是小说，不能那么推定。总而言之，竹中半兵卫多半是闲居在距离岩手不太远的近江某地。

竹中半兵卫的姓名再次出现在历史上是元龟元年，距离夺取稻叶山城已过去八年。

历史在这八年里发生了重大变化。

首先美浓被织田信长霸占，斋藤龙兴被赶到了江州，稻叶山城成了织田信长的地盘，改名为岐阜城。斋藤龙兴被灭不久，竹中半兵卫归顺了织田信长。竹中半兵卫的岳父安藤伊贺太守等美浓铁三角人物在斋藤龙兴被灭前就已经归顺了织田信长，这在消灭斋藤龙兴的战术上起到了不可低估的作用，安藤伊贺站在中间也说服了竹中半兵卫。

也许竹中半兵卫结束隐居生活转而侍奉织田家族，或许委托其弟竹中重隆以及一族成员为织田家效力，而其本人则持续隐居生活。这是没有确凿证据的记事。要是谈谈我的想法，则选择后者。

且说，织田信长把美浓纳入囊中，将居城移入岐阜后随即为去京都实现野望而实施鬼蜮伎俩。为打通去京都之路，他与江洲小谷的浅井家族和好，将妹妹御市嫁给浅井家族的当主浅井长政为妻。当时，江州南部归六角家族，北部属于浅井家族的势力范围。

织田家族与浅井家族建立友好关系的两个月后，前将军足利义辉之弟足利义昭找上门来请求织田信长出兵相助：

"我想讨伐贼臣夺回京都。"

京都府的足利义辉将军，于三年前被三好以及松永这等在京都将军府属于臣下臣的属下杀害。随即，叛贼们拥立足利义荣为京都府将军。足利义荣是足利义辉和足利义昭的堂兄弟，在阿波出生长大。

三好与松永等人视其为傀儡将军，既无实权又无权威。由于有反对派，足利义荣他不能进入京都将军府施政，辗转于现名为大阪的各个地方。

桶狭间之战，织田信长杀死了称雄东海一带的今川义元，粉碎了他属下的军队，占领了美浓，利欲熏心的野望进一步膨胀，他正望眼欲穿地盼望着某日入主京都。

足利义昭连滚带爬地前来乞求援助，正中织田信长下怀，简直是"好事送上门，天上掉馅饼"。

"好。"

织田信长答应了请求。足利义昭七月上门乞求，织田信长九月过后向附近领地的领主们发送布告：

"为消灭叛军使天下太平，新将军公爵决定奔赴京都。凡忠义者都必须策马前往助阵。"

不久，他带兵踏上了进京征途。

当时，是由下反上的战国乱世时代。虽说足利将军府在京都长期有名无实，但在地方上尚存权威，因而许多武士争先恐后策马加盟，据说组成了五万多人的大军。

织田信长率领这支五万军队从岐阜出发，途中不费吹灰之力地击溃了暗中与拥戴足利义荣傀儡将军的一伙逆贼勾结、企图阻挡织田大军的六角承祯及其军队。到达京都后，织田大军马不停蹄地征讨大阪府一带，镇压了反对势力。

足利义荣慌里慌张地逃回阿波，可运气不佳的人无论到达什么地方都是背运连连，不久后便身患疗病告别人世。于是，足利义昭将军接受天皇诏书时没有任何妨碍。后来的变化谁也无法预料，姑且值得庆幸的是，足利义昭在元龟元年的大前年登上了第十五代将军宝座。

元龟元年三月，正当织田信长进兵越前讨伐朝仓家族之际，其妹婿浅井长政冷不丁地对外宣布反对织田信长。

浅井长政在最初与织田信长结亲之际便说过：

"我的家族曾受到过越前一乘谷朝仓家族的大恩大德，发誓声明与其是君臣关系。如果阁下发誓声明将来不与朝仓为敌，那我家族就与阁下家族结为姻亲关系。"

织田信长随即立下誓言表示，于是浅井长政娶御市为妻。显然，织田信长征伐朝仓家族明显违约。

浅井家族的居城小谷是北江州的要塞。离开自己领地正在深入越前打仗的织田信长，稍有不慎，就有可能被浅井家族切断前方与自己领地后方之间的联系。

织田信长陷入窘境。

帮助织田信长摆脱这一困境的人，是当时名叫木下藤吉郎、后来更名为丰臣秀吉的人物。

"我来殿后。"

丰臣秀吉接过了谁都不愿接受的高难度重任，才得以使织田信长带着所有将领离开若狭地峡，途经西近江的山岳地带退回京都。主力部队顺利撤出后，丰臣秀吉自己也带着后续部队平安无事地回到了京都。

该事态发展后演变为六月的姊川之战。然而这时，丰臣秀吉已将竹中半兵卫纳为自己的直属下官。

《野史》称，丰臣秀吉从前年的八月开始摇身一变成了江州长浜的城主，奉禄为一万石，只要织田家族与浅井家族断绝姻亲情份，作为织田家族与浅井家族敌对的最前沿地带的长浜，就变得格外重要。所以，丰臣吉秀必须大力加强自己的实力，再加上长浜与小谷之间只有七公里左右的距离。

关于这一情况，竹中半兵卫之子竹中重门撰写的《丰鉴》说：

元龟元年的夏天，江北浅井备前太守与越前领主朝仓义景齐携手抗击织田信长，带领军队为了消灭织田信长。筑前太守丰臣秀吉提出率先抵抗，织田信长许可。虽丰臣秀吉的织田军队人多，但尚未达到足以对抗浅井军队的规模。因此丰臣秀吉邀请美浓的国人竹中氏、牧村氏与丸毛氏加盟抗击江北浅井朝仓军队。

浅井家族被灭后，有记载说，丰臣秀吉观察了这一带风水后在长浜建起城寨，作为居城使用。一般认为，那以前长浜根本没有城寨，丰臣秀吉也不住在这里。

可是《信长公记》里关于这一年六月二十日的记事称：织田信长命令住在江州的将领们到处放火，将大火一直烧到各山谷的路口。

分析该记事里列举的江州部将柴田胜家与其他五人姓名中出现

的"木下藤吉郎"姓名，说明曾名木下藤吉郎的丰臣秀吉当时在江州住过，虽不是长浜，但可能居住在最接近浅井势力范围的地方。由于居住在织田信长领地的最前沿地带，因而丰臣秀吉多半也指望自己在姊川之战中大显身手吧。

丰臣秀吉请求并经过织田信长批准成为自己直属下官的牧村，叫兵部大辅利贞，是稻叶一铁的女婿。在后世德川第三代将军的夫人寓所里，有一个叫祖心尼且很有势力的老尼姑，就是牧村兵部大辅利贞的女儿，与春日局（父亲是斋藤利三，母亲是稻叶一铁）是亲戚，又是山鹿素行的监护人。在老尼姑的推荐下，德川家族曾欲任用山鹿素行。丸毛（也称丸茂）名为三郎兵卫兼赖（也称安职、新吉、长隆等）。无论牧村，还是丸毛，他俩在美浓一带都是名闻遐迩的勇猛武士。

他俩同时多次在战斗中建立功勋。可是，竹中半兵卫除成功偷袭稻叶山城外没有其他经历。但是丰臣秀吉将竹中半兵卫与这两人都一起变成了自己的直属下官。当时认为偷袭稻叶山城之战十分著名，其智谋与勇武成为街谈巷议的美谈。

《绘本太阁记》与其他民间传说里都说，丰臣秀吉亲顾竹中半兵卫的寓所，十分佩服其智勇，劝说他出任军师一职。一般认为，这是借用三国时期蜀汉刘备三顾茅庐请诸葛孔明出山的典故，生搬硬套编造戏说。丰臣秀吉与竹中半兵卫同住江州，彼此住所相距也不那么远，因此丰臣秀吉出门常去竹中半兵卫家中谈经论道，也得知其获社会好评不是虚构后，遂请其出山助己一臂之力。

如果上述记载真实，那么丰臣秀吉是以真挚渗透到别人心坎的豪爽且坦诚的说服方法，这对于竹中半兵卫也很具魅力，再说竹中家族也已归顺于织田家族麾下。

"要是发挥的作用相同，那最好与他俩一起共事。"

竹中半兵卫思考后脱口说出这番话的吧。

或许推荐牧村兵部大辅与丸毛三郎兵卫的正是竹中半兵卫。

总而言之，竹中半兵卫从这时起正式成了丰臣秀吉麾下的一员，才二十七岁。那年，丰臣秀吉三十五岁（此系引用丰臣秀吉于天文五年丙申出生计算之说）。

三

《浅井三代记》里，记载了竹中半兵卫在姊川之战前发挥的作用。

记事如下：

浅井家派使者去越前要求朝仓家发兵援助，同时拦截了由美浓进入江州之路。在今天的国铁东海道线关之原站与柏原站之间有叫今须的地方，附近的东黑田村与息长村之间有镰羽城（又名门根城），居住着镰仓时代以来的豪族堀氏家族，是浅井家族的直属下官。浅井家让堀氏家族把据点设在今须的长亭轩守备。

之后，朝仓式部大辅率三千将士作为援军从朝仓家来到这里，把据点设立在长亭轩附近长久寺与刘安之间守备。

当时，江州形势大幅度好转，抗击织田信长进军京都而受到追逐下落不明的六角承祯也回来了，集合原来家臣举兵反击织田信长。响应该号召的地方武士们很多，于是织田信长配备在江州防务上的诸位部将持续苦战，而这种围城攻打相当奏效。

竹中半兵卫绞尽脑汁，为破解围城策反守卫长亭轩的堀氏家族。

堀氏家族的当主叫次郎，年幼才八岁，由樋口三郎兵卫与多良右近两名老资格的家臣辅佐。樋口三郎兵卫不仅强有力，而且重义气，早就与竹中半兵卫保持着友好关系。

竹中半兵卫与丰臣秀吉商量，着手制定策反方法。他们先让人带着书信去樋口三郎兵卫那里，信上说有事与阁下商量，希望告知闲时以便登门拜访。樋口三郎兵卫是心思缜密的武士，答道：

"虽过去交往亲密，但现为敌我双方，不便会面。"

"佩服，是讲义气的人啊！"

竹中半兵卫虽然感动，但还是偷偷去了长轩亭，要求拜会。樋口三郎兵卫尽管吃惊，却依然出来见面，与他隔着栅栏交谈。

"我俩虽多年友好，却成为敌我双方，不知明天命运如何。虽我们只是长时交谈，但我们仍有些依依不舍，请再次延长些许时间惜别。"

竹中半兵卫请求。

樋口三郎兵卫被这番话感动了，把他请进单独房间。

闲谈片刻后，竹中半兵卫说：

"我很同情阁下这种时候还侍奉年幼家主的煞费苦心。织田信长说了许多，希望阁下加盟我方。为了堀氏家族的长久将来，敬请斟酌再三。"

竹中半兵卫说了开场白后进入正题。

樋口三郎兵卫怎么也不同意，可竹中半兵卫的态度十分诚恳，晓之以理，动之以情。原来，堀氏家族根据当时形势为保存自己家族已经成为浅井家族的直属下官，但不是所谓的世袭主从关系。樋口三郎兵卫不同意竹中半兵卫的劝说，是因为已经签订了主从契约。如果毁约，他觉得那是有违武士之道。关于这一点，竹中半兵卫指出：

"处在战国乱世，身份低微的领主都想自立。我们家族成为斋藤家族的直属下官也好，堀氏家成为浅井家的直属下官也好，都是一回事。但我要指出的是，那与祖祖辈辈受到大恩大德的主从关系不同。如果是世袭家臣，那就应该与主家的家族共命运。可我们家族以及堀氏家族并非现任主家的世袭直属下官家族，应该考虑只有保住自家家族才是本义。正因为这样，我们觉得不值得把自家家族的命运托付给斋藤家族，于是与其切断了契约关系，那后来成了织田（注：不是织田信长家族，是其主家的姓氏）家的直属下官家族。即便堀氏家族，我想多半也只有保住自家家族才是第一要义。虽然遵循武士道义是头等大事，可燃眉之急的当下难道不应将其放在第二或第三位考虑吗？"

竹中半兵卫苦口婆心，好说歹说。

樋口三郎兵卫被说动了，答道：

"确实像您说的那样，总之等我与同僚多良右近等商量后答复。我想今天就谈到这里。"

竹中半兵卫回去了。片刻过后，樋口三郎兵卫与家中举足轻重的同僚商量的结果，一致同意竹中半兵卫的劝说。樋口三郎兵卫将女儿作为人质，多良右近将儿子作为人质，派人将他俩一起送到了竹中半兵卫那里。

竹中半兵卫向丰臣秀吉汇报了这一情况。丰臣秀吉带着竹中半兵卫去了织田信长那里，报告了这一结果。

织田信长大喜。

"你俩很有智谋啊！"

大力赞扬后，织田信长奖给竹中半兵卫铠甲一套，大刀一把以及黄金等。当竹中半兵卫带着樋口三郎兵卫与多良右近去拜见织田信长时，织田信长愉快接见，拿出认可堀家领地的证书，奖给他俩黄金各五十两以及大刀各一把。

就这样，堀氏家族固守的长亭轩据点，由丰臣秀吉派来的弓弩手与火枪手各五十名把守。由此，从越前来支援的朝仓式部大辅得知后惊愕不已，也没跟浅井家打招呼就返回了越前。

由此，浅井家好不容易与堀氏家族结成同盟从美浓进入江州攻击口，却被竹中半兵卫的三寸不烂之舌而顷刻化为乌有了。

接着发生了姊川之战，织田信长与德川家康组成的织田德川联军在小谷附近的姊川河边，与浅井朝仓联军浴血奋战。织田信长军队摆出十三梯队轮番攻击的架势，一直打到第十一梯队几近覆没才最终险胜。但是，这次战役的记载里压根儿没有出现竹中半兵卫的姓名。不过，竹中半兵卫一族发挥了相当作用的战绩，通过其弟竹中重隆立下的赫赫战功而得知。

浅井家有一勇士叫远藤喜左卫门尉，不只在江州，而且在相邻领地也是出名的勇士。《丰鉴》称，竹中重隆从战役开始就立下了豪言壮语：

"浅井家的远藤喜左卫门尉由我来收拾。"

战斗一打响，竹中重隆为了与远藤喜左卫门尉进行交战而在战场上四处搜寻，但一直还是没有找着。就在这搜寻过程中，战役结果已见分晓，织田军队获胜，浅井军队败北。

"我的豪言壮语要变成空话了。"

竹中重隆悲叹时，只见一乱发高高扬起的武士，身着撕成碎片的铠甲，右手握着沾有血迹的大刀，左手提着脑袋一边吼叫一边狂奔而来，与织田信长之间的距离缩短到二十来米：

"织田大将在哪里？我把敌人的脑袋给提来了，我要拜见！"

竹中重隆见状，径直迎了上去：

"这个居心叵测的家伙，东张西望，必定是混入我方队伍里的敌将。"

大声喝道，竹中重隆与那武士扭作一团而咚地倒在地上厮打，时而你骑在我身上，时而我骑在你身上。最终，竹中重隆按住对方将其脑袋砍下。

死者就是远藤喜左卫门尉。他对于败北感到恼火，企图混入织田军队靠近织田信长从背后使刀，于是从溃不成军的自己队伍里折回，潜入织田信长队伍行刺。

《丰鉴》称，人们对于竹中重隆兑现了早前说出的豪言壮语而深感不可思议。《三代记》也称，竹中重隆早就说过要取远藤喜左卫门尉的首级，刚勇之士说到做到的志向令人赞叹。

四

织田信长消灭浅井和朝仓两大领主，是距离姊川之战满三年以后的事。这一期间，丰臣秀吉一个劲儿地攻打浅井。竹中半兵卫这段时间的作用在《莆庵太阁记》里有记载。

横山城寨位于小谷城东南侧八公里左右的地方。低矮丘陵从南面朝这一带延伸，一直伸到姊川中止。这片丘陵被称为横山，伸向姊川的凸端被称为龙鼻，这里是姊川之战时织田信长设立的阵地。横山城寨依靠距离那里不到一公里南侧的南山建造，在姊川之战前由浅井军队建造并派兵固守，却于姊川之战稍后便被织田信长军队占领。

这座城寨交由丰臣秀吉统治。丰臣秀吉以这里为根据地，与浅井军队对抗。《莆庵太阁记》则认为，横山城寨当时依然在浅井的手里，还说织田军队朝着该城寨建造要塞展开对阵。不用说，这是笔误。

一天，浅井军队离开小谷城朝南挺进，总兵力约七千人。丰臣秀吉说：

"那支敌军必定是去朝妻（后改作坂田郡入江村，即现在的米原町），派队伍吃掉它。"

姊川之战后，江州除浅井势力范围的江北一带以外，都成了织田信长麾下的地盘，可是唯独丰臣秀吉军队孤军深入到了浅井家势力的范围，一旦朝妻被攻占，丰臣秀吉军队就会与后方断绝联系。丰臣秀吉可能因此而慌张了。

竹中半兵卫镇静地说：

"没关系，没关系，那架势看似不像去朝妻，而是摆出与我们决战的架势，必然中途返回。阁下军队挺进的速度过快，必须命令他们返回上段，即便敌军扑来，也不要出兵迎战。"

被他这么一说，丰臣秀吉感到言之有理，便让军队返回上段加强防备。

果然像竹中半兵卫说的那样，浅井军队看似向朝妻去了很长时间，却中途突然改变方向急行军，黑压压地密集形地朝这里扑来。

"这次请让我迎战。"

说道，竹中半兵卫把手下的千人军队分成两路布置在要道上，命令士兵：

"决不要出击！即便敌军攻到眼前，没有我的命令也不准开火。"

斩钉截铁地命令战士们安静等待。

片刻，敌军边射乱箭边冲上前来。由于竹中半兵卫的军队没有反击，以致浅井军队轻敌而向前靠得越来越近，就在逼近到二十米距离的地方时，竹中半兵卫突然下达命令：

"射击！射击！"

早已准备好的士兵们一齐开火，立刻射倒了敌方二十人左右。

浅井军队开始胆怯畏缩，招架不住了。竹中半兵卫手下的士兵们士气大振，正要打算反冲锋，却被竹中半兵卫制止了：

"不要冲出阵地！不要冲出阵地！"

待敌军靠近后一起射击，待敌军败退后恢复阵地安静。

这时，竹中半兵卫召集弓弩队与火枪队的队长下达命令：

"一会儿如果太阳下山，敌军就会返回。届时，弓弩手与火枪手要瞅准机会一齐射击，随后发起冲锋！如果敌军折回撤兵，你们就立刻撤回阵地。如果看到敌军再折回撤兵，你们就再发起冲锋。等到天色越来越黑，你们就从山上齐声呐喊，让敌军越发胆战心惊。"

竹中半兵卫将士兵安排在左右侧的山上。

不出所料，一到黄昏，浅井军队开始返回。于是埋伏在山谷里的士兵们大声呐喊，浅井军队感到怠倦，战战兢兢，一心忙于撤退，而且开始加速离去。

"追！"

丰臣秀吉军队趁势冲锋追击，杀死了大量的敌人，可是竹中半兵卫没有让他们深入追赶，而是追赶一阵子后让将士立刻返回。

与浅井之战留传后世的有关竹中半兵卫的战功就这些，但毋庸质疑的是应该还有许多鲜为人知的战事。浅井长政属于著名的猛将。丰臣秀吉即便是十分著名的将军，这时候尚不足以运用丰厚的军事资源对敌军采用压倒性的大规模战术。与浅井长政在长达三年多里激烈争夺，丰臣秀吉没有暴露弱点，人们普遍认为他依靠的是竹中半兵卫制定的巧妙战术。

有一些竹中半兵卫英勇善战及其人物相关故事，《名将言行录》里有下述记载：

其一

竹中半兵卫当在战场上遇到不喜欢的己方布阵时，事先不征得丰臣秀吉同意便命令部下变阵。

有一次丰臣秀吉已获相当地位的交战前夕，某大领主对竹中半兵卫的这种独断专行十分恼怒，对自己的家臣说：

"下回打仗时，如果竹中半兵卫再下令变阵绝不服从。我讨厌看到军师的那副嘴脸。"

不久交战开始，这个大领主也披甲上阵了。在布阵之际遇上竹中半兵卫骑马过来。

"瞧，竹中半兵卫来了，又来说变阵，决不听从。"

他对家臣说，气呼呼地等候竹中半兵卫过来。

竹中半兵卫在距离这位大领主三四十米远的地方翻身下马，缓缓走到跟前，两手撑在膝盖上以十分恭敬的态度说道：

"无论是这里的布阵氛围，还是威武的旗帜飘扬气势，筑前太守丰臣秀吉阁下如果看到一定深感佩服。"

大领主高兴地答道：

"是吗？请阁下多多关照。"

竹中半兵卫说"在下也请多多关照"后再说道：

"筑前太守丰臣秀吉阁下说，阁下布置的步兵阵势和那边旗帜竖立的位置如能这般改变，也许会更具气势和战斗力。"

"是吗？言之有理。"

大领主按照竹中半兵卫说的那样进行了调整。

"想必筑前太守阁下会满意的。"

说完，竹中半兵卫回去了。大领主目送他离去的同时对家臣说：

"他态度非常好啊！尽管竹中这家伙指手划脚的，可态度好极了，以致于我无法拒绝。"

说完哈哈大笑。

其二

这是《莆庵太阁记》里的记载，那是朝仓与浅井两家被灭后第二年的长筱之战。

正当战事激烈进行尚未分出胜负的时候，武田胜赖把自己的右侧部队调到丰臣秀吉阵地左侧两百多米的地方。

丰臣秀吉的心腹谷大膳亮卫好见状便说：

"如果我们部队配备不相应变化可能不利。"

于是丰臣秀吉下令将部队朝那边调动。

竹中半兵卫却说：

"别忙别忙，根据敌军动态分析，片刻后会恢复原来阵势，我看还是按照原来布阵不变。"

于是发生了争执。

谷大膳亮卫好气愤地向丰臣秀吉告竹中半兵卫的状，由于丰臣秀吉说按谷大膳亮卫好命令执行，于是谷大膳亮卫好按自己的想法改变了阵势，可是竹中半兵卫的千人阵地仍然像之前那样固守不变。

一个小时还没过去，武田胜赖的右侧部队开始返回原来阵地，于是丰臣秀吉也不得不恢复原来阵势。

在一旁的竹中半兵卫波澜不惊，从而得到了人们的赞赏。

竹中半兵卫这样的性格和品行，可能是天性吧。但从他幼时嗜好读书来看，我觉得他极可能读过中国的张良啦、诸葛孔明啦等人物故事。

我不知道他痴迷于什么样的书籍，但兵法书籍无疑是其中的一种。假设他学过兵书，则可以想像他熟读过善用兵法的张良与诸葛孔明的传记吧？

众所周知，张良晚年跟随赤松子成了仙人，诸葛孔明一直是优哉游哉不急不躁的风格，而且两人都不为名利。

五

天正五年七月，上杉谦信打到了能登，他是天下第一勇者，武田信玄死后无人与之匹敌。当时织田信长的势力延伸到了加贺，扩大到了能登的七尾郡，因此他一听到这个报告非常紧张。

织田信长遂以柴田胜家为主将，配备丹羽长秀以及其他大部分将领，命令他们出发去加贺。

丰臣秀吉也在这支派遣军里，但到了加贺不久因与柴田胜家意见相左，没经过织田信长同意就立刻回国了。织田信长大怒，狠狠骂了他一通。丰臣秀吉回到长浜，但一点也不收敛。

"迄今一直南征北战，连一天悠闲自在的日子也没有过，唯独现在才有了空闲。如果这时候还不乐一乐，那就没时间娱乐了。"

于是，丰臣秀吉每天不是召集家臣们设宴就是喊来能乐剧演员和幸若舞艺人跳舞娱乐欣赏。

丰臣秀吉的家臣们在为他捏汗，这样下去有可能更加激怒织田信长阁下，便一起进谏。可是丰臣秀吉也不在乎隔墙有耳，说"不用介意，不用介意"。变本加厉地热衷于游乐。

终于有部分家臣去了菩萨山城，请竹中半兵卫出山劝说丰臣秀吉。竹中半兵卫听后微笑着答道：

"那是筑前太守丰臣秀吉阁下深思熟虑后的做法，不用担心，不用担心。"

这是《真书太阁记》里的记载。

织田信长性格多疑。这种时候，如果丰臣秀吉居家闭门不出，或者郁闷不乐谨慎有余，那么织田信长的侍臣很有可能谗言丰臣秀吉企图谋反。丰臣秀吉彼时拥有二十万石身价，管辖的城寨还有小谷城，该城寨被视为一夫当关万夫莫开的坚固城堡。倘若还有侍臣重复此类谣言，那么原本就有多疑癖的织田信长可能会轻信。而现在丰臣秀吉特意寻欢作乐，反而会让织田信长觉得丰臣秀吉没有谋反之心。

解读别人心理，是丰臣秀吉的拿手活。人们一般认为，那是他能够拥有如此丰功伟绩的最重要原因。在这一方面，可以说竹中半兵卫也毫不逊色。其实，如果读心术差劲，战术就不会高超，因为战术的主要部分是读心术。

不久初冬十月，丰臣秀吉被任命为征中（征服中部地区）司令官，率兵向播州进发。竹中半兵卫也一同前往。这年，他三十四岁。

姬路城主小寺官兵卫（后称黑田孝高，如水），于大前年将主家方针定为向织田信长投诚，特地前往当时将岐阜作为居城的织田信长跟前，发誓归顺他，与丰臣秀吉会面后赤诚相待，还在途中迎接丰臣秀吉大军的到来，提供自己的居城姬路作为其战略基地。

小寺官兵卫富有智慧，为丰臣秀吉提供了很大的帮助。当时人们把丰臣秀吉身边的竹中半兵卫与小寺官兵卫视为左右臂膀，比喻为汉高祖的张良与陈平。

俗话说一山不藏两虎，可这两人却似非常友好，都不是攘权夺利小鸡肚肠的那种人。

下面这个故事可以看出他俩的友好关系：

那是第二年九月的事，摄津有冈的城主荒木摄津太守村重突然举旗易帜背叛织田信长。还有，固守居城小寺官兵卫的家主小寺政职也暗地与他们往来。不用说，是毛利家族在背后做小动作。

小寺官兵卫闻后惊愕，向主人进谏。

小寺政职说：

"我是照顾荒木的面子无可奈何谋叛的。如果荒木摄津太守村重改变原来决定，我也再改变决定归顺织田家族。你去荒木摄津太守村重那里劝说一下。"

小寺官兵卫赞同这一决定，前往当时正在三木城围攻别所长治的丰臣秀吉跟前说了这一情况。丰臣秀吉也奉织田信长之命前往有冈城向荒木摄津太守村重提出过忠告，可是荒木摄津太守村重不听劝告。丰臣秀吉听了小寺官兵卫的报告后说道：

"我说的话荒木摄津太守村重不听，但如果是你的劝解也许能让他听从，那就拜托你了。"

小寺官兵卫前往有冈。可这时小寺政职派出密使快速去荒木摄津太守村重那里传话说：

"由于这一原因，小寺官兵卫将去阁下那里游说。这家伙从骨髓都已经是织田信长那边的人了，太讨厌了。阁下如果感到为难，那就请杀了他。"

所以，小寺官兵卫一到达荒木摄津太守村重那里便被抓投入城里大牢。这是小寺官兵卫一生中的大劫难。他在监狱里的这段时间，以前患上的梅毒感染到了全身，连走路都不能自主，脑袋成了秃顶。

织田信长见小寺官兵卫一去不复返大怒，认定他与荒木摄津太守村重成了一伙。这以前，小寺官兵卫曾把一子松寿丸（后称长政）作为人质送到了织田信长那里。织田信长让丰臣秀吉看管。丰臣秀吉把他放在长浜城内，如今织田信长严令丰臣秀吉将松寿丸杀掉。

当时，代替丰臣秀吉出面去安土城的是竹中半兵卫。竹中半兵卫向织田信长进谏，但织田信长不接受，坚持"斩首"的决定。

"既然这样也没有其他办法了，尽管可怜但只能杀之。"

竹中半兵卫答道。去长浜城后带出松寿丸，送到菩提山城藏了起来。不用说，他报告织田信长谎称已经杀了松寿丸。

第二年十一月，有冈城被泷川一益攻占，小寺官兵卫被救了出来。织田信长把他请到京都，当见到模样凄惨却还是彬彬有礼地来到自己跟前的小寺官兵卫时，流下了伤心的眼泪，而且听说竹中半兵卫没有杀松寿丸而将其藏在菩提山城时兴高采烈。

《魔释记》《黑田家谱》和《古乡故事》等小说里都有上述记载。

倘若竹中半兵卫与小寺官兵卫之间交情不好，则不可能是这样的结局。但是，竹中半兵卫这时已经不在人世，于这年六月在三木阵地上病死。

竹中半兵卫从这年春天开始患病。人在阵地上，要求医生全力治疗，可还是不见好转。

"京都也有名医，最好上京治疗。"

这话多半是丰臣秀吉劝说竹中半兵卫的吧？

于是竹中半兵卫去了京都，虽病情有点好转，但情绪丝毫不见好转。竹中半兵卫不以为然，说道：

"人反正有一死，我想死在战场上，我要去三木。"

回到三木后不久，竹中半兵卫再次旧病复发，于六月某日在阵地上死亡，享年三十六岁。

《丰鉴》称，丰臣秀吉伤心不已，犹如刘禅（蜀汉刘备之子、蜀国后主）失去了孔明。

《藩翰谱》的开场白有"古人云"叙述这一情况。《莆庵太阁记》里也叙述了这一情况。

竹中半兵卫在三木前线时，在"书写山"购买了僧侣道具送到了高野山上。人们一般认为他是打算攻下三木城后随即出家去高野。我觉得，竹中半兵卫与丰臣秀吉之间，在丰臣秀吉当时还未达到那么高地位就已经交往甚笃。

不过，随着丰臣秀吉地位越来越高，他对竹中半兵卫的奇才滋生了嫉妒心。于是，竹中半兵卫多半想在大祸尚未临头之前逃离尘世。这种举止酷似传说中辅佐越王勾践消灭吴国雪去国耻后飘然渡海离开越国转去齐国陶山定居的范蠡；酷似传说中辅佐汉高祖统一天下后跟随赤松子成仙不知去向的张良。虽然竹中半兵卫没有遂愿而早早离世值得可惜，但反过来说也可谓幸运，他确实拥有值得尊敬的人品。

丰臣秀吉忌妒如水的才能，这说法也传自古时候，传说还有相当多的证据。可我不认为丰臣秀吉嫉妒竹中半兵卫。

如水时，已经是丰臣秀吉夺取天下以后，所以他有可能觉得竹中半兵卫才气横溢与大胆品性有危及自己坐拥天下的危害。但是，竹中半兵卫活着的时候，丰臣秀吉只不过是织田信长麾下的一名将领而已。竹中半兵卫即便地位升高，也是在织田信长的麾下。直属武将不是家臣，与武将首领之间有官阶之差，但那是同事。假设丰臣秀吉嫉妒竹中半兵卫，等于嫉妒地位卑贱的同事。我觉得丰臣秀吉不是那么小家子气的人。撰写《藩翰谱》的白石，是江户幕府直属藩镇甲府丞相家的儒官。像他那样的人，也不可能对丰臣秀吉持有好感而采纳这样的解释。

然而竹中半兵卫已有出家的念头，这也许是事实。原本，东洋谋士都持有类似艺术家的爱好，即以艺术创作及其本身为乐。以谋及其本身为乐的人，多淡泊名利。这不只是古装历史剧里的谋士。就连大政年代的政界谋士冈崎邦辅的生涯也那样，即便现代的三木武吉，晚年也是那样。这对于熟知当时的人来说，完全能够赞同的吧。

即便在艺术家中间，谋士也最像剧作家。从剧作家角度来看，撰写剧本以及承蒙许多演员上台演出是最快乐的事情。如果成功了，则以此而完全陶醉。说得极端点，视此基础上产生的名与利犹如糟粕。剧作家如果对于创作以及上演感到厌倦且生活也无拮据时，大凡都想避开尘世隐居。谋士的心境，如果视谋略为无意义时，则变得想逃离尘世去与世无争之地。尤其竹中半兵卫，让人觉得他年轻时就是一个希望逃离尘世的人。

六

关于竹中半兵卫的生涯琐事的记载不多，人们普遍认为，他本人希望做一个不抛头露面的人。然而他优秀又富有智慧。他儿子竹中重门在《丰鉴》里写道："如前所述，竹中半兵卫去世时丰臣秀吉悲哀得仿佛失魂落魄。"白石也写道："丰臣秀吉前半生立下许多受到织田信长赞扬的战功，都依赖于竹中半兵卫的辅佐。"

这说法，既然当时以及之后的人们都相信，那我们也应该相信吧。

接下来简要说说他作为武士的为人，以结束这一人物传记。

其一

竹中半兵卫面相善良，即便在战场上也没有彪悍模样，身上穿的铠甲是将马皮里面朝外，上面涂满粒子漆，用浅蓝色木棉线缝缀；头盔是由一个凹面金属折叠而成，绿色木绵道服上镶有年糕图案（沼四赖辅博士研究日本家徽学称，竹中半兵卫的家徽是年糕，漆黑，圆形），将其作为战袍披在身上，腰上随意挎着起名为虎御前的大刀，骑在一匹非常驯服的马上，极不显眼，看上去非常镇静沉着。这是《莆庵太阁记》里的记述。然而正因为这是武士们尽可能依靠自己与众不同打扮来引起别人注视的时代，所以竹中半兵卫这种最朴实的武士装束吸引了很多人的注视。让我们怀念生性冷静的勇士。也有说，其貌酷似女人，酷似张良。《史记》的《留侯世家篇》称，貌似妇人好女。

其二

竹中半兵卫平日端坐时不断晃动脚趾，即便严寒时手也不插入怀里，极度寒冷时则搓手取暖，因为这么做可以应对气候突变。

在丰臣秀吉前面侍奉端坐时，他也晃动两腿，左右轮换休息。有人感到好奇问其原委，他答道：

"在上司面前为了自己舒服而晃动手脚非常无礼。可是，为了别人或者为了应付突变而不使手脚麻木那样的警惕是尽忠。武士在意想不到的情况发生之际以及在失败过后，即使辩解说是腿脚麻木以及手冻僵所致都不能成为理由。武士无论何时也不能忘记作为武士的警惕性。只要高度保持警惕，其他情况，即便稍稍违反礼节也没关系。"

上述语录摘自《名将言行录》。

其三

竹中半兵卫曾这么说：

"武士不可拥有价格过高的战马。战场上发现'目标之敌'而追上去跳下马与之扭作一团时，或者枪剑与之交织在一起不能退回时，一旦马夫跟不上，就会联想到高价战马多半被敌人夺走以致分心而错过战机。

"也就是说，因名马被夺而失去武士的一世英名。因此，如果打算用十两黄金购买战马，那就应该意识到购买价值五两黄金的战马，因为一旦被夺可以毫不怜惜弃之。不只是限于马匹。武士珍惜名誉，但为了义也可不在乎生命。应该时常保持视财宝犹如尘土的思想准备。"

其四

"武士无论何时何地都必须身边不离刀剑，可有些人最近出现了把刀放在其他房间去卧室的习惯。因此大多数武士端坐时，如此多的刀剑则摆放在另一房间，一旦发生突变事件，武士由于不知道自己的刀放在何处而最终死于非命。遇这种时候，自己的刀应该放在与别人相反地方或者竖放或者不在身边但自己能立刻拿到的地方。

上述语录摘自《名将言行录》。

其五

"武士在经过自家屋檐时，应该警惕附近是否有敌人狙击自己。如果毫不警惕冒失外出，有可能死于非命。"

上述语录摘自《名将言行录》。

其六

"了解交战情况时，大多数人都不问主要情况，而是一个劲儿地打听细枝末节。例如，只打听谁立了战功，杀了谁之类等等。打听一个武士立功又能起什么作用呢？只有重点了解部队进退以及战况变化，如此讨论作战才能发挥作用。"

上述语录摘自《名将言行录》。

其七

有一次，竹中半兵卫与一些人商谈交战情况时，儿子竹中重门离开座谈会去了别的地方，片刻后返回座位。

"讨论作战途中怎么可以随便离席呢？"

竹中半兵卫叱责，竹中重门解释：

"小便憋得难受。"

竹中半兵卫更火了，说道：

"为何不当场小便？传竹中之子听武士交谈入迷而尿裤子是家族体面！"

上述摘自《名将言行录》。

像这样续写传记，与其写成小说，倒不如写成传记，让读者了解人物的有趣一面及其相反一面。介绍竹中半兵卫，与其写成传记，倒不如写成更小说有趣吧。虽也因知道的事迹不够详细，但因他这人物的有趣之处不是在于外表而是在于内心。

大友宗麟

一

丰后的大友家族，传说是源赖朝与其妾的遗腹子后裔。源氏历代侍从中间在上野利根郡的豪族里，有叫大友四郎大夫经家（也称本氏波多野）的人，其女儿利根之局去源赖潮身边伺候时受宠妊娠。源赖朝之妻北条政子是史上留名的爱吃醋女人。源赖朝因此犯愁，将宠妾即怀孕的利根之局赐给了总务长、式部大辅兼前斋院次官的藤原亲能。出生的儿子起名为一法师丸。虽然一法师丸在藤原亲能的身边长大成人，但在治承四年即九岁起就被召到了源赖朝跟前侍奉。十七岁那年着装戴冠，改名为能直，担任左近将监一职。按照源赖朝之命继承母姓叫作大友能直，并被任命为丰前领地与丰后领地的见习太守，驻守镇西即九州。

上述记载在《大友家谱图》《大友公御家觉书》《大友记》《西国盛衰记》里，但是不太可信。主要原因在于如果一法师丸在治承四年已经九岁，那应该是承安二年出生。当时是平家鼎盛期，源赖朝是蛭之小岛上被流放的最贫穷的人。纵然大友四郎大夫经家怜其而将自己女儿送去担任侍女，也不可能起名为利根之局。尤其《大友记》是这么说的：源赖朝在富士山脚原野围猎的时候，正值曾我兄弟讨伐父亲之敌而在阵地上大叫大嚷，源赖朝急忙披盔戴甲上前迎战，时值十一岁的一法师丸抱住其护腿进谏：

"大将军不应该轻易接受像这样的夜间挑战。"

源赖朝夸奖道：

"年龄幼小，却思维不寻常。"

可围猎当时是建久四年五月，承安二年出生的一法师丸理应二十二岁。

要是核实其他情况，不合逻辑的部分还会出现许多，就说到这里吧。

除了大友能直，岛津家的始祖忠久也是源赖朝的私生子，幸亏身边有醋性很重的妻子，就这么几个。这是家谱图制作人的用心良苦，既然有如此醋意的妻子，就算有未被公认的孽债也没什么不可思议的吧。

且说，虽然大友家是源赖朝私生子这一前述不太可靠，但是镰仓时代以后大友家属于九州一带的名门望族是不争的事实。大友能直的后代里有叫亲世的人，是南北朝时期的人，不过作为武士与南朝方面的菊池武朝交战了七十一回，每战每败，但在第七十二回交战时获得了彻底胜利，成了九州的霸主，辖丰前、丰后、筑前、筑后、肥前、肥后六大领地，被第三代将军足利义满批准为九州总督。

经过数代到了大友义鉴这一代。这个大友义鉴也是非同寻常的人物，在武功上盛名在外，商业手段高明，将南洋船商招揽到靠近其居城府内的神宫寺码头，以获取贸易利润。大友义鉴的儿子叫大友义镇，剃度入佛门后起名为大友宗麟，后来改信仰为基督教也是有原因的。

大友义鉴有三子，其中大友义镇作为长子生于享禄三年即公元1503年。大友义镇从少年开始就性格暴躁。《西国盛衰记》说他嗜好兵法，学习当时九州盛行的"舍体流剑术"，习得了秘诀，且好骑野马。这一些，作为战国武将的武术修养是无可厚非的，然而一旦发怒，连无罪者也挨他的"武功伺候"。他日常还喜欢鹰猎、山猎、河猎，毫无仁慈之心。为此，传大友义鉴疏远大友义镇，想拥立小儿子大友到明（有说其名叫大友总明）为自己的继承人。

然而这说法很不可信，应该视为大友义鉴被后妻之爱所迷，废除大友义镇，拥立与后妻所生之子大友到明为自己的继承人吧。

《大友记》记载说：大友义鉴最初的妻子是伏见宫贞常亲王的嫡亲女儿，大友义镇是大友义鉴与其所生之子。由于该妻早逝，因此从周防大内氏家族娶了后妻。但是，这妻子生下儿子大友义长后也去世了。接下来娶的妻子，便是大友到明的母亲。大友义镇二十岁时，大友义鉴四十九岁，大友到明当时还十岁不到。所以说，其母还年轻，充其量二十五六岁吧，大友义鉴迷恋于她也情有可原。

欺负继子之类的野蛮现象，现代社会几乎断绝，可那个时代非常多。纵观各个时代，可能这个时代最多。作为今天民间话题流传的继子受辱集里的内容，几乎都是那个时代的产物。当时是个人心无知、愚昧并且险恶的战国世道，一个家族的所有权力与幸福、利益只被一人继承，其他兄弟不得不沦落到俯首称臣的境遇。

大友到明的母亲托付家族老臣入田亲诚拥立大友到明为家主继承人，入田亲诚接受了。

总之，家族动乱，源于家族年老权臣受到这种无理委托，对于不拥有合法继承权的公子执意偏袒。从此，大友家族开始步入上述典型的骚乱之路。

大友到明的母亲从内部，入田亲诚从外部，里应外合地赞扬大友到明的长处，于是原本就由于痴爱后妻而喜欢上大友到明的大友义鉴，逐渐从心动发展到行动。有一天，他让其他家臣退下，留下入田亲诚说道：

"我想正式立大友到明为家主继承人，你看如何？"

入田亲诚答道：

"既然阁下决定了，那我谈谈看法，其实阁下的所有公子个个都是高水平，但是其中大友到明公子的水平更高，社会上也都这么评价。"

"我这方案你不反对吧？"

"一切按照阁下决定办。"

不久，大友义镇患疗后难以痊愈，想去别府洗温泉浴静养。

"可以去。"

大友义鉴赐准。

在大友义鉴看来，可能觉得这是将早就制定的计划落到实处的良机，当然可能还有夫人与入田亲诚的劝说。他召集斋藤播磨、小佐井大和、津久见美作与田口藏人等老臣宣布：

"我决定废除大友义镇，改由大友到明继位，就这样定了。"

这个决定如晴天霹雳一般，他们四人惊愕不已，语气严厉地质问道：

"家督阁下的重大决定出乎我们意料。家督阁下早就定下义镇为接班人，现在突然废止义镇而拥立到明，臣等实在难以赞同。我们想请问家督阁下，您是按照什么程序做出这一重大决定的？"

据说大友义鉴没有回答任何理由。也许想说大友到明头脑聪明之类的话，但又可能觉得单凭这个理由难以说服四人。

四人退下后，大友义鉴担心不已，这样下去，这个决定必然传到大友义镇的耳朵。他一旦知道可能会出现战国那般血腥场面，父子之间与兄弟之间将会永无安宁之日。

"只有杀人灭口了。"

他下了决心。

那天傍晚，他派使者去了四人身边。

"关于新立太子的方案，家主想与各位再行商量，请赶紧进城面洽。"

斋藤与小佐井赶紧去了。可是奉家主之命刺杀他们的两个勇士早已等在大门内侧，将他俩杀害了。

津久见与田口接到邀请感到蹊跷，称病没有进城，不久接到斋藤与小佐井被害的噩耗。

《西国盛衰记》称，大友义鉴验证了斋藤与小佐井的首级后走进里屋，夫人随即问道：

"津久见与田口的首级也送来了吗？"

《西国盛衰记》说，她使用了与夫人极不相称的命令问话语气。夫人的性格在这里暴露无遗。她对自己孩子的爱尽管热烈，但本质是狠毒女人。或许很多女人在酷爱孩子时会变得如此贪婪吧。

"别冒里冒失！"

大友义鉴说道，虽警觉但已经迟了，夫人的侍女中间有与津久见以及田口关系友好的人，他们立刻跑去向他俩报告了这一情况。

"既然家主下了如此决心，我们的命归根结底也保不了。"

他俩商量完毕，从后门进城后径直来到二楼房间：

"好久没有拜见大友到明阁下，阁下在家休息吧，我们想拜访。"

二人刚朝门口侍者说完就直闯里间，一刀便将大友到明杀死，将刀抽回后再杀死夫人。然而，大友到明当时还年幼吧。我的这一推测来自如下理由，那是因为他已经超过十岁，不可能住在母亲房间。

住所里尽是女人，顿时歇斯底里，叫声四起。他俩索性一不做二不休将她们都杀了，继而冲向大友义鉴卧室。大友义鉴已经醒来，听到喧闹声，操起枕刀爬了起来。这时田口跳了过去，一刀杀死了大友义鉴。

住在城里担任警戒的武士们，听到突变喧闹声朝里屋跑来，举刀与他俩格斗。然而，他俩来时各自还带了许多手下，开始时他们在外等候，听到喧闹声也冲了进来，片刻间便全场大乱。这是夜里发生的事，天色漆黑。最后武士们到底还是把他俩杀了，还杀了他们带来的手下，城里复归平静。

二楼房间到处躺着尸体与伤员，被砍下的手脚遍地都是，血流成河。当时，这起事件被称为"大友家二楼垮塌"，后来还成了闻名遐迩的故事。那是天文十九年二月上旬。在日期上各有说法，实在是都不确切，有说是九日，有说是十日，还有说是九月份。

急报到了正在别府温泉治疗的大友义镇那里，他惊呆了，飞也似的赶回来，宣布：

"这起事件的导火索是入田亲诚，他不但在父亲跟前把我说得一无是处，还诋毁对我持有好意的四位老臣，他们四人因愤怒而酿成了这起事件。"

同时宣布讨伐入田亲诚。

入田亲诚打算纠集一族成员应战，但讨伐的军队已经迅速赶到，令他们措手不及。入田亲诚之妻来自肥后阿苏，二人一起逃往娘家。岳父阿苏惟丰见状叱责：

"你作为武士阻挡合法继承人继位，是倒行逆施，大逆不道，不去痛痛快快死反而逃亡藏匿到我这里，实属卑鄙无耻，尽管是我女婿，我也不能救助。"

说着，拔刀朝入田亲诚砍去，并将其首级送到大友家。大友义镇命令手下将首级曝晒于城门。

这一说法相当可疑。大友义镇没有参与津久见与田口杀人家督府事件，不得不让人产生怀疑。作为证实该疑点的证据是，大友义镇的夫人事发时也在家主府中，却是仅她一人获救。《西国盛衰记》如上叙述这一事件。

大友义镇的夫人尽管当晚尽管也在同一地方，却奇迹般地死里逃生。询问事件的详情，初更验证斋藤与小佐井的首级时，也没有应该引起骚乱的原因，却还骚动到了夫人寓所。大友义镇夫人问大友义鉴夫人：

"好像骚乱得很厉害，像这种时候，女人也最好穿上铠甲戴上头盔。"

可是大友义鉴夫人答道：

"在这片领地上，根本不必那么担忧。"

不过大友义镇的夫人还是担心，套上好些件衣服。就这样，只有她一人幸免于难。

大友义镇对于杀父有过疑虑，可他早就知道父亲策划废除自己的阴谋以及父亲与入田亲诚之间的交易，没有放松过警惕也是确实的吧。即便分析他一接到急报赶回家就立刻着手讨伐入田亲诚的举止，也明摆着他是参与者吧。莫非去别府进行温泉治疗，是他故意制造自己与事件没有关系的假相。

作为战国武将，这样的前例也不是没有。总之，通过这次血洗障碍惨案，大友义镇坐上了大友家主这把交椅。当时，大友义镇二十一岁。

二

提到大友宗麟（大友义镇后来的名字），首先想到的自然是其与基督教的关系。他在第二年九月第一次会见了弗朗索瓦·扎皮艾。

扎皮艾来到日本是天文十八年八月十五日，从萨摩领地的鹿儿岛登陆日本。关于八月十五日之说是根据阳历计算。因此《三正综监》说，如果将其换算为当时的日历，相当于七月十二日。

扎皮艾见到当时的萨摩领主岛津贵久，请求批准他传教。岛津贵久对于基督教没兴趣，可作为招徕商船的手段批准了他的这一申请。扎皮艾在萨摩逗留了一年多的时间从事传教事业，但是没有太大效果。信徒还没达到一百五十人。不久，还与佛教徒之间产生了摩擦。

这一摩擦让作为领主的岛津贵久犯愁，并且他最期待的商船连一艘也没有来到鹿儿岛，而肥前的平户那里已经有商船两次到访。于是他断然禁止传教。日本西教史上对于这情况解释说，"领主变心的原因无非是常来鹿儿岛的葡萄牙船这年去了平户港，以致萨摩没能获得贸易利润。这是第一原因。平户的领主是萨摩的敌人，偏偏那艘葡萄牙船将武器出售给了平户以加强其实力。这是第二原因。领主大为恼火。"

但是，这一解释大相径庭。按照如此解释，可以理解为葡萄船原本常来鹿儿岛，可现在来的只是载着扎皮艾来的船，没有其他船只。也没有岛津氏与松浦氏处在敌对关系上的事实。

扎皮艾的目标是京都，途中顺便去了平户。平户领主松浦隆信优待扎皮艾，允许其传教。这也是为了获得贸易收入。可平户那里，葡萄牙商船从去年开始到了两艘，其中一艘至今还停泊在那里，因此优待情况与萨摩相差很大，平户居民们的心理也不一样。扎皮艾在平户逗留二十天。《西教史》说，那期间基督教的入教人数比在萨摩逗留一年的总数还要多。

阳历十月下旬，扎皮艾离开平户去了京都，途中又顺便去了山口。通过领主大内氏的富强政策和文化政策，山口成了当时日本的第一大都市。扎皮艾在那里逗留一个多月，拜会领主大内义隆说教，向一般大众传教，没有取得大的效果。

《西教史》说：神父扎皮艾热心传教，可这座城市骄傲自大、吃喝玩乐的市民们一个也没有入基督教。不但不入教，还嘲讽神父措词异常、衣着粗劣。一旦神父列举并批判讨伐敌人、包二奶、卖春、妓男等现象有悖人类伦理和引发神怒时，台下听众便义愤填膺，城里儿童们还在步行的神父背后一边走一边唱："教徒一蠢蛋，说神仅一尊，说妻只一个，总之是一个。"

上述情况，当时的日本，并在像当时山口那样充满安逸快乐氛围的都市里似乎盛行。

扎皮艾终于在天文二十年即公元1551年的阳历二月进入京都，迷路和患病让他花了很长时间。当时，京都因连绵不断的战争灾难而荒芜，所见之处是一片废墟以及穷困潦倒的惨景，扎皮艾为此大吃一惊，感到失望。他的第一传教对象城市就是京都，期望拜会天皇或将军获得他们的批准，再以京都为中心在整个日本传教。他每次去皇宫和将军府大门口，便因服装粗劣而被赶走并且被通知不转达。扎皮艾提出无论如何要与天皇或将军说话，门岗回答说作为拜见费要支付相当于法郎六百的一万贯钱。

当时，足利将军也已潦倒，朝廷的穷困也无法用语言表达。时任天皇是后奈良天皇，他是靠誊抄来养家糊口的，拜见费是他最重要的收入来源。同时，门岗侍从们的收入也要从这拜见费里提成。一万贯左右的漫天要价不足以产生怀疑。毋庸置疑，此象完全可能。

以贫穷为自豪的耶稣教父不可能有那么多钱。不久，扎皮艾了解到，当时的天皇只不过是什么实力也没有的傀儡君主，即便是将军，执行其命令的地方充其量也就畿内五个领地。扎皮艾还醒悟到，拜会他俩领到传教许可书后，那证书也根本没有任何效力。

在京都逗留了十五天后，扎皮艾毫不留恋地离开了那里，二月底回到了平户，不久后再次去了山口。京都的荒芜使他抱着失望心理，开始觉得唯独山口是日本目前的第一大都市，只有这里才是可以最容易传教的热土。

库土姆德托雷，是扎皮艾从印度果阿起同道来到日本的传教士，扎皮艾离开平户去京都的时候把他留在了平户。扎皮艾再次去山口的时候，这传教师对扎皮艾说：

"日本人对别人的判定，似有注意外表高于精神的习惯，阁下应该讲究穿戴。"

由于这情况早已与在平户逗留的葡萄牙人们商谈过，因而葡萄牙人们递给他早就准备好的漂亮着装。

"请穿上它。"

要得到日本人的尊敬，穷酸着装行不通。这是扎皮艾通过七八个月的经历感悟到的。

"虚荣不是真正信教者应该具有的，但为了普及基督教之道，我领受大家的好意。"

扎皮艾说完穿上体面的衣服，带上印度总督与里阿教父写给日本天皇以及日本将军的书函，还带上各种各样的礼物，从平户出发。

这些礼物都是扎皮艾来日本时带来的，据说以往去京都时把它们都留在了平户。虽然这说法很靠不住，但《西教史》是这样记载的。那礼品里有自鸣钟（即计时器）以及其他各种乐器，总之尽是日本没有的欧洲制造的罕见物。

身着漂亮服装，在许多随从的保卫下，扎皮艾威风凛凛堂堂正正地进入山口。此举取得了惊人的效果，他不仅获得领主大内义隆的尊敬，还在逗留的六个半月里获得了三千余人入教的大成功。

扎皮艾逗留山口期间极其舒适愉快。他说：

"这是自己传教生涯里最愉快的时期。"

《西教史》里有上述记载。

但是不久从印度来了一封要求他火速返回的信函。这封信是由停泊在丰后日出港口的葡萄牙船的德阿鲁德雅玛带来，寄到山口。不过，这封信之外还附有另一封来自日本人的信。那是大友义镇（也就是后来改名的大友宗麟）发出的信，内容如下：

"我想拜会阁下，务请光临鄙人居城府内。"

这是那起骚乱事件后大友义镇当上大友家主仅过去一年半的时候。

扎皮艾早就想去丰后，因此决定从平户喊来库士姆德托雷，将山口教会托付给他主持，自己动身前往丰后。

扎皮艾从山口出发，是阳历九月中旬，从这时起到三十多天后的阴历九月一日，大内义隆因家臣陶晴贤叛乱而遭到杀害。请记住其与后面有关的这一事实。

从山口去丰后府内，如果先到三田尻那里的港口再走海路则很轻松。可是扎皮艾特意取道陆路，亲自背着名为卡里夫的大理石祭器以及其他物品徒步行走。行走数里便两腿肿胀，可他不屈不挠，坚持步行。有人批评基督教爱炫耀，其实是多半不知道信教者的纯粹之说。

停泊在日出港的葡萄牙商船船长和商人们在途中迎接他，在该船舷上挂起漂亮的织物，旗帜如林且各种各样，发射礼炮四响以示欢迎。炮声传到府内城里，丰后领主大友义镇以为海盗船袭击葡萄牙商船，为了解情况急派家臣观察情况。日出港口与府内的直线距离有五里路。由于是径直渡过别府湾来到这里，不能断言没有传来轰鸣声，但不知是否达到了震耳欲聋的程度。

船长向扎皮艾建议，让他身着黑色呢绒法衣，绿色天鹅绒围巾，身披缀有金色垂缨的袈裟，主要随从三十名葡萄牙人各自都穿着漂亮的服装，肩披黄金带形锁链，头戴羽毛点缀的帽子，跟在后面的仆人们也身着整洁衣物。一行人渡过别府湾从现在的大分市登陆。当时乘坐的小船上铺有美丽的中国造垫子，竖立着各种色彩各种形状的旗帜，两舷排列着的吹笛手和吹喇叭手不停地吹奏出嘹亮的旋律。

大友义镇见到这么漂亮的交通工具，目睹葡萄牙船长与商人们像对神那般尊敬扎皮艾的情景，也不由得肃然起敬。

扎皮艾在府内停留两个多月，于阳历十一月二十日离开去了印度。其间，他向民众传教，还批判佛教，得到了数千信徒入教的成果。不用说，他也对大友义镇进行传教。尽管大友义镇尊敬扎皮艾，可当时还没有入教成为信徒。

《西教史》解释这情况说：大友义镇领主接受基督教真理，但却畏惧该"宗教"严格的清规戒律。他是与生俱来情欲很强的男子，对遵守如此教规没有自信。

上述说法在某种程度上道破了真实性。大家理应会渐渐明白我的这一解释。但是，大友义镇的性格对于享乐诱惑的反应迟钝。我不认为这时的他已经理解了基督教的教义。他与许多大领主相同，想通过表面上对基督教持有好意招徕西方商船靠岸从中获利。我认为，不容置疑，这才是其本意。他信基督教是近三十年以后的事。大凡理解教义的人不需要等那么长时间成为信徒吧？这近三十年的时间里，也有过他对禅痴迷的时期。

有趣的是，佛教徒与扎皮艾之间的问答。

《西教史》记述了他与夫卡拉禅僧在大友义镇面前问答时的内容。僧侣的汉字写法可能是写作"夫卡拉"，从问答内容来看像佛教徒。

禅僧先问：

"阁下知道我吧？"

扎皮艾答道：

"不知道，过去与阁下不曾见过。"

"哼，见过百次却说不知道，你不是一个值得一提的家伙。"

"我不知道阁下在说什么荒唐话。"

"哼，阁下好像某日在比睿山出售东西给我的吧？我还有剩下的呢！"

"我压根儿不知道阁下说的情况，希望你说得再清楚点。我不可能回答阁下莫明其妙的提问。阁下把我说成商人，可我不是什么商人，而且也没去过比睿山。"

禅僧满脸吃惊的神情，又说：

"阁下记忆为什么那么差呢？是在撒谎吧？"

"我不会撒谎。如果阁下认为我记性差，那请阁下边回忆边说。"

"哼，那就请允许我回忆给阁下听。那是距今一千五百年前的事情，我在比睿山上，阁下当时把百匹绢绒出售给我。这就是我的回忆。"

"请问贵庚？"

"五十二岁"。

"对于今年才不过五十二岁的阁下，我怎么可能在一千五百年前出售绢绒给你呢？阁下不知道日本历史吗？自从日本列岛上有人类居住以来，迄今仅千年，那以前是无人岛屿。比睿山为什么开发呀！"

是如此调子的一问一答。禅视绝对的无为真理、相对的有无是同样意思。由于见没见过也都一样，也就各行其是。但这种行走刀剑、一口吞尽西江水见底的禅之气魄，与西方式合理主义全然两股道上行驶的车，故而答非所问也是无奈。寺庙住持多半以为对方死板僵硬是受到了相对的约束，而扎皮艾大凡认为对方精神错乱又在信口雌黄。

问答过后，扎皮艾解说天体运行、世界地理、人体生理等，使人们佩服。当时传教士们带来的科学知识有利于传播基督教是了不得的举止吧？由于这些科学知识被接受了，人们也无疑认为这基督教义也是真理。

三

这个情节在前面略提到过，山口太守大内义隆被叛逆家臣陶晴贤杀害是扎皮艾离开山口来到丰后成为大友义镇客人不久发生的事件。陶晴贤希望拥立大友义镇之弟大友义长继承大内家主的财产与权力，奉其为主君，遂前去大友义镇跟前提出申请。

大友义长的母亲是大内义隆的姐姐。

《大友记》称，大友义镇不乐意，打算拒绝，可是弟弟大友义长想出任，于是大友义镇同意他去了。

但是，大友义长为什么想去赴任呢？很明显，只要有陶晴贤那样玩弄权术的权臣，大友义长充其量只是傀儡家主而已。家主来自其他家族，地位理应不会稳定。不清楚当时大友义长的年龄情况，如从大友义镇的年龄推算，大概十七八岁，那时候的人都早熟。我不认为他单纯是为担任大领主高兴受到吸引。我认为，可能还希望一直在母亲娘家待下去。正因为继承家业时有过错综复杂的经历，大友义镇的心里怀有不安和猜疑。

"对自己不满的家臣们也许哪一天会为拥立大友义长发动政变。"

大友义镇有如此强烈的想法，以致影响到大友义长，从而导致大友义长下决心离家前去母亲娘家吧。大友义长被接到山口改姓为大内叫大内义长，当时是天文二十一年二月。后来，大友义长被毛利元就消灭了。结合大友义镇当时的态度，我是这么判断的。

无疑，大友义镇松了一口气。从这时开始，他数年间都过着攻打城市的野战生活。首先出兵肥后，与菊池义战宣战，将其消灭后纳入囊中；而后进攻丰前，把主阵地设在龙王，讨伐丰前领地内的各位诸侯，将他们一个不留地归入自己的麾下；继而出兵筑前征服秋月氏，霸占了那片领地。他以这样的连胜气势显示了武将的身手不凡，威震整个九州。

通观大友义镇这一人物的生涯，不能一概而论其聪明还是愚蠢。可某个时期的所作所为都是卓尔不群，可某个时期的举止只能说是愚蠢。

卓而不群的时代持续一段时间后，他进入了愚蠢的时期。他先与其夫人分手，就是那个"大友家二楼垮塌"幸存的夫人。这夫人是丹后名门望族一色义幸之女，从遥远的丹后领地来到这里与大友义镇结成百年之好。把妻子送回丹后，大友义镇不听家臣们的中肯谏言，开始歇斯底里地乱杀乱罚，频频杀死家臣与随心所欲地处罚下人。

数月后老臣吉冈宗欢僧侣以死进谏，他才罢手，人们由此转忧为喜，兴高采烈。

这时代的有名领主，不用说都擅长执掌领内的政治，但他们更重视战争，无不都是战争高手。大友义镇在其卓尔不群时期主政也很深得人心。

《大友记》称，说到大友义镇大将正确执掌政治，他通常召集儒学高手，研究尧舜汤武（中国古代圣王）古时的发展轨迹。无论做什么事，都要认真改良废弛的方法，依靠古法事例处理事务，无论曾经是否怪、暴、乱、神之类的恶作剧事例。

说他不喜欢怪、暴、乱、神，好像略与事实不符。但处在常态时，他是最具常识的著名领主。

他也是战争高手，热衷与周边的各路诸侯交战，降伏对方。尤其肥前的龙造寺隆兴，虽是豪杰却十分傲慢，可大友义镇常常与之交战，每战必胜，最终降伏了他。

接受陶晴贤邀请登上大内义隆家主宝座的大内义长，开始步入命运衰退期，是在他去山口继位后的第三年，也就是弘治元年的初冬。这年的十月初发生了严岛之战，陶晴贤入道全姜被毛利元就灭了。大内义长是出身其他家族来继承大内义隆家主的，身边没有能依赖的大身价家臣，只能依靠拥立自己的陶晴贤入道全姜。如今这个可依靠的人物消失了，自己的存在也就变得无所依凭。此后还维持了一年半时间，令人不可思议。严岛之战后的第三年四月初，山口被毛利大军攻占，大内义长撤退到长府躲进且山城，但那里很快又被毛利大军拿下，于是他进入长福真言寺，随后自杀了。

《阴德太平记》称，大内义长对于山口沦陷一事非常难受，家臣们劝说：

"应该先去长府固守城池，再向丰后主家讨救兵。"

对此，他说：

"兄长根本不可能援助自己，兄长持有征服整个九州的野心，理应避开与毛利元就的正面交战。我就在这里剖腹自杀吧。"

据说他怎么也不赞成去长府。

《西国盛衰记》与《西国太平记》称，在长府包围大友义长的毛利元就曾派人去丰后捎话：

"阁下如果怜惜令弟，我可以让他活命，请派人去迎接你的弟弟。"

可是大友义镇答道：

"对于阁下的盛情我不胜感谢，可是尽管大内义长是我弟弟，但他早就与我不和，内心早就将他自己置于死地了。不过大内义长随身携带的装茶叶葫芦是传家宝，希望能完整无损地送还给我。"

于是，毛利元就在大内义长剖腹自尽后让人将装茶叶的葫芦送至大友义镇那里。当时，有人批判大友义镇不仁。

这个茶叶葫的由来，据《西国太平记》提供的史料，是唐朝的舶来品，属于举世无双的名器，系大内家祖传宝物，但大友义镇用弟弟生命换来奢望的他人传家宝，简直就是不仁不义。《西国盛衰记》称，那是茶叶葫传家宝。在大友义长被接往大内家担任家主之际，他（也就是大友义长）带走了大友家的历代传家宝物，现在大友义镇将它当作自家传家宝取回也比较符合逻辑。

总之，大友义镇对于同父异母的弟弟之危难袖手旁观，见死不救，大凡可以这样解释：是由于他曾经继承地位险遭违法废除的经历，因而对于大内义长存在憎恶情绪。

他见死不救的报应于一两个月后兑现了。攻占了固防与长门凯旋的毛利元就受到了仰慕，筑前的豪族秋月氏与筑紫氏申请归顺毛利家族。这两人开始煽风点火，频频笼络九州的各位豪族反叛。

"岂有此理，这两个人渣。"

大友义镇怒气冲冲，派兵讨伐。虽然反叛暂时平息下来，可北九州的诸多豪族动不动就以毛利家族为后盾背叛。此外，毛利军队只要有机会就渡过海峡入侵北九州，以致丰前一部与筑前的大友家族领地成了极不安定的地方。这并没有撼动大友家族的根基，大友家族依然是九州的最大霸主。

四

扎皮艾离开丰后，南部的泰国与菲律宾等国商船频频来到九州。与此同时，岛内各地商船也来了。《西国盛衰记》称，丰府（丰后府）的繁荣比以往翻了十倍，商店鳞次栉比，靠近丰府的各码头商船千万，不计其数。不仅如此，从永禄二年前后开始，丰府领主让自古以来停靠博多码头的中国船只都停靠到丰后。这时，就连中国船只也开始停靠到这里。由此可见，当时九州景象一派繁荣。

由于泰国与菲律宾商船不断地停靠码头，附近地带也为那些商人建造了提供居住的地方。传教士也频频来港。除扎皮艾教堂以外，这里还建造了多个教堂，热衷基督教的日本人也日益增多。

不用说，也发生了佛教徒反抗事件，但由于领主大友义镇的保护，没发生大的骚乱。大友义镇对基督教持有好感，但当时还未达到信仰程度。

也许对如上所述的领地繁荣富强滋生了骄傲自满感，大友义镇开始进入政治生涯的愚昧时期。他喜欢歌舞，设宴狂欢，派人去京都、堺市等其他领地挥霍金钱招徕美女，与她们待在宫里闭门不出，根本不再露面。另外奖罚没了尺度，都由着当时性子随意奖罚，于是没立功也奖励，没犯罪也惩罚。重臣们想当面进谏，可见不着他，也就没有那样的机会，只有一个劲儿的焦虑。设妙计使进谏成功的人，是立花道雪。

立花道雪姓户次，是大友义镇家族的成员，名鉴连，道雪是他成为僧侣后起的法师名。由于住筑前立花城，被叫作立花。在丰臣时代到德川时代初期，希望得到勇将称呼的立花宗茂便是立花道雪的养子。

立花道雪年轻时因遭雷击而腿脚肌肉萎缩，不能自由行走。尽管如此，他仍是一名威勇无比的武将。在战场上，他乘坐在让十六壮汉肩抬的结实大轿里，旁边放有二尺七寸大刀与种子之岛火枪，带着装有金属环的三尺大棒，左右簇拥着一百多号各携带三尺多加长军刀的武士，一见战机成熟就径直朝着敌军阵地猛冲。

"前进，前进！冲啊，冲啊！"

他拿着大棒敲打轿子的前后左右，鼓励壮士们。壮士们挥舞加长军刀，又是斩人又是斩马，一步都不退却，传说无论什么坚固阵地都能被他攻破。

他深爱着自己的家臣，经常说：

"武士中间没有弱者，如果有被称作弱者的人，那不是他本身弱，而是大将的指导方法不佳。我们所有家臣一直到最下面的武士，都是勇士组成的团队。如果有在其他家族被称为弱者的侍者，那就来我们家族侍奉，我一定把他调教成最强武士。"

勇将加上智将，那便是名将。

这道雪从京都招聘了多个美女，让她们漂亮打扮，每天每晚看她们跳舞取乐。全城立刻轰动了，消息旋即传到了大友义镇的耳朵里。

"是道雪？那个粗鲁的家伙也有不可思议之处啊！好，好，去看一下。"

说完，派使者去道雪跟前传话：

"领主大人听了有关你的传言，也想来欣赏欣赏。"

"明白了，我这粗俗家伙的消遣方式，有可能玷污领主阁下的欣赏水平，但是对于领主阁下的要求我怎么能拒绝呢？欢迎欣赏！"

道雪带着舞女们进城，让她们在大友义镇跟前表演。道雪让她们跳了三次"三拍子"舞蹈，令大友义镇喜出望外。就这样轻而易举地见到了大友义镇的道雪，一本正经、充满诚意地向大友义镇进谏。大友义镇也醒悟了，结束了放荡不羁的生活，开始投入处理政务。

但尽管醒悟，大友义镇并非完全停止游乐，而是保持了相当程度的玩乐——不，超过了相当程度。

大友义镇的家臣中间有叫服部某的人，其妻美貌出众，大友义镇滋生爱慕之意，密令手下心腹暗杀了服部某，将其遗孀招到身边占为己有。这是《阴德太平记》的记载。

此外，家臣一万田鉴实的妻子也是大美人，大友义镇也把其妻给夺了。为此，一万田鉴实之弟高桥鉴种义愤填膺，与毛利元就暗中联系背叛了大友义镇。

大友义镇为满足自己的好色无所不用其极，传说其夫人抱怨其行为，遂命令领地内的僧侣和修行者诅咒大友义镇。

这夫人出自家臣田原氏，也许是大友义镇与来自丹后一色娘家的夫人刚分手就娶进家门的；或许是大友义镇爱慕这夫人、以为将其扶为正宫夫人她就会顺从自己而迅速与丹后一色夫人分手。田原氏是十足的悍妇。《西教史》说，基督教同伴给大友义镇的这位夫人起了个"依才巴鲁"的外号。

依才巴鲁是公元前875年到公元前852年以色列国王的妻子。这国王作为恶王留在史上。但据说他主要在于妻子的邪恶生涯，因此她的名字在后世成了奸恶且无慈悲之女人的代名词。这在《不列颠百科全书》里有记载。总之，传教士们对于田原氏的评价差到极点。

且说这夫人让僧侣诅咒大友义镇的情节，出现在《大友记》与《西国盛衰记》的记载里。《西国盛衰记》里有这样的记载"风言风语说……"。可是《大友记》的记载称，"大友义镇不露面深居寓所，只有诅咒也许可以让其改邪归正"。

国中一带神社的僧侣和修行者从四面八方聚集而来，不分昼夜地诅咒，人们都感到不可思议，将其作为事实流传。

大友义镇大怒，悉数逮捕了那些僧人与修行者，并要定他们死罪。最终，由于家臣们的进谏才没有落实，但没收了他们的家产将他们流放。

就从这时起，大友义镇开始让人觉得奇怪。有一天傍晚，人们刚看到他在院子里，没想到不知什么时候无影无踪了。

家族里闹得沸沸扬扬，重臣与家臣们争先恐后进城找遍了各个角落，就是不见其下落。他们虽然严格盘问了保镖，但保镖们也说不清楚。

"可能是北面的人派刺客杀了大友义镇。"

顿时，流言四起。

四五天过后，有传言说某人在彦山见过酷似大友义镇的人，人们随即漫山遍野地奔跑寻找，但还是没有见到他。

就这样过去十天左右，人们发现他在府内附近的上原（《大友记》说是入浦）村庄的一个贫穷百姓家里，也没有人伴随，仅一个人躺在床上。《西国盛衰记》说，无论问他什么都是呆若木鸡的表情。家臣快速将他迎回城里，又是祈祷又是请医生看病吃药，数日后才终于痊愈。《大友记》有如下记述：

"阁下怎么啦？"

"因受美丽的红叶吸引而腾云驾雾地出游了。因憧憬的缘故而不回府内。我决定在上原那里建住宅！"

说完在上原入浦建造了寓所，之后就一直住在那里。

这一史实应该怎么解释好呢？最合理的解释是他讨厌现役夫人。因为夫人诅咒他。也许是误解，可他是那么相信诅咒。对他来说，诅咒与事实相同。他讨厌回到府内城，很快与这夫人分手。这一解释最不可靠。

但被公认为九州第一大领主、称富于天下的他，纵然讨厌妻子，他的举止就一定那么古里古怪吗？如果他很懦弱，加上地位身份，可能会出现那种情况。然而纵观他的生涯，我没有发现到他有特别懦弱的地方。

其次可以考虑他一时歇斯底里，分析他的那种不稳定脾性，那才是最准确的原因吧。

那以后，大友义镇的举止更离谱了。他开始痴迷于禅学，从京都大德寺请来怡云法师，要求其开讲参禅观法，自己还剃度号为瑞峰宗麟法师。那是永禄五年五月发生的事，大友义镇当时三十三岁。

尽管热衷于禅学，但他在入佛门前的所作所为，归集于他那一旦热衷就会没完没了陷进去的性格。那年头武将入佛门的现象不是没有先例，也并不怪异。然而他以后的举止就更奇怪了，他不仅自己日夜进山修行，还对众家臣说：

"汝等，哼！"

"汝等，是庭院走廊附近的柏树果。"

他用这样的语气说话，家臣们便一声不吭。

数年后，他信奉起基督教来，成了最热心的基督教信徒。但我想我们不可忘记，他归顺基督教以前的经历，他多半是必须信什么教的人。并且多半还不可忘记他一旦倾注于某事便一条道走到黑的性格。他在精神上和肉体上的要求，不知尽头。

五

不久，大友义镇改名大友宗麟，在臼杵的丹生岛上建城后搬到那里居住。

现在丹生岛地表隆起，持续与陆地连接。不过当时是海中央的孤岛。

《西国太平记》称，岛的岩壁四周有时高度十多米，有时高度七八米。如果涨潮，白沫般浪花则洗涤巨石，如果多云则雕琢明月轩瓦顶。岩壁上排列着的粗壮树枝犹如自然形成的盾牌。

陆地有桥通往这座岛屿。城镇房屋与家臣们的住所都在陆地上，迄今为止停靠府内港口的马来西亚商船、泰国商船以及其他商船，开始停靠这里的臼杵湾港口。

《西丰记》称，建城工程始于永禄七年，竣工是永禄九年的春天。当时，他还把家主官位让给了亲生儿子大友义统。可是，日本诸书都说他没有让出实权。

然而《西教史》称，那是十四五年以后的事。

过去的数年里，大友宗麟与夫人田原分手后娶了新的妻子。这位新妻子是他二儿子大友亲家妻子的母亲。

《西教史》就大友宗麟的这次离婚与结婚作了如此记述：前夫人田原是佛教的虔诚信徒，十分讨厌基督教，与其兄田原绍忍一起残酷迫害基督教。田原绍忍受到大友宗麟的宠爱，属于最有权势的重臣。然而出乎田原夫人意料的是，二儿子大友亲家成了基督教的忠实信徒，教名为德塞巴斯羌。更有甚者，田原夫人兄长田原绍忍的儿子田原亲虎也入了基督教，教名为德西蒙。田原夫人惊讶不已，暴跳如雷，对他俩又是叱责，又是训斥，又是哀求，又是禁锢，胁迫他俩改变宗教信仰。

可这两个人已经铁定自己的宗教信仰，岿然不动。于是田原夫人与兄长田原绍忍商量后对田原亲虎说：

"如果你们不改变宗教信仰，就烧毁教堂消灭神父消灭信徒。"田原亲虎不得已放弃了基督信仰，但内心对于基督的信仰越发坚定。他受到禁锢，于是秘密写信向神父通报了全部情况。

教堂方面决定开战，集中了全部信徒。大友亲家尽管是大领主大友宗麟的次子，但也加盟到基督教队伍里。

臼杵町陷入一片混乱，眼看战争一触即发。田原夫人欲利用这次战争歼灭基督教。凑巧这时领主大友宗麟去城外七里路的野地狩猎，一个多月时间不在家。田原夫人派使者急赴大友宗麟那里报告：

"基督教徒们妄图拥戴大友亲家和田原亲虎为首领叛乱，虽然目前教徒数量没那么多，可如果这样放任下去，一旦教徒数量增加到一定量可能也难以收拾，应该迅速禁锢这一邪教，铲除祸根。"

大友宗麟这时还没有成为信徒，可非常了解基督教义。尽管接到夫人的诉求但不其说，认为这只是夫人为了她不可告人的目的，企图把自己卷入与基督教不和的漩涡。不过，他先让人以信函形式去神父嘎布拉鲁跟前打听实情：

"基督教打算背叛我这臣民的君主吗？"

嘎布拉鲁答道：

"前些日子，我们由于一些原因集中在教堂里，但不是为了背叛阁下，而是信徒们一旦无法阻止教堂被焚便可全体跪在神前升入天堂。我们基督教将顺从和侍奉君主并在战乱时挺身为君主抛头颅洒鲜血尽忠的举止视为美德，将以结派形式背叛和破坏国家安宁的行为视为重大罪恶。"

嘎布拉鲁托人把这封信送到大友亲家手上。大友亲家去狩猎场见到父亲大友宗麟后递上了这封回信，还做了详细解说。

大友宗麟看了嘎布拉鲁的亲笔信，又听了次子的说明，在大部分家臣面前说道：

"我十分清楚神父的优秀人格，我也十分清楚该宗教的正当性，我更清楚这次事件的谋划者是谁。我已经向神父保证，保护教堂与该宗教，因为保证他们安全是我的义务。田原绍忍是我的重要老臣，但是他如果制造混乱，我决不宽恕。"

这话传到田原夫人与田原绍忍耳朵里，田原夫人歇斯底里，田原绍忍胆战心惊。他解除了对田原亲虎的关押,一反常态开始疼爱起田原亲虎来。

《西教史》称,虽大友宗麟对基督教显示出如此的理解和钟爱,而且很高兴自己孩子入基督教,但自己不入教,一是由于夫人憎恨基督教,二是出于政治上的操心。

他说:"君主如果改变宗教信仰,就必须与夫人离婚。但是,那不容易办到。夫妇生活三十余载,生有数子,感情上有难以割舍的地方。还有,君主如果改变宗教信仰,领地内往往会发生动乱。做为君主,不得不敬畏。"

由于是这样的解释,因而大友宗麟与田原夫人分手后娶了新妻,以及隐居并且将家主位置由亲生儿子大友义统继位等,都是为了使自己完全成为基督教信徒。

然而,传教士们的上述解释正确吗?我不能认为大友宗麟为了与前夫人分手、与新夫人结婚而利用基督教。如果想到憎恨,想到决心得到,那不能自制倒是大友宗麟的性格。

《西教史》记载了他的结婚状况与离婚状况。如果是这么回事,那我的解释持有极其有力的旁证。

"君主派使者持书面命令去夫人跟前,其书面命令上有这样的话:我又娶了夫人,你就立刻离城去兄长家吧!"

就在田原夫人看完信的同时,附近响起了嘹亮的旋律。这象征迎接新妻进城的仪式。对于丈夫的这一处置,田原夫人大怒,大声骂出各种各样的脏话,而田原夫人的兄长对于失去君主信任多半感到恐慌。

田原夫人由于刚强性格、怪癖性格以及近似于癫狂的嫉妒,多年来让大友宗麟深感痛苦和厌烦。与此同时,新妻又在他心里重新燃起了新的恋情。可是，这种行为太过分了。如果分析他那一旦偏爱就没完没了的失衡性格，就能理解了。

山本秀煌氏写的《日本基督教史》说，大友宗麟让自己与田原夫人间所生女儿与田原绍忍之子田原亲虎成婚，但是田原夫人怒对田原亲虎不放弃基督教的行为，执意不同意这门婚事，以致离婚。不过，这种说法虽能成为大友宗麟与田原夫人分手的理由，但不能解释大友宗麟娶新夫人的原因。大友宗麟同时离婚与结婚。

新婚后不久，大友宗麟命令新夫人与次子大友亲家的夫人（即新夫人之女）一起去听基督教讲座，让他俩接受基督教的洗礼。新夫人（不知道她的姓）的教名是久里，大友亲家妻子的教名叫卡恩多。

大友宗麟在那以后的数个月里，自己也去听讲座，持续忠实地履行绝食、诵经、起誓等，之后接受了神父嘎布拉鲁的洗礼。在接受洗礼之前，他说：

"我想请神父给我起教名为伏朗索阿。扎皮艾·伏朗索阿神父是来日本的第一个传教士，我能接受上帝恩惠是托他的福，因此我必须感谢他，希望他的名字成为我的教名。"

于是，他的基督教名便为伏朗索阿。当时，大友宗麟四十九岁。

这时是 1578 年，即天正六年，阴历八月二十八日，他最初会见扎皮艾后的第二十七年。

六

日向的伊东氏在好几代前就一直与萨摩的岛津氏反复交战。最初是伊东一方的形势大好，可岛津氏的战况渐渐好了起来，终于占领了伊东家族的全部领地，势力延伸到了丰后，紧挨着大友宗麟领地。

大友宗麟与伊东氏持有姻亲关系，并且当时日向的一半土地系大友宗麟的所属领地。作为大友宗麟，可能觉得边境与直接岛津接壤有不安感吧，同时也多半奢望另外半边成为自己的领地。

"好。"

须臾，大友宗麟同意后于天正六年三月出兵去了日向，攻打私通岛津氏的北日向的土持亲成，收复了原属伊东家族的领地。在这片领地的务志贺（现在的无鹿）一带，大友宗麟开始建造新的都市，建成后立刻把家主官位让给了亲生儿子大友义统，自己则移到了新的居城。受到基督洗礼后不久，大友义统也由于父亲大友宗麟的推荐接受了基督教的洗礼。

《西教史》称，这座城市是大友宗麟君主为了安度余生建造的，居民是清一色的基督教信徒，建有一家基督教寺院与一个为圣教十二会友建造的住宅，他计划在这里不按照日本法律而是按照其他法律管理。

也就是说，大友宗麟拟建立"世外桃源"式的基督教基地。因此大友宗麟的夫人理所当然迁往，大友亲家夫妻、田原亲虎、神父嘎布拉鲁、修行者鲁依、阿鲁梅达、日本修行者佳恩都迁往这里。

但是，上述建立新都市的记载没有出现在日本方面的书籍里。

《高桥绍莲记》（高桥绍系立花宗茂的亲生父亲）称，天正六年八月中旬左右，大友宗麟组织了丰、肥、筑大军进兵日州。日向为大友家族的分属领地，各豪族都归顺了大友家族。可是近年来，尽管约一半领地豪族仍然归顺于大友家族，可另一半豪族不服从。于是，大友宗麟把日向北部的土持家族城市作为隐居寓所移居那里。

就这样，为让剩下的一半土地归顺自己家族，大友宗麟组建大军与之交战。"贪得无厌，反遭灾难"这一谚语，后来在他身上应验了。

基督教基地建设的计划，只有大友宗麟及其家族与传教士们知道，普通大众是不知道的。可是尽管那样，大友宗麟带着什么样的想法伴随着新夫人和次子夫妻呢？这次进兵日向的结果按理说不是转向和平，他应该清醒意识到这是与岛津家族展开的大决战。既然剿灭了与自己感情盛笃的土持氏，岛津氏不可能袖手旁观。

其实，大友宗麟多半没把岛津氏放在眼里，觉得不费吹灰之力就可将其击垮。他组建的大军人数，《大友记》说是三万五千三百人，《西国盛衰记》说是四万三千人，还拥有炮队。

大炮，是大前年（天正四年）夏天由葡萄牙商船运来的。大友宗麟为它起名为"国崩"，秘藏起来。可这次征战他只带了两门大炮（据称，这两门大炮后被岛津家缴获，现仍保存在鹿儿岛海滨别墅）。

与大友宗麟相比，当时的岛津氏的兵力比起以往多少强大一些，但在大友宗麟眼里觉得没什么大不了的。

"稍稍炮轰几下，岛津军队就会瞬间消失。以后带也麻烦就带上吧，也可途中欣赏欣赏。"

可能有这样的心情吧。

大军出发，不是从丹生岛而是从府内城。

现在的大分市西侧一里半左右地方有柞原八幡神宫，该神宫持有平安初期建造的悠久来历，是大友家族代代虔诚尊崇的神社。可是，当时已经理应是大友宗麟信基督教一个月前后了。他已经坚信，基督教以外的宗教信仰都是异端邪教。走出城门就可远远望及那座神宫。他一见到到那座神社便吼道：

"射击！"

他命令两三百步兵带上弓箭火炮射击，还在去往日向的行军途中一见到神社与寺庙就放火焚烧。尤其道德败坏的是，他把佛像与神体铺在地上踩着通行。这不仅在日本方面的书籍上有记录，就连罗马教会的记录里也记载得明明白白被写作异教徒征战的佳话。

大友宗麟在日向北部的县英田（今延冈附近）停留，进而把向南即朝着南日向进军的军事指挥大权交给了前夫人的兄长田原绍忍。

起初，进入南日后的大友军队战况非常好。因为对方是振兴伊东家族的军队，所以伊东家族旧领地里有许多武士时而背叛岛津家族时而归顺岛津家族。同时，大友军队在与驻守佐土原、高城和都于那一带城市的岛津军队之间的争夺战中也大多取胜。可是，岛津家族时任家主的义久与其弟弟义弘带着援军从萨摩赶来决战，于是大友军队损失惨重，死伤者不计其数，饮下了败北的苦果。

《大友记》与《阴德太平记》称，大友军队这次战役的大败原因，在胜负分晓尚未明了的时候，握有军事指挥大权的主将田原绍忍胆小、打退堂鼓，于是军心涣散，导致整个战役溃败。

但是，萨摩家族记录《西藩野史》赞称：好在田原绍忍撤退时殿后，率领七十余士兵且战且退，打得很有章法，值得钦佩。

战败的真正原因，仍被归结为大友军队在进军日向途中洗劫神社与寺庙的粗暴行为。这一举止在当时被视为极其恶劣的行径。无疑，大友军队的将士中间除了少数基督教信徒以外都厌恶这种行径，但因为是命令，不得不放火烧毁了神社寺庙，把神体佛像当作泥土踩踏，其极端行为必然导致罪恶感，将士肯定恐惧佛神的惩罚。平时觉得没什么了不起的事，在战场上就很有可能担心受到报应，受到神的惩治，受到佛的惩罚。大友军队此次战役大败的根本原因就在于此。

战役大败的报告到达设置在直辖领地县的大友宗麟营帐时，家臣们瞬间陷入无言以对的恐怖与混乱的氛围之中。神父嘎布拉鲁拼命使大家镇定，他对大友宗麟说：

"不要慌张撤退，要静下心来收容残兵败将是头等大事。阁下的主阵地直到要害都是铜墙壁垒，即便敌人追赶到这里也不可能冒昧攻打。虽有报告说我方损失惨重，但败战时看似狼狈，实际上的损失并非如此。"

他极力说服大家。

大友宗麟接受这一说法，恢复了平静，可是刹那间又陷入困惑、慌张、狼狈、恐怖之中，带上夫人与从臣们仓惶逃往丰后。由于过分惊慌，忘了带上粮食。途中，大友宗麟夫妻因为饥饿和疲劳尝到了险些死亡的苦果。

上述是罗马教堂的记载，传教士们对大友宗麟持有好感，几乎将大友宗麟描述为圣人而流传下来。其实，可以想像大友宗麟当时的窘境丑态。我想罗马教堂的记载对事实打了相当折扣。

历史称，这次战役为耳川之战，这场交战的结果使九州形势发生了大的转变。在雄踞九州占统治地位的大友军威呈直线下降的同时，岛津军威呈直线上升的趋势。

岛津家族在确保日向南部安全的同时，将攻击目标转向了日向，指挥手下诸豪在肥前岛原攻打龙造寺隆信领地，击溃了对方，消灭了龙造寺隆信，接着攻占筑后，随后又攻占了筑前。肥后也好，肥前也罢，都是大友宗麟的昔日领地。

大友宗麟无法改变这一颓势，没有再从丰后出兵收复失地。

天正十三年到十四年，大友宗麟家的领地只剩下丰前、丰后两地与筑前领内的岩屋城、立花城、宝满城三地。

岩屋城由高桥绍运把守，立花城由立花宗茂把守，宝满城由高桥统增把守。这三人是父子。高桥绍运是父，立花宗茂是其长子，去立花家成了养子故改为此姓。高桥统增是立花宗茂的弟弟。眼下，只有这三座城的城主与守军对大友家族忠心耿耿，与怒涛潮涌般扑来的岛津军队欲血奋战，誓死抵抗。

天正十四年三月，大友宗麟进京拜见丰臣秀吉，控诉岛津家族的暴行。

"如果阁下派军队援助，鄙人愿当前锋，担任阁下平定九州的助手。"

平定天下是丰臣秀吉的凤愿。他认为，无论什么诉求，平定九州是必须的。

"我是天皇的辅佐政官，使天下兴旺是我的职责，我答应你，立即发兵，你回去准备一下等候命令。"

这时，大友宗麟对于大坂城的特大领主佩服得五体投地，尤其是在约五平方米黄金制造的榻榻米茶室受到了丰臣秀吉的亲自接待，他又是惊叹又是感激，写下了自己领地归属丰臣秀吉的誓言书。不用说，他完全成为丰臣秀吉的下属后回到了所属领地。

丰臣秀吉于第二年南征九州，岛津义久于五月八日向丰臣秀吉投降。

同月二十三日，大友宗麟在领地内的津久见永远离开了人世，享年五十八岁。想必他看到最可恨的岛津家族投降称心如意了吧。

大友宗麟的法名叫瑞峰院休庵宗麟，是禅宗法名。那他对于基督教的信仰又怎样了呢？《西教史》称他仍然是基督信徒。可我怀疑，他像是满不在乎地归顺禅宗后告别世界的。

山中鹿之介

一

出云的尼子氏，来自近江源代佐佐木家族。南北朝时代最有名的大领主佐佐木道誉的孙子中间，有孙子叫备前守高久。由于他居住于近江犬上郡尼子乡（即现在的甲良町尼子），故其后代改姓为尼子。

原来，出云从镰昌时代初期开始就是佐佐木氏的管区。佐佐木家族代代担任太守，可到了足利时代中期，山名氏的势力一壮大，便暂时成了山名氏的管区。然而应仁之乱后，又成了佐佐木京极家族的管区。佐佐木京极任命备前守高久的次子尼子上野介持久（以下称尼子介持久）去出云担任代理太守，住在富田城（现在的能义君广濑町）统治那片地区。这尼子介持久便是出云尼子家族的始祖。

尼子介持久的长子叫尼子上野清定（以下称尼子清定），这是个没有出息的尼子家太子，对于领地百姓不仅施暴施恶，而且也无视主家即佐佐木家族。原本是代理太守，代理人，从某种意义上说是领地管理人，而不是领地所有人。因此，受托管理的领地所有租税，必须如数送到主子家，可尼子清定将全部租税占为己有，分毫不送到近江的主家。佐佐木京极有时发怒，有时安抚，有时哄劝，可尼子清定坚决不予理睬。

"既然这样，那就让他吃吃苦头！"

佐佐木京极终于派出大军前往清剿。尼子清定抵抗得相当顽强，可终究是没有人缘的家伙，加之缺乏兵力，也不知逃往哪里了。他的末路没人知道，多半不久落魄而死吧。

赶走了尼子清定，佐佐木京极家族任命出云的豪族盐谷扫部介担任代理太守。

尼子清定有两个儿子，一个叫尼子经久，一个叫尼子久幸。父亲受到追赶时还年龄幼小，在家臣的保护下逃到了母亲娘家槙（马木）上野介的仁多之馆。现在的多郡横田町八川西侧有马木町，是备后交界靠近中部地区脊梁山脉的深邃山谷，可能就是当时的那片土地吧。

兄弟俩在这山谷的村落依靠外戚亲情成长起来，可随着不断懂事，对于眼前的落魄处境愤愤不平。不久，成长为青年后便离开母亲的娘家槙家，走遍诸国，不停地致力于文武修练，等待着恢复家业的机会。这是研究山中鹿之介叫谷口四澜的学者撰写的《山中鹿之介》里记载的。但是，事实上也许是随着长年的时间推移、生身母亲的离世以及槙家换代，给予兄弟俩的待遇日益冷落，很难再待下去，而不得不离家踏上浪迹天涯的旅途。

《阴德太平记》称，浪迹各个领地，沦落到了饥不择食的境地，在片山寺庙里以半出家的形式打发光阴。还有，称他俩韬光养晦一心想消灭盐谷，恢复尼子家的往日兴旺。

或许我的想像言中了，由贫困形成的那类穷人，最具穷则思变的心理。

《阴德太平记》称，尼子家族旧臣中间的重点人物，例如龟井、河副等人都因寻求养家办法来到近江而在佐佐木家侍奉，但是停留在云州的只有山中一族。

山中一族里有叫勘兵卫胜重（以下称山中胜重）的人，尼子经久拜访了他。

《阴德太平记》做了精致的描述：山中胜重赶紧请他入内，尼子经久肤色黝黑，骨瘦如柴，犹如丧家犬。山中胜重觉得他可怜，先缝上袖子，再烹调膳食。时正逢阴历十月，夹杂着雪花下起了晚秋小雨，山风夹带着树叶吹来，寓所的寒冷尤难忍受。但是，山中胜重之妻将柴送进灶里煨酒，端来由壶中酿造的热酒，劝他喝酒暖和身体。

尼子经久见山中胜重不忘旧情仍存忠心，便公开了心中秘密。

"好极了。"

山中胜重当场赞同并跟一族成员说了这一情况，大家都表示支持，据说一共有十七人。但是仅靠十七人成不了气候，于是想了各种各样方法，最终想出了一条妙计。

出云领地的百姓里，当时有专门出售自制竹制品的百姓被叫作"贱民"。这种人尽管被称作贱民，可在生产农作物和狩猎的同时还拥有特殊的游艺，因而从王朝时代到镰昌时代在整个领地形成了一个集团，以狩猎、打渔、治病、游戏、卖春为业浪迹天涯的松散组织在这里落户。我觉得多半是这么回事。

近畿地方有唱问师"贱民"，在京都一般称之为大黑，逢元旦早晨在皇宫的日华门外念毗沙门经，祈祷玉体平安，平日里站在百姓家门口敲金鼓念经乞求施舍，以此谋生。唱问师无疑同类。在织（田信长）丰（臣秀吉）时代，侍奉织田信长与丰臣秀吉的大名宫部善祥房的家臣且著名勇士的友田左近，就是唱问师出身。《山鹿语类》里有此记载。

　　另外，三河的德川家族的家臣里有叫蜂谷氏的人，蜂谷半之丞这人是了不得的勇士，可这蜂谷一族里的某某人有背叛德川家康之意，因而德川家康怒将这人贬低为贱民。书里也有此记载。

　　仔细分析，三河的蜂谷氏与出云那里的"贱民"相同。他曾是贱民，是什么时候成为武士的呢？这与三河万岁之间的关系相当密切吧？总之，因为万岁从事的是唱问师贱民行业，不是良民从事的行业。

　　且说出云的富田贱民，当时每年元旦清晨上富田城跳和演奏"千秋万岁乐"成了习俗。对此，城主方面当然施舍，这成了钵屋（叫卖竹制品接受施舍的贱民）的权利。

　　不知道是尼子经久的点子还是山中胜重的智慧，但是客观上利用了这一机会，请来贱民首领贺麻进行游说：

　　"鉴于过去原因拟消灭盐谷恢复先祖大业，能否借用你的力量。如果我这愿望实现了，奖励将按您的要求满足。"

　　贺麻答道：

　　"我们是根本不能与阁下平起平座交往的贱民，而阁下却赋予重任，我们则感到无上荣耀。太难得了，我们服从阁下命令。"

　　他表示感激并承诺了。

　　尼子经久将计策告诉了他。

　　"通常钵屋于元旦在富田城演出千秋万岁乐的时间，按照惯例是早晨五点。我希望你凌晨三点开始演奏。于是，城里人，就连主城的人们也肯定会为了观看而聚集到第二城堡。我亲自利用黎明前的黑暗从城堡后门潜入，翻越围墙后到处放火，杀入主城。届时城里人一定会过度慌张而叫喊，这时，你们就可趁这混乱从正门杀入城里。如此前后夹击，我们就可杀死盐谷以及城里人，攻城就容易了。"

"小的明白了。"

贺麻领受命令走了。

这一计策不偏不倚地获得了成功，一切都按照预定的计划进行。文明十八年正月一日，持久杀死了盐谷扫部介占领了富田城，相继使领地内的豪门望族归顺于己，收复了出云领地。这时，尼子经久二十九岁。

其后，在鼎盛期间，尼子经久称霸于因幡、伯耆、出云、石见、隐岐、播磨、美作、备前、备中、备后、安艺即山阴山阳等十一领地，之后成了尼子家族最强大的敌对势力。最终，消灭了尼子家族的毛利元就，也加入到了他的麾下。

尼子经久活到了八十四岁，于天文十年与世长辞。不过，他此前就把家主官位让位给了孙子尼子晴久。虽说这尼子晴久非常勇敢，但思虑过多。尼子晴久做家主期间，尼子家族开始步入衰弱期。

《阴德太平记》称，毛利元就的背叛想法，最早也是因为尼子晴久的性格。这时尼子家族与周防的大内家族连年交战，毛利元就常常作为尼子家族的先锋浴血奋战，战功赫赫。

尼子经久高度赞赏毛利元就的才能说：

"他虽然个小，但只要是出自百分之百嫡系的江家（毛利的原姓是大江）名门，那就是拥有智、仁、勇三德的绝代名将。"

尼子经久在世时一直赐予毛利元就与高身价豪族平起平坐的礼仪待遇，可是尼子晴久却因毛利元就家族当时仅芸州吉田三百贯的低微身价，而经常瞧不起他。自己登上家主宝座后变本加厉，不停地向他施压，说什么：

"祖父给于毛利元就的待遇太好了，觉得没有毛利元就，我们家族对大内家族就束手无策。其实他毛利元就有什么能耐？"

本来毛利元就对于尼子家族并不心服，只是迫于形势不得已寄人篱下，理应不是心悦诚服。由于带着这种情绪，加之大内家经常引诱，便归顺了大内家族，直至发展到以尼子家族为敌的阶段。这是《阴德太平记》里记述的情况。

《吉田故事》称，毛利元就原本归属大内家，出于权宜之计而归属于尼子家，一直等待着回归大内家的机会，机会来了便回归了。归根结底，是尼子晴久因没有魅力才促成了毛利元就的叛离。

得知毛利元就叛离，尼子晴久大怒，立刻出兵讨伐，可是被得到大内援军的毛利元就军队打得丢盔卸甲，逃回领地。这终于铸成尼子家族与决心彻底消灭尼子家族的毛利家族之间的冲突根源。

且说这以后尼子家族与大内家族之间的战争，连年不休，互有胜败，然而尼子军队已经开始转入下风，处在被压着打的劣势之中。不过，直至山中鹿之介出生前尚存八个领地。

二

山中鹿之介于天文十四年八月十五日在富田城出生。父亲是三河守满幸，母亲是立源渡守纲重的女儿。

山中家族，是云州尼子家族第二代尼子清定之弟尼子幸久的幺儿家族。在安芸山中家祖传的山中家谱图里，说尼子幸久"出于某种原因顶撞了已故兄长的旨意而隐居于出云的布部山上"。

在丸龟的山中家祖传的家谱图里，说尼子幸久"因受到兄长尼子清定的责难而隐居于云州的布部山，实际上是利用隐居谋划讨伐兄长，直至后来暴露的缘故"。

尼子清定是如前所述的暴君，是终于让尼子家族被一时灭亡的人物。尼子幸久考虑到兄长的所作所为最终危及家族，打算除掉他。

从尼子幸久这一代开始经过了四代，到了山中鹿之介的父亲尼子满幸一代，山中一族无疑发展得相当庞大。山中胜重协助了前章所述流浪的尼子经久（尼子清定的长子），以奇计收复了富田城，该族有十七人之多。记录里没有留下此说。

山中鹿之介的先祖，也是这十七人中之一。

山中鹿之介是次子，幼名甚次郎，兄长叫甚太郎，兄弟俩年龄大约有三四岁差异。甚次郎出生时，父亲二十六岁。山中家不是重臣家庭，奉禄也不怎么多，再说甚次郎出生的第二年，父亲尼子满幸撒手西去，生活相当拮据。不过，甚次郎的母亲立源氏是一个了不起的母亲。

《名将言行录》记录了下列故事：幼年丧父的山中鹿之介家庭极其贫穷，于是母亲种麻，织麻，卖麻布，做成许多添上暗红色里子的棉袄，也一直让山中鹿之介穿那样的新棉袄，自己则穿着补丁衣物。尼子家族有三百左右少年近侍，他们都是家里的次子、三子，都来自穷人家庭。他们一来到山中鹿之介家中游玩，母亲便给他们衣物，让他们穿上早就准备好的新棉袄，还经常将山中鹿之介的五十个小伙伴集中在家，管住，管早餐和中餐。于是，这些年轻人不知不觉地便成了山中鹿之介的手下，一上战场便自称"我是山中鹿之介的部下某某某某"。由此，山中鹿之介的武名逐渐闻名遐迩。母亲也常教导山中鹿之介：

"在我方受到敌人夜袭败阵时，你不可将手下人杀死或者扔下。另外战胜敌人时不可独占战功，要跟大家一起同甘共苦。"

山中鹿之介遵循母亲教导，不折不扣地执行，于是朋友们越来越信服他，称他是可信赖的人。

这也能了解他那贤惠母亲的情况。

山中鹿之介有作为战国武士后代的素质。

野史里有许多拾遗故事的书籍称，出生数月则酷似四五岁孩童，两三岁时智勇超群。

前田时栋撰写的《山中鹿之介传》称，山中鹿之介八岁杀人。

但是，没有记载什么杀人的理由与杀了什么样的人。多半根据什么书引用的吧。幼年杀人成为佳话，这在现代人中间难以接受。可那时是把勇猛作为武士首要资格的战国时代，武士要有无所畏惧勇猛顽强的素质，这种素质受到赞赏。这种风气一直持续到江户初期。据说那个年代十六岁时杀人，成人后可拥有厚禄，可被大领主家聘为武士。

这本书上说，他十岁初上战场就砍下了敌人脑袋。但是，并没有写明某时某地与某敌交战。我听说过有关内容，却没能检索到出处。

那一年即天文二十三年的十一月一日，尼子主家确实发生了悲惨一幕。

尼子经久的次子叫尼子国久，膝下拥有胜久（与四郎胜久不是同一个人）、诚久、丰久和经久四个儿子，在富田城北山脚的新宫谷，被称为新宫党。门第归门第，父子们却都以刚勇闻名，作为尼子家的柱石在家中成了受众人尊敬的中心。

这时，尼子家族的大敌大内家族于三年前被老家臣陶晴贤所灭，但尼子家族的领地被毛利家不断蚕食，在势力抗衡中很快趋于弱势，不过还是保持着最后的一丁点儿实力。这就是新宫党实力。

"要是不想方设法，就难以彻底消灭。"

毛利元就思索后心生一计。

原本，尼子经久的妻子来自毛利元就的外戚吉川家，系国久所生，且毛利元就的妻子也是来自吉川家，也就是说有姻亲关系。毛利元就使用的谋略道具就是这层关系。他孜孜不倦地与国久通信，故意让通信之事受到众人关注。

如前所述，尼子晴久勇猛有余，思虑过多，故而缺乏正确考量，加之对手是他本人最讨厌且如今是尼子家族正面之敌的毛利元就，自立又处在与家族颓势关联的心情不佳之时，于是不偏不倚地落入毛利元就设计好的圈套。

"新宫党的家伙们是在策划什么阴谋吧？！"

正在他疑神疑鬼的时候，一名身着朝拜装束的游客在沿富田川逆流而上距离富田一里半左右山里的山佐村路上遭到杀害。尸体被路人发现，从他怀中找到一封信，收信人是毛利元就，寄信人是尼子国久，内容是关于攻占富田城的策划。

"果不出所料！"

尼子晴久被激怒了。十一月一日，这天按每年惯例规划来年预算以及讨论其他事项，是一族所有重臣全体进城之日。尼子晴久早早派兵埋伏，命令新宫党们悉数登城，并在城里结果了他们的性命，连新宫党的幼儿们都遭到了不幸，好在尼子诚久的幺儿孙四郎被奶妈抱着逃走了。这人就是后来山中鹿之介拥戴的尼子胜久。

尼子晴久心胸狭窄，亲手消灭了新宫党，导致尼子家族命运越来越凄凉。相反，毛利家族的命运越来越好。第二年，毛利元就在严岛消灭了陶晴贤，成了让世人刮目相看的大毛利家族。陶晴贤死后，山口仍居住着由陶晴贤从丰后大友家族请来的大内义长即大友宗麟之弟家主。不过，大内义长原本就是陶晴贤请来的傀儡人物。

陶晴贤死后，其等同于被切除了根须的盆景，两年后被毛利元就彻底灭亡。但是这时，大内家族的遗臣们已经争着向毛利元就申请归顺。无疑，毛利元就的势力扩大到了大内家族的大部分领地。毛利家族从吉田三百贯领地起家，三十年里作为芸与备两国的太守，势力竟然波及到了防、长两州。不容置疑的是，战国时代确实是英雄辈出的时代。

尼子晴久死亡之时，是新宫党被消灭后的第六年即永禄三年末期。这时，尼子家族仅仅保住了出云的一半领地。当时，既是有实力领主迅速扩张出人头地的时代，同时也是没出息的领主快速灭亡的严峻时代。

尼子晴久逝世那年，甚次郎已经十六岁，获得兄长太郎让出家主位置的契机，当上了山中家族的家主。据说甚太郎自出生以来体质虚弱，其让位得到母亲一族成员的谅解，形成了次子继位的局面。当时，甚太郎还将祖传的"三日月盔前半月形装饰物"与饰有"鹿角佛像"的盔甲与大刀小刀让给了甚次郎。由此，甚次郎改名为山中鹿之介。

他接受这些赠予后向神明祈祷：

"请让我三十天里会见宿敌，通过讨伐他们提升自己的武名。请赐我天下所有苦痛，我将努力克服承受，夺取武士生涯的硕大成就。"

他一生信仰阴历初一，当时也是阴历初一吧。以月亮为神的信仰，在日本的古神道与佛教里都有。古神道里，乃天照大神的弟弟月夜见尊；佛教里，乃守护佛法之善神之一的月天子。山中鹿之介于八月十五日中秋明月那天诞生，再者祖传的盔甲是在盔面镶有阴历初一半月形金属饰品的盔甲。大凡是他觉得与这有缘分而开始信仰月亮的吧！

　　山中鹿之介后弃用甚次郎原名不久，尼子军队开始攻打伯耆的尾高城。这座尾高城原本是行松氏居城，行松氏在伯耆全部成为尼子家族地盘时被赶出这里。之后尼子军队衰弱，伯耆军队几乎全部成了毛利家族的固定资产。不过，仅这座城寨作为尼子家族财产被保存下来。通过分析，前家主行松正盛联合旧臣，在毛利元就的支持下赶走了尼子家族占领了该城。所以，尼子军队攻打这座高尾高城，是为了收复。

　　当时，尾高方有一叫菊池音的勇士，据说是云和伯两州人所皆知的健将。可是山中鹿之介完完全全地将其征服，顺利兑现了他向阴历初一月亮的许愿。

三

　　尼子与毛利两大家族的激烈争夺年年反复。但是，直到山中鹿之介十九岁阶段关于他的战功没有被记录成文字。他立功是不容置疑的，多半没有记录。不用说，这时代的他还算不上大将等级，其身份酷似在尼子晴久后面站着的尼子义久那样的保镖。

　　永禄六年八月，山中鹿之介十九岁。毛利元就率领一万五千余的大军入侵出云，攻打白鹿城（也写作白发城）。白鹿城座落于今日松江市法吉真山（海拔二百五十六米）的山城，由尼子家族的前太守晴久之姐夫松田左近将监满久把守。

　　松田左近将监满久被誉为智勇双全的武将，其手下一千余将士与来自富田的一千余援军总共两千余人。虽人数不多，但毫不胆怯，将白鹿城守得固若金汤。

《怀桔谈》书称，山脚的幸福禅寺让松田幺子且已成为法师的不（普）门西堂担任大将带领一族四人守卫；处在与主城相隔三百多米位置的小白鹿卫星城，让松田二郎和松田三郎保卫。

毛利大军于八月十三日到达后展开日夜激战，守军顽强防守。无奈敌军是不可轻视的大队人马，不久小白鹿卫星城被攻占，山脚的幸福禅寺也遭到沦陷，主城外围地区被悉数焚烧，只剩下了主城。但松田还是不屈不挠，依然顽强抵抗。

这一仗打得非常有趣，最有趣的是穴合之战。

毛利元就观察了白鹿城所处地势，判断出城里水源缺乏，为断城里水源，他从石见银山喊来数百矿工，让他们朝着城里的大井边挖掘边前进。这时，城里也察觉到这一情况，从城里朝城外挖掘。某日听得哗啦一声土崩，敌我双方面面相觑。

《阴德太平记》称，敌我双方的视线冷不防交织在一起，城里的久村久左卫门、大道作介、乃木五郎兵卫等守城将士持枪冲锋。吉川彦次郎、小谷源五郎、三须孙兵卫、山县宗右卫门等攻城军队迎面而上。双方在洞穴里混战。坑道狭小，敌我双方犹如两鼠在坑道里打斗。

《云州军记》里也有相同报道说，守城军队不时地从城里朝外扔大小石块将坑道填平。

白鹿城危在旦夕的报告到了富田，尼子派出援军。在军事会议上，山中鹿之介与立原源太兵卫久纲一起主张：

"接下来的交战，家臣们与大财主在后方等待片刻，由我们保镖与马弁冲在前面。交战开始步兵们激战时，我们将接二连三地朝敌军猛冲，一直杀到毛利军队的第二阵地。这时候，请等候在后方阵地的各位率领军队突击，敌军必然全部溃败。总之，纵使敌军前方阵地坚固，我们视死如归决不后退一步，坚决打乱敌军队形。等到大财主们率领部队压上冲锋的时候，也就是我方取得胜利的时候。"

接着又主张说：

"敌军人数太多，如果白天交战时心情焦躁，那我们年轻人就夜袭，趁敌军惊慌失措之际，再由大财主们带领军队杀入！总之，请命令我们年轻人担任先锋。"

年轻人主张的是以敢死队的形式迎敌。由此可见，毛利军队远远强大于尼子军队。尼子军队虽在本国打仗，但没能征集到足够多的士兵以对抗远道而来的毛利大军。也由此可见，尼子家族的颓势理应可以预测。

立原源太兵卫是在这时候出现的。他是山中鹿之介母亲的弟弟，山中鹿之介的舅舅，还很年轻。

这些年轻人的主张，没有被家臣和大财主们采纳。

"你们的意见乍一听有道理，但是你们不了解大规模战斗的进兵与退兵，还有你们骑兵再灵活再发挥得好，冒失迎战，一旦败下阵来怎么办？前方败阵就等于全军败阵。这是惯例。锋线还是由我们担当，你们太年轻了，就在后面阵地等候，看看擅长打仗的我们是如何大显身手的，为今后打仗多学着点。"

年轻人的建议遭到彻底否定。

青年们尽管气愤，可这些话出自久经战场的大财主口中，他们不得不闭嘴不说话了。

家主尼子义久坐镇富田城，弟弟伦久担任主帅，锋线部队是家臣大财主七千余众，后续部队集中了年轻卫士与马弁三千余众，合起来有一万多人，于九月十三日从富田出发，跨过松江的伽罗桥

（现在的松江大桥），兵临白鹿城。

接到尼子军队前来迎战的报告，毛利元就把适量兵力留在城攻击口，严令部下：

"不管发生什么情况，都不准去参加后方交战，决不允许离开这里的进攻点。"

接着，率领其余兵力迎着尼子军队摆开阵地。

毛利元就不愧是名将。尼子军队再怎么射箭开炮，也决不还击，阵地一片宁静。任凭尼子军队大肆谩骂，还是严阵以待，决不还嘴，让尼子军队焦急了大约六个小时。

快到傍晚时，尼子军队觉得"既然敌军现在都不应战，那就明日再来挑战吧"。于是，部队开始离开。其实，毛利元就等的就是这个时候。说是迟，那时快，他突然下达命令：

"冲啊！抓住现在时机！"

小早川隆景的军队一马当先，快速冲锋。吉川元春军队紧随其后，击打战鼓，稳步前进。

"糟了，敌军出击了！"

尼子军队想转过身去迎战，但已是撤退队形，混乱不堪，遭到猛冲后已溃不成军。

《阴德太平记》称，这时，待在后面阵地的立原与山中鹿之介等人非常气愤，打算代替前锋部队冲锋，可被只顾逃命后撤的前线部队推搡着往后退，无法前进，一筹莫展之际，某大财主汤之佐州渡口太守逃到这里。

山中鹿之介抓住他的甲衣袖子骂道：

"佐州阁下怎么也丢人现眼仓皇逃窜啊！前些日子说的豪言壮语，现在不觉得羞耻吗？！与我们合流后返回前线打仗。"

佐州渡口汤太守无奈地回答：

"敌人也因敌人不同而异，遇上了'毛利元就'这样的大将，不仅胜不了他，而且就算你想自尽也不让死。眼下已经回天乏术，你也一起撤吧！"

说完，推开山中鹿之介他们后撤了。山中鹿之介他们也觉得大势已去，准备后撤。

《云州军记》称，山中鹿之介率领二百余骑兵不后退，将七次紧逼而来的追兵赶了回去，还亲自杀了七个敌人骑兵，不慌不忙地且战且退。

不过，该书里的史实有欠正确，多为虚构而不可信。还是前者后撤的说法是正确的。

处事谨慎的毛利元就没让手下长时追击，这是尼子军队的幸运。尼子军队总算摆脱了追兵，途中攻打了属于毛利家族的伯耆武士们镇守的末次城今松江市内，割下五颗脑袋，以此为面子回到富田。

简直是有失体面的战事！

好不容易赶来的援军却是如此结果。最终，白鹿城粮尽水也缺，终于打开城门投降。毛利元就不是丧心病狂的领主，守城将士都保住性命，带着武器与财产回到富田。但是，据说主将松田感到无地自容去了隐岐。

尼子家族的损失，与其说在这次战役中打了败仗，倒不如说那之后逐渐形成的。那以后家族里的老臣、大财主与年轻保镖之间出现了矛盾，而且不断加深。

《阴德太平记》说，不知什么时候积怨变得很深，年轻武士由于大财主的缘故，时而遭到中伤，时而受到责备，还有他们通过努力获得的领地因此被没收，旁系家臣们也都抱怨已久。

在归顺毛利元就的过程中，城里氛围每况愈下，越来越糟糕。人到背运时，祸不单行，无可奈何。

四

由于白鹿城守军打开城门投降，以致尼子家族越来越颓势。毛利家族开始攻打尼子家族主城富田。但毛利元就的战术说到底是稳扎稳打，不紧逼，而是开展对于从远处通往富田城的粮道的打击，封锁所有道路。最终直逼富田城附近的日子，是永禄八年四月中旬，即白鹿城沦陷后一年半。毛利元就的不焦不躁与步步围逼，不得不说是独一无二的焦土战术。而这期间也战事不断，山中鹿之介屡立战功，武名随之直线上升。

《鹿之介传记》里的著名战事，发生在毛利军队围打富田城的过程中，指品川大膳与山中鹿之介两人骑在马上的对抗，时逢永禄八年九月二十日。

《阴德太平记》称，品川大膳是毛利元就的部将石见豪族益田越中太守藤包的同党，勇猛著称于世，力气过人，可撕裂生猪肩膀，血气方刚，脸相不亚于小老虎的怒吼模样。

"我的战友们把尼子家中的山中鹿之介比喻成了鬼神，感到恐惧，可我一定要与山中鹿之介决出胜负后杀了他。"

他口出狂言，且改名为械木狼之助胜盛。鹿的角到了春天脱落，是因吃食树上新芽而致。而战胜鹿的动物是狼。据说，胜盛是吉利的改名。

有一天，山中鹿之介为了巡视阵地，正沿着富田川的河堤行走。发现了这一情况的狼为械木狼之助胜盛，隔着河流大声嚷道：

"在对面行走的大概是山中鹿之介吧？我是益田越中的同党械木狼之助胜盛。山中鹿之介阁下最近武勇誉满天下，家喻户晓。鄙人尽管不才，但喜好勇敢的志气毫不逊色于阁下，希望与阁下一对一地骑马格斗，比试比试你我的武功。"

"那就满足你的愿望。"

山中鹿之介答道，听他们约定武器是大刀，格斗地点是河中之洲。

到了那天，富田城的五六百年轻武将簇拥着山中鹿之介来到富田川。益田方面约三百人簇拥着械木狼之助胜盛也出现了。听说这一消息后，守城军队与攻城军队的将士们都从四面八方拥向这里，都被双方光耀夺目的穿着吸引住了。

山中鹿之介身着红色丝绳缝缀的铠甲，头戴平日里的头盔，佩戴着刀把长一尺七八寸、总长约为三尺多的大刀，独自一人骑着马朝河中央的陆地走去。

械木狼之助胜盛也骑马朝着河中的陆地走去，先于山中鹿之介来到那里，他手上拿着搭载着雁尾箭的硬弓。从这边岸上看到这一情景的秋上伊织助大声喊道：

"械木狼之助胜盛阁下，说好按你要求的一对一骑马格斗，你却违约手持弓箭，是不是害怕了，快把弓扔下！"

他装着没听见，依然持弓箭。由于已经将箭搭在弦上，因此秋上伊织助愤怒地拉满弓将箭射出，啪地射断了械木狼之助胜盛弓上的弦，械木狼之助胜盛这才无可奈何地扔下了弓。这当儿，山中鹿之介已经骑马飞驰着直奔而来，于是械木狼之助胜盛赶紧从刀鞘里拔出两尺三寸大刀朝山中鹿之介砍去。山中鹿之介也抽出钢刀朝狼之助胜盛砍去。

这场格斗的结果，《阴德太平记》与《云阳军实记》记载的内容大相径庭。

《阴德太平记》称，山中鹿之介被械木狼之助胜盛一阵砍杀退到了水边，处在危险境地。这时，跟着山中鹿之介过河来到河中陆地的秋上伊织助从背后砍下了械木狼之助胜盛身上的袈裟。械木狼之助胜盛支撑不住身体重心的偏斜而摔了个狗啃地。可是，他在朝前倒地同时利用惯性使劲将横砍的大刀使劲的朝着山中鹿之介的膝盖正面砍去。山中鹿之介举械木狼之助胜盛的头部，可使不出力迈步，因对方肩部卡住而收手，没有占到便宜。

《云阳军实记》称，械木狼之助胜盛被山中鹿之介打倒在马下，已经危在旦夕，可是他认为"凭武器不能分出胜负，如果凭力气格斗，我理应优于他"。于是说道：

"喂，鹿之介阁下，散打如何，凝聚精气神，尽管已经较量一时，但相互连轻伤都没有出现，能否用散打决出胜负。"

于是散打。山中鹿之介被械木狼之助胜盛按在地上，就在对方刀刺来的紧要关头，他敏捷地拔出锋利的短刀，从下面叠在护腿上，连刺腹部两刀，顶住要害部位，割下械木狼之助胜盛的脑袋嚷道：

"出云的鹿杀了来自石见领地的狼。"

于是，尼子军队一方哇地发出欢呼声。

该记载可能是《云阳军实记》的正确。两书记载的相同部分是这后面的交战。

"面对同僚被杀不能就这样弃而不顾回去。"

益田军队霎时如潮水般涌来，尼子军队也立刻应战，打得相当激烈，最终击退了益田军队的猛烈攻势。

由于毛利军队展开了粮道封锁战，尼子军队的粮食供应窘境日益加剧，士气低落，投降者络绎不绝。

《阴德太平记》说，尼子家族里大财主的侍从们悉数投降，眼下十三个老家臣里只剩下河副美作守与森助市正，其余都是近臣之辈，还说最后剩下了仅三百人左右，终于在永禄九年十一月二十一日决定开城求和。

尼子义久将使者派到毛利营帐请求归顺，并请求赐予自己剖腹自杀。毛利元就虽然允许投降，但不批准剖腹自杀，同意让他与伦久、委久两个弟弟一起离开富田城去芸州。

二十八日，尼子义久兄弟打开城门交付城市，前往毛利阵地，被带到芸州。

这时，山中鹿之介和立原源太郎等六十九人希望确认结果，跟着去了杵筑港，可尼子义久不许他们跟着，在杵筑港设宴招待惜别后将他们赶了回去。

《阴德太平记》里，排列着这六十九人的名单。

因为是顺便，所以先在这里叙述一下。尼子军队十勇士姓名在社会上评价很高，可出现在史籍里的人物也没有多少。山中鹿之介、横道兵库助、秋上伊织助（世上流传的，变成了秋山庵之助，可《史籍》里是这样记载的）和寺本生死介（也有写作障子介的）四人出现的次数最多；《云阳军实记》里出现了五月早苗介（尼子十勇士里称为植田早苗介）和薮荆之介（薮中荆介）；《云州军话》里出现了今川鲇介（早川鲇介）。可是，这两本书在许多地方的记述确实让人不放心。尤道理介、深田尼介、小仓鼠介三人，耳闻目睹涉及的范围没能见到。与尼子义久告别时的六十九人中间，只有山中鹿之介、横道兵库助，秋上伊织助三人。

立原源太郎为了这次投降事宜作为使者，立下了进行种种斡旋的功劳，所以毛利元就在出云宣布赐予价值二千贯的领地，但是遭到了立原源太郎的拒绝：

"接受这二千贯领地酷似出卖家主，请允许我拒绝。"

随后去了京都。此举令众人凛然。

被带到安芸的尼子三兄弟，先被押在寺庙里，后被赐予奉禄，提升为客人身份，其后代自命佐佐木，好像当上了臣子。

五

打开富田城门，尼子义久兄弟投降的当时，山中鹿之介等人是否思考过将来振兴尼子家族事宜属于疑问。

《阴德太平记》称，是应该打开城门投降还是否应该坚守饿死的商谈在城里举行的时候，仅剩下的几个家臣说：

"迅速缴城，保全生命，等候机会。毛利元就也已经六十多，余生也无几，只要没了他，策划打倒毛利家族就容易了。"

但是，我认为这想法过于天真，从当时形势分析，毛利家族不可能将他们放任自流，必然放在严密监视下是符合逻辑的。假设这样，那让谁振兴尼子家族呢？继承尼子家族血统的人，按理说当时不知道在这三兄弟以外。有关后来山中鹿之介他们拥戴的新宫党的遗孤孙四郎（以下称尼子胜久）的存在，也许一直是隐隐约约知道。然而，该遗子是否平安无事，其秉性是否足以达到拥立程度等，无法认为他们可能知道。

所以，我认为至少在富田打开城门之前可能还没有振兴尼子家族的意志。我认为，山中鹿之介他们形成振兴意志呈现萌芽是在成为浪人在浪迹天涯的过程中，弄清尼子胜久的存在，与他会面见到该人物后才确定下来。

且说富田城门打开时，山中鹿之介刚二十二岁。

山中鹿之介的容貌与体形，有大个子与性格温顺男子两种说法。没有固定何种说法。

前面略举的前田时栋撰写的《山中鹿介传》里，写有"身高六尺三寸，力过十人"。

服部南郭为山中鹿之介后代大坂鸿池家撰写的《山中氏祖祠记》描述说，"身高体壮，力过十人"。

《云阳军实记》说，"身高看似五尺多，肤色白，美男"。

《怀桔谈》称，"山中鹿之介是美须男，用其胡须刺隔扇移门，那里便噗哧噗哧出现洞孔。"

虽也不打算追根刨底，可是对于体格健壮和胡须美男的形容，我以为是真实说法。说他是性格温顺男子，仅《云阳军实记》一本书有此说法。

在杵筑与尼子义久分手的山中鹿之介，《阴德太平记》说他暂时先去了京都，不久与吉田八郎左卫门义金（也叫直景）、真本宗右卫门高统一起以香客打扮去了东国，领略了武田、上杉、北条等武士的风采。后去了北国，欣赏了朝仓家的家风。以后又去了京都。

《武林名誉录》说，尽管是番场莲华寺的旧时说法，但那是去京都途中的江州番场驿站，寄宿在所之僧庵（可能是莲华寺），那天晚上打退了闯入驿站的强盗团伙。

正如前述，在各领地周游历程中间，山中鹿之介产生了思考振兴主家尼子家族的想法。有了这一想法，他开始寻找尼子胜久的行踪。虽然没有记载他如何煞费苦心寻找尼子胜久的轨迹，但最终找到了。尼子胜久在京都东福寺成了法师。

《阴德太平记》说他飞檐走壁，精通武术。不过，这说法靠不住。那也是《牛若丸传说》的记载。

这当儿，凑巧毛利家族发生了变动。毛利家与大友氏之间的和平遭到了破坏，毛利军队兵临九州，山阴方面的武士们几乎都奔赴那里。

机不可失，时不再来。

山中鹿之介与立原源太兵卫、吉田、真木、横道兵库助兄弟（据说横道兄弟在松永久秀跟前侍奉）以及其他人取得联系，提议振兴主家。所有人都赞同。于是，他说服了在东福寺僧堂的尼子胜久，得到寺庙住持许可让其还俗，起名尼子胜久，拜其为家主。

永禄十二年五月，山中鹿之介簇拥着尼子胜久先快速去了但马国，共二百多人，其中有姓名的武士是六十三人。经但马家族垣屋播磨太守的介绍，依靠海盗大将奈佐日本助渡海去了隐岐。奈佐日本助，是既不知其门第，也几乎不知其履历的人物。但马的城崎郡有叫奈佐的地方，那里大约是他的出生地吧？从日本助的名字推测，多半是当时盛行的洗劫朝鲜与中国方面商船的倭寇人物。有关日本助的情况，《丰臣秀吉传》里也略有记载，只知道他的履历与上述情况。

当时，隐岐岛主是佐佐木的后代隐岐氏。隐岐氏一族的成员隐岐为清与其也有同族的亲密关系，因此发誓援助，予以厚遇。

不久前，山中鹿之介侦察本土情况已经看准了时机。尼子一族蹚水去了本土，于六月二十三日登上出云国岛根郡，进入八东郡忠山。

《阴德太平记》称，尼子胜久君发出号召：我已进入领地，期盼怀有忠心的人们应该快速聚集，对于迅速到达的人们将赐予原有领地，对于迟到的人们将予以惩罚。

号召被四处宣传，半夜三度呐喊传达，需要尽快集结战斗人员。多半是这么回事。

以秋上伊织助和森胁市政为首的昔日家臣蜂拥而至，络绎不绝，据说五天里集中了三千多人。通知一到达隐岐，隐岐为清也率领三百余人赶来集结。

尼子军队士气高涨，聚集在白鹿城的东方新山。这座新山城由一个叫田贺某的人为毛利家族守城。

《阴德太平记》说，仅一仗便被涌来的尼子军队攻陷了。

《云州军话》称，出云的大半土地属于尼子家族，太守打开城门说道：

"尼子家族有恩于在下。"说完离去了。

总之，尼子军队那个月里攻占了新山城，他们以这里为大本营，在末次进松江市内设置卫星城，目标直指收复富田城。

三浦周行博士称，山中鹿之介可能在进入出云之前与远处九州的大友氏、四国诸豪、播州的浦上氏等取得了联系，共商在各自所在地举行反毛利元就的起义活动，掀起了他们所在地方反毛利家族的军事暴动。

我也那么认为。濑户内海的大三岛神社的神宝中间有山中鹿之介捐献的大刀，但那多半不是作为实施该计划的一环而上供的。大三岛神社是伊予河野氏的祖神，成了濑户内海海盗的信仰中心神社。

且说富田城虽然有毛利家臣天野纪伊守隆重，但手下兵力仅三百人，遂派出使者疾驰毛利家族求援，可毛利家族此刻也一片狼藉，不能立刻派遣援军前往。

其间，尼子军队建造了十多座防护城，在国内横行霸道，一个月里攻占了云州内毛利家族的六七座城，士气越来越旺，伯耆与石见一带也有不少志同道合的武士。据说，当时加入尼子军队的共有六千多人。

富田城的天野隆重说，如果正面迎战可能一下子会被击垮，但作为武士如果一味守在城里蜷缩不动也让人懊恼，于是他心生一计，派使者去秋上伊织助跟前捎话：

"尼子胜久君进入本领土重振雄威，其实鄙人没有想过要以微薄兵力与阁下敌对。本城是尼子家族多代相传的家城，我想阁下应该尽早视察本城。如果消灭了毛利家族，阁下能在目前小生拥有的领地上再赐鄙人五千贯领地，我则决定打开城门交付这座城寨。但是，倘若什么理由也没有就开城交城，我会被世人讥讽为胆小如鼠，还会得罪毛利家族，我那作为人质住在芸州吉田的妻子儿女就会人头落地。如果同意前款上的鄙人请求，鄙人则献上一计：想请阁下于近日派部分军队到本城墙下，鄙人装出迎战失利的模样把他们带进主城后，就打开城门条件展开谈判，开城交城后便回芸州。如果回去，我将带上妻子返回居城，等待阁下军队攻入芸州，我在领地内举旗欢迎。如果毛利军队攻打本领地之际，我将趁其不在举旗起义，让毛利家族失去依靠之地。为此，报告尼子胜久君，如果赞同则应尽快派兵。"

《阴德太平记》称，秋上伊织助也好，山中鹿之介也罢，都完全上了这一圈套。

"天赐良机啊！如果富田城到手，本领里不再有任何城寨是敌占区了，伯州也将会归顺我们吧？"

尼子胜久以秋上伊织助为大将，派出二千将士兵临富田城，命人到城墙下发出呐喊声。说时迟那时快，已经完全做好战斗准备的城里，齐刷刷地开窗射箭，弓弩与火枪一起发射，接连不断地射击。尼子军队狼狈逃窜，瞬间伤亡人数达几十人。瞅准这一时机，天野带上三百多人一起冲出，挥刀砍杀，冲在前面的士兵悉数被抓，就连秋上伊织助也回天乏力，全线败退。

山中鹿之介与立原源太兵卫为这次败仗蒙羞感到愤怒，决定在自己的地方布下伏兵引诱敌军出城打埋伏。七月十七日，尼子军队在三个地方埋伏兵力，开始诱敌进入伏击圈。天野派出侦察兵掌握了城外有伏兵的军事情报，将计就计，相反打得尼子军队丢盔弃甲，屁滚尿流。尼子军队一后退，天野军队便追赶。如果尼子军队停下打算还击，田野军队则后退；如果尼子军队不停撤退，天野军队则穷追不舍，让尼子军队狼狈不堪。幸亏牛尾弹正忠发挥了作用，才终于甩掉了追兵。

分析上述战事，山中鹿之介作为武士是绝好的武将，可在战术策略上不能说最优秀的。当然他年纪还轻，当时也才二十五岁。另外，《阴德太平记》书籍系尼子家族宿敌毛利家族分支周防岩国吉以家老臣香川正炬父子撰写，故而在陈述山中鹿之介的写法上有相当辛辣的地方。前面叙述的山中鹿之介与械木狼之助胜盛之间的单骑格斗等，撰写守法也着重渲染械木狼之助胜盛，赞扬械木狼之助胜盛的地方也颇多。虽辛辣，但从头到尾写得并没什么不公平。秋上伊知助受到天野愚弄饱尝惨败苦果也是事实，山中鹿之介等人企图打伏击战雪耻却以失败告终也不是捏造。

出于天野是战争高手，尼子军队没有再发动紧逼对方的战争，后来只是远攻而已。

六

当时，石见银山成了毛利家族的领地，可前面经历过曾是尼子家族地盘的时代，因此那里的武士们也曾经归属过尼子家族，其中有叫吉田孙左卫门的武士，见尼子家族威势不可阻挡，便提出担任内应，阴谋烧毁石见银山官府所在的山吹城，但计谋败露后逃到出云。于是，留下来的武士们便共同商量。

"我们在这里无所事事，会被毛利元就怀疑与吉田叛军是一伙，还是先去出云边境那里活动活动好吗？"

经过商量，他们一致决定后开始准备。附近也有许多武士赶来加盟，形成相当规模。这当儿，安芸的佐东（是指佐伯东郡，据说现在的广岛市等地也在那里）居民叫小田助右卫门，还是毛利家臣，迅速集合了佐东与佐西的士兵来到石见。

"好机会。"

银山武士们与这支队伍会师，以小田为大将。这支由三千多人组成的大军，朝出云边境挺进。

接到报告，山中鹿之介决定迎战，带上立原源太兵卫等二千余将士来到原平。隐岐为清也率领七百多人赶来加盟。出云簸川郡高濑（据说多半是现在的高松村）的城主米原纲宽也率领五百余骑赶来，在相隔遥远的地方设立阵地，他打算先观察形势：如果尼子军队占优则加盟该军队，如果尼子军队处在劣势，则帮助小田助右卫门攻打山中鹿之介。

"银山人即便知道掘银之道，也不会熟悉交战之道。可笑啊！"

山中鹿之介嘲笑。果不出所料，小田助右卫门率领的各路人马都不听从命令，各按各的想法攻打。山中鹿之介命令弓弩手火枪手疯狂射击，猛烈冲锋。银山军队立刻仓皇逃窜。

然而不愧是小田助右卫门，他让手下七百余骑停下，采用跪射姿势，把弓与火枪支在前面悄然无息地等待，三度击退如潮水般涌来的尼子军队。立原源太郎见难以对付，遂派使者去了隐岐为清的阵地，命令：

"火速偷袭敌军后方阵地。"

于是和隐岐军队展开前后夹击，米原军队也赶到一起夹击，小田军队抱头鼠窜，小田助右卫门在混乱中被杀。

这次交战的胜利，提升了尼子一方的军威。

《阴德太平记》称，参战的武士非常多，借这股气势攻打石州。

在一旁观望形势的出云各诸豪都跟来了，伯耆大山的众徒也快速派飞毛腿赶来捎话：

"尽快打到本领地！我方有许多大志者。如果派我们出征，国中领地可悉数回到阁下手里。我们担任先锋，征服支持毛利家族的武士们。"

伯耆大山是天台寺，也是修行者道场，这里的信徒们从南北朝开始就以武艺勇猛闻名于世，曾在后醍醐天皇逃离隐岐回到本地时争先恐后赶来献忠心，也谱写了成为振兴建武火种的历史。这一带拥有强大的势力，他们属于自己人。山中鹿之介和立原源太兵卫都跃跃欲试。

"再见吧，翻山越岭去伯耆。"

在末次城集中分布于各地的军队，进行出发准备之际，中之海对岸米子海边似乎火光冲天，出现滚滚浓烟升起的情景。山中鹿之介一行说：

"这肯定是敌军涌向那里后在放火烧民房，幸亏隐岐为清在三保之关。也许是激烈的防守战，必须增兵支援，先看一下情况再说。"

于是他派人前往侦察，片刻便回来报告，令人意想不到："隐岐为清叛变了。"

虽不清楚是什么理由反叛，但眼下不能犹豫，决定立刻攻打。最好是出其不意地从海上夜攻，于是都寻找渡海船只，好不容易才找到八艘小船。无可奈何，大部分将士留在原地，由山中鹿之介、立原源太兵卫与横道等四百余人分乘八艘船朝三保之关驶去。然而顺利到达目的地的只有一半，其余一半船只中途驶上浅滩迟到了好长时间。这情况，既不幸运又幸运。

山中鹿之介与立原源太兵卫乘坐在顺利到岸的船上。可是隐岐军队数量多，加之山中鹿之介在三保之关明神牌坊内侧的石台阶边上按住敌军勇士，欲割其脑袋，举刀朝下砍去时，大刀碰上了石台阶，从榫钉（防止刀与刀把脱落）处折断飞落。这是一场非常艰苦之战。

头戴梨印家徽乌帽型且植入红熊头盔的武士，迅速将长柄刀刺向山中鹿之介，连拔腰刀的时间也不给他留。山中鹿之介无奈朝山里逃去。立原源太兵卫也被许多敌兵围着猛刺，摆脱后逃到山里。战况已经明朗。

《阴德太平记》称，山中鹿之介说了剖腹自杀，但立原源太兵卫劝住了他。

可我觉得这说法不可信。坚忍不拔，是山中鹿之介最显著最独特的脾性。我认为他不可能那么说。

这是《阴德太平记》一书不太想赞美山中鹿之介的艺术创意。

那也许是立原源太兵卫想自杀，被山中鹿之介劝住了。

这种颓势逆转，是因为驶上浅滩迟到的武士们赶到了。隐岐军队追赶山中鹿之介等人，把主阵地的三保之关禅寺变成了一座空庙，因此被瞬间攻下，隐岐为清乘船逃回了自己领地。

大将如此变化，表明隐岐军队已经无力再战，四百余残兵败将以及逃到山里的将士被全部生擒活捉。山中鹿之介夺下他们手中的大刀等武器，把他们赶到了中之海里的大根岛上。

山中鹿之介此前命令道，不准杀死头戴头戴梨印家徽乌帽型且植入红熊头盔的武士，必须生擒活捉。不一会儿，这武士被活捉送来了。

"叫什么名字？"

"中畑忠兵卫。"

"尽管是敌人，可打仗英勇无比，我被你吓坏了哟！"

说完，山中鹿之介把武器、盔甲全归还给他，还颁给他感谢状送回隐岐。

听了这次战况，尼子胜久表彰了迟到的武士们，但没有颁给感谢状。山中鹿之介和立原源太兵卫很过意不去，听说了这一情况后去尼子胜久跟前说道：

"赏罚分明可激励将士，请尽快颁发感谢状表彰他们。我们在战斗中打了败仗逃到山里，知道成败乃是兵家常事而丝毫没感到羞耻，但一度失败最后却力挽狂澜转败为胜立下大功的英雄豪杰，古今不多啊！"

说完，二人亲自书写感谢状，请尼子胜久按印后颁给迟到的武士们。当时，人们称赞说：

"山中鹿之介的器量果然出众，是尼子胜久的坚实臂膀，有力地辅佐了振兴尼子家族的大业。"

这是《阴德太平记》里的记载。这本书也赞美了应该赞扬的地方，相反只有这本书的记载多半可以信赖。

隐岐为清叛变的根源，是稍前时他曾希望尼子胜久赐予他隐岐领地，可尼子胜久说隐岐领地已经说过给隐岐为清一族的三郎五郎，不可以再赐给隐岐为清，因而隐岐为清大发雷霆。这也是此后隐岐为清来到出云表示道歉时而得知的。

并且当时隐岐为清请求道：

"如果赐予鄙人保护被流放在大根岛上的人命，我会像以前那样为尼子家族尽忠。"

山中鹿之介向尼子胜久披露了这一情况，救下大根岛上俘虏们的性命送还隐岐，但是让隐岐为清在三保之关剖腹自尽了。

七

由于上述种种障碍，富田城也没能回到尼子家族手中。伯州也仅些许进入西边，很快过去了半年。毛利家族不仅从九州撤军，还奉大友宗麟的命令，平定了率领三千士兵在防长地区发动骚乱的大内氏一族辉弘，完全恢复了正常秩序。

永禄十三年（四月改朝为元龟年号）正月十六日，毛利军队任命毛利元就之嫡孙毛利辉元为总指挥，由吉川元春、小早川景隆、肉户隆家等人辅佐，总兵力一万三千人，沿陆路挺进。此外，儿玉内藏大夫率领水军二百余艘船只沿海路前进。陆军攻占了沿石州路行进经过的各城，逐渐靠近出云。

山中鹿之介根据派到石见方面的侦察员们的报告，了解到了毛利军队不断逼近的情况，与立原等召开军事会议，制定了在富田城南方三里沿河岸的山村的布部村阻挡敌军、不让其进入富田城的作战计划。尼子胜久停留在末次城，集结驻扎在各地城市与村寨的将士，由山中鹿之介与立原等率领来到布部设置阵地，全体将士数量大约为六千七百人。毛利军队于二月十三日到达布部，战斗于十四日拉开序幕。

这一仗打得非常激烈，尼子军队奋力迎战，可寡不敌众，最终败下阵来。尼子军队的勇将战死者众多，横道兵库助也战死。他在身负重伤之际，侄女婿（约十天前背叛投降于毛利家）在当日战事中以毛利家族属下的身份将其杀害。

毛利军队开进了富田城。

布部大败的消息传到末次城，尼子胜久等人哑然失色。其间，败兵陆续逃回，到处是某某战死、某某也战死的伤心噩耗，却没有出现山中鹿之介的身影。正当大家忧虑"如果山中鹿之介被杀，尼子家族的武士门第复兴大业就不可能实现，那之后怎么办"而紧张得说不出话时，山中鹿之介于那天半夜回来了。他立刻召集大家：

"不仅武士，就连城里居民都要悉数出动，抓紧修复末次城墙。"

"那，原来山中鹿之介阁下平安无事啊！"

大家紧锁的眉宇舒展开来，在土墙上扎篱笆、竖栅栏，到处挖陷阱，撤除伽罗桥，致力于抗战准备。全军将士寄希望于山中鹿之介。

二月二十四日，毛利军队派出七千将士，由吉川元春父子三人率领，把阵地设在末次城的正面山上。尼子军队严阵以待，打算等敌军在激烈水流上渡河时展开弓弩与火枪射击。但是，战术高手元春就是不上圈套。一到夜晚，他命令士兵把篝火烧得很旺很旺，装作还留在阵地上的假相，悄悄着带部队从肉道渡海来到洗合，在那里放火燃烧，从背后攻打。

尼子军队的狼狈相就不用提了，山中鹿之介保护着尼子胜久逃进了新山。

之后，尼子家族的城寨被一座一座攻占，可最令尼子家族沮丧的是，秋上伊织助与其父亲三郎左卫门纲平变心投降毛利家族的事件。秋上伊织助贪婪于七百贯领地。

《阴德太平记》称，尼子家族的事情都由山中鹿之介与立原源太兵卫决定，而秋上伊织助则觉得自己没有被重视，感到愤愤不平。吉川元春听到这情况后，写信引诱秋上伊织助叛变。这是由秋上伊织助父亲纲平接头联系的，好像是秋上伊织助不得不服从。

《阴德太平记》里还有如此记载：发生这情况后，秋上伊织助独自一人拜访了山中鹿之介寓所请求指导。山中鹿之介亲自会见。客套话结束后，秋上伊织助说：

"今天面对面交谈，实在是说不出口，阁下与我从孩提时代开始交往，亲密无间，是患难与共的生死之交，可是父亲纲平执意归顺毛利家族。如果父亲意志成为现实，那我俩从今往后就不可能像现在这样亲切交谈，我希望自己终生尽忠于尼子胜久阁下的决心也将成为空话，实感遗憾。但是，我难以忘怀多年前的誓约，为了祈求接见，我是厚着脸皮拜见阁下。"

山中鹿之介答道：

"原来是令尊大人纲平阁下要加盟到毛利家族的！侍从是谋生，那也是无可奈何。阁下回忆从孩提时代建立起来的友谊，再看阁下迄今的所作所为，确实是深情厚意之人。跟着父亲是为子之道。听从父君旨意，背叛尼子家族，我一点儿都不怨恨阁下。侍从之身是不知道明天的。我俩喝交杯酒，从明天开始，我将谨慎制定讨伐阁下的计策，也请阁下把杀我的计划放在心上！你我都是侍从，各为其主，既不应该相互怨恨，也不应该互相发怒是吧？"

交杯酒喝完，二人泪水盈眶，又喝了许多，直到酩酊大醉。

"向过去告别！纵然明天战场相见，也要忘记相互间的友情。"

他们手拉着手，含着热泪道别。

这虽说是武士道的佳话，可尼子胜久听说秋上伊织助背叛的消息后唉声叹气：

"秋上伊织助成了敌人，那我们的力量遭到削弱，将对战事不利。"

尼子家族神情沮丧是勿庸置疑的。

不久，之后的晚秋，传来毛利元就身患重病的报告，毛利辉元与小早川隆景等人火速踏上返回领地的归途，可是吉川元春依然待在原地。山中鹿之介趁此机会离开新山攻打末次城，可是末次城守备坚固，岿然不动。其间，毛利军队人数多了起来，一手抄后路围打攻城部队，一手企图偷袭新山。于是，山中鹿之介躲进了新山，闭门不出。

那以后交战不断，但山中鹿之介一点儿也不顺利，尼子军队越来越颓势。

次年即元龟二年六月，毛利元就在芸州吉田与世长辞。吉川元春依然停留在出云，可一接到父亲的讣告愤然而叹，说道：

"葬礼上供，辉元和隆景会办理的。我以讨伐家敌来告慰父亲。伯耆大山的众教徒如果继续为尼子家仇视我家族，则杀之。"

他率领一万士兵从居城高濑出发。当时山中鹿之介在伯耆的末石城（也称末吉，在西伯郡大山町所子）固守。

"好，好，吉川元春如果进攻大山，我就集中分布在各地的驻军从背后偷袭，与我一起夹击来犯敌军。"

山中鹿之介喜出望外。可是吉川元春的谋略天衣无缝，说是攻打大山，只不过是声东击西，半路上突然折回攻打末石城，步步缩小包围圈，竖栅栏，设岗哨，建造了望楼，居高临下俯瞰末石城，连喘气功夫也不给城里守军，不间断地攻打。

麻痹大意的山中鹿之介无计可施。他想，如就这样在这里死去，振兴尼子家族的壮志就会成为泡影。为争取时间，他终于决定通过肉户隆家和口羽通良向毛利家族请求归顺。

吉川元春接受了他的投降请求，但命令说：

"山中鹿之介必须斩首！"

肉户隆家与口羽通良非常欣赏山中鹿之介这个人物，请求吉川元春刀下留人。

"不行！这是个智能过人的家伙，留下他活命，必然祸害于我家，不可过分沉湎于感情。"

吉川元春态度更加坚定。但两人仍然喋喋不休地恳切请求，终于使吉川元春决定不杀山中鹿之介，而是把他交给肉户隆家看管，严密监视。也许，吉川元春觉得既然救他一命，索性把他拉入自己一伙，拟在周防的德地今山口县吉敷郡佐渡川的上游地带和伯耆大山各拿出一千贯领地赐予山中鹿之介，并将这决定告诉了肉户隆家与口羽通良，由他俩将向山中鹿之介通报这一情况。山中鹿之介听后郑重致谢：

"两位阁下不仅救我一命，还要求吉川元春赐下领地，实在是感恩不尽。"

这以后，吉川元春与山中鹿之介面对面进行了交谈，山中鹿之介随后移居到了伯耆尾高城今米子市尾高町，吉川元春命令城主杉原盛重监视山中鹿之介。

山中鹿之介为了讨好吉川元春使其麻痹使用了各种计策。

其一

请求吉川元春：

"除了背叛迄今为止奉为君主的尼子胜久以外，我什么都愿意效劳，希望赐予五百人军需，由窃召集浪人渡海去伊予，拿下四国一带进贡阁下。"

其二

请求吉川元春：

"赐窃一千人军需，窃率领他们攻入九州夺下大友所属领地进贡阁下。"

吉川元春对山中鹿之介的上述请求都没有批准。

最后，山中鹿之介说要打开八桥（伯耆国东伯郡）城门让大家看，派出自己的昔日手下与肉户隆家、口羽通良的三百士兵一起到八桥城，让他们传达自己的命令，守将们回答说：

"那是在说胡话吧？只有在我们这里，才能尊称他为山中阁下，才能服从他的命令。可这家伙为了活命背叛家主投降敌人竟然不感到羞耻，甚至还命令我们把城交给敌人。他在说什么？请尝尝这玩意儿！"

守将们劈头盖脸地发射火枪，击退了攻城军队。但是，他们也终于察觉到城是守不住的，打开城门拱手相让后去了新山与尼子胜久汇合。

其间，山中鹿之介称自己患了痢疾，一夜间去厕所七八十次之多。一开始高度警惕的看守终于大意了，山中鹿之介趁机从厕所的下水道逃走溜之大吉。

不久，新山的尼子胜久经不住毛利军队的攻打，逃到了附近的廉岳。接着被进一步赶到了加贺村的桂岛，最终去了隐岐。

就这样，再度振兴而昙花一现的尼子家族领地，在云州那里连一座城池也都没有了。

八

逃离尾高的山中鹿之介来到丹后，为了调集军需资金召集浪人们成为海盗，烧杀掳掠近海边村落，不久移师到因幡，定居在日比屋今岩美郡大岩的岩本川左岸大谷，仍继续从事海盗之事，之后修建同郡的浦富桐山古城，占据古城度日。

原来，因幡领地曾经由山名氏大领主守护，但是前太守山名丰数被家臣武田高兴赶出了领地，最终穷困潦倒去了地下九泉。当时，这片领地被纳入武田高信囊中。山名丰数有叫山名丰国名字的弟弟，可他没有报兄长之仇夺回领地的实力，待在但马闭门不出。

山中鹿之介听了这一情况，多半不是因为正义感，而是出于等待日后重振尼子家族时让山名丰国出力的动机，前去看看能为山名丰国做些什么。山中鹿之介会见山名丰时说：

"我替阁下讨伐武田高信给你夺回领地。"

山中鹿之介的武名，山名丰国也耳熟能详，他又泣又喜。

山中鹿之介回到因幡，带上百余士兵守在鸟取附近的山上宣誓：

"为山名家族讨伐叛臣武田高信。"

武田高信率领五百余士兵前来攻打，但山中鹿之介一战便击溃了武田军队，并追击逃跑的武田军队。据说从甑山脚下到鸟取城外长达一里路上尸体到处可见。山名丰国也召集旧臣赶去那里。城很快被围了起来，武田高信终于投降，打开城门离去，山名丰国代替武田高信当上了城主。

山名丰国感谢山中鹿之介非同一般，给予奉为上宾的优厚待遇。但人是冷酷的动物，周围出现了嫉妒和诽谤。

"此处不是久留之地。"

山中鹿之介思考的时候，立原源太兵卫从京都捎来口信，让他火速上京。山中鹿之介来到京都。据说那年是元龟三年冬季，除立原源太兵卫外，尼子胜久也在京都。

九

京都成了织田信长的天下。织田信长在山中鹿之介等人于上次从京都去出云的前一年奉将军足利义召之命去了京都。那以后，他的威望迅速上升，同时在江州姊川击败了浅井与朝仓的联军，再加上前年火烧了比睿山，已经一手控制了近畿，其军队前锋正朝着西部延伸。朝西部扩展，据说是为了攻打毛利军队。

"只有他靠得住！"

这是尼子胜久、山中鹿之介、立原源太兵卫三人的一致意见。

山中鹿之介委托明智光秀引见，在织田信长从岐阜去京都途中的近江大津拜见了织田秀长。织田信长给了他俩一人一个杯子，又给了山中鹿之介名叫四十里鹿毛的骏马，立原源太兵卫贞宗之刀，作为激励。他俩请求：

"讨伐中部地区之际，愿担当前锋在前面开道，奋力拿下本领地出云，请求将出云赐给家主尼子胜久。"

织田信长答道：

"知道你俩的请求了，现在命令你俩为明智日向太守攻打山阴道的先锋，明智日向太守收他俩为手下尽忠吧！"

这时候，明智光秀家中叫野野口丹波的家臣对山中鹿之介说：

"我虽是没用的人，但机会来时立过三次战功，当时完全忘了自我，冲入敌军阵地砍下敌兵脑袋后才开始像梦醒那般清醒过来。记不清楚自己当时是如何杀敌。可有人把自己描述成割敌人完整首级的勇士，描述自己与敌人交战时的奋力情景。像他们那样是天生勇者，像我这样是天生胆小鬼吧。"

听完，山中鹿之介感慨地说：

"阁下确实是实话实说。阁下刚才说的情况是人物塑造，不是真正的勇士。虽然我也是两次给死者上供的武士，可是在刀枪你来我往交战在连续四五次砍下敌人脑袋的过程中，正如阁下说的那样完全忘了自我。到七八次砍下敌人脑袋后才开始犹如拂晓那样明白了，到了十次砍下敌人脑袋后开始内心平静，就像大白天看到的盔甲里的敌人那般。到了这种境地，已经清楚火枪应该射向哪里，军刀应该砍向哪里，可以得心应手。阁下还年轻，砍下的脑袋数量累积多了，就会觉得我刚才说的话有理而与我观点一致。"

某日，野野口丹波邀请了山中鹿之介：

"诚惶诚恐，一定出席。"

约定的日子到了，明智光秀邀请说：

"今天烧洗澡水，来洗澡啊！"

山中鹿之介边笑边说，今天已经与您家中的野野口丹波约好去他家。于是明智光秀笑着让他把大雁拿上。

"是招待山中阁下，让他把这做成菜肴。"

明智光秀补充道，他这种交友不分卑贱富贵的风格赢得很多人赞赏。

且说首次见到织田信长的第二年即天正元年十二月，山中鹿之介与立原源太兵卫在织田信长军队后援下，簇拥着尼子胜久从丹波路进入因幡。但因幡国主山名丰国已经把人质送到吉川元春那里并已发誓归顺，山中鹿之介念去年施恩于自己，立刻派出使者传话。山名丰国答道：

"我已经不能加盟尼子家族，但没有反抗意图，关于军粮等按阁下旨意尽管使用。"

尼子军队精神抖擞，进入因幡后十天不到便攻占了城市，十三日因报答尼子胜久的昔日之恩而赶来加盟的武士一个也没有离去，总共三千多人。鉴于这支军队的良好士气，山名丰国完全站到了尼子胜久这一边。天正三年中秋，吉川元春与小早川隆景率大军涌来。山名丰国又胆怯了，再度投入毛利元就的怀抱。

《丰臣秀吉传》说，山名丰国如此反复无常，终于被家臣们赶出了领地。

名将吉川元春与小早川一起杀来，以致山名丰国束手无策。尼子家以山阴人特有的韧劲顽强坚持迎战，在敌军重压下逐渐支撑不住，于天正四年晚秋终于不得不逃到京都。由此，尼子家族的复兴事业再度受到重创。山中鹿之介时年三十二岁。

第二年即天正五年，丰臣秀吉被织田信长任命为中部地区方面军的司令官，率领部队向西挺进，于十月二十三日到达姬路。十一月二十七日，秀吉大军攻占了位于播磨、备前、美作三国交界处的上月城。他让尼子胜久、山中鹿之介、立原源太郎兵卫等尼子胜久的部下进入上月城守卫。

丰臣秀吉暂时凯旋返回安土，可他不在期间播磨形势发生了翻天覆地的变化。也就是说，吉川元春与小早川景隆伴随着宇喜多直家率领着合起来的四万九千将士，以夺回失去领地的目标兵临上月城下，而三木城的别所长治此刻站到了与山中鹿之介的敌对立场。

三木城哗变的消息先到丰臣秀吉那里。他已经率部在前往征服别所长治的途中。这当儿又传来了毛利大军准备攻打上月城的消息。

丰臣秀吉向织田信长报告要求派援兵，与荒木村重一起率领两万将士朝上月城进发。四月十三日，丰臣大军在上月城东方高仓山上布阵，可是敌我力量悬殊，无法展开攻击。不久，织田信长派来的两万援军到了，可仍然不能对付。

织田信长在京都听了详细报告后命令放弃上月城，丰臣秀吉觉得可惜：

"将山中鹿之介扔下不顾，我将留下受人谴责的口舌。"

《丰鉴》称，他对没有攻打三木城的织田信长的长子织田信忠说：

织田信长的命令是绝对命令。既然是命令，就必须服从。可是，丰臣秀吉觉得要想方设法救助，派仍然是尼子家旧臣又是山中鹿之介义子的龟井新十郎秘密进城捎话。

"按照信号突围！我们在外迎接。"

山中鹿之介答道：

"我如果是一个人，是有信心突出重围的，可手下将士无法突围。自己一个人逃命，让士兵战死的事情，我做不出。"

龟井新十郎也无可奈何，噙着泪花告别。

不久，织田信长军队打道回府，山中鹿之介的胜算完全没有了可能。其间，城中粮食也已断绝，到了山穷水尽的地步。山中鹿之介申请投降。毛利一方说：

"尼子胜久需剖腹自杀，士兵才可活命。"

山中鹿之介多次要求保住尼子胜久的性命，但毛利一方不同意。山中鹿之介下了决心来到尼子胜久跟前：

"武运不济，到了这种地步，实在遗憾。恕我多话，请阁下代替士兵剖腹自杀，我也陪阁下上路。但是我还有想要做的事，请赐一段时间允许我留在世上。"

尼子胜久点点头说：

"我本应作为居士走完一生，却成了尼子家主，还一时作为领主率领数万士兵作战，这都归功于你。落到今天百事皆休的境地，决不是你智谋不佳，而是我家运已尽。我不需要你尽情份，我应该保全你的生命，再度振兴是你对尼子家族的最大效忠。"

说完，他剖腹自杀。这是七月三日发生的事，是围城以来第七十多天，尼子胜久当时二十六岁。

山中鹿之介珍惜生命的最后时刻，动机是杀了吉川元春或小早川隆景，总之杀了其中一个都行就是为尼子家报仇。可惜老天没有给他这个机会。

"赐周防五千石领地给你。"

山中鹿之介被告知这一消息，随后被送往西部的周防。这时，他早已把秘藏的"大海"茶叶容器放入包袋挂在脖子上，挎着荒见国行大刀，骑上最初见到织田信长时获赠作为出征的"四十里鹿毛"骏马，从上月城出发，来到备中甲部川的阿井码头。护送的武士们先用渡船送山中鹿之介的两个部下去对岸。山中鹿之介坐在河原岸边的石板上等待渡船返回。

这时突然有人从背后杀来。这人叫河原新左卫门。

"你！"

山中鹿之介边说边跳到河里。这当儿，福间彦右卫门跳到河里摁住山中鹿之介的脑袋，河原新左卫门也同时跳入河中按住山中鹿之介的腿部，福间彦右卫门砍下了山中鹿之介的脑袋。山中鹿之介时年三十四岁。

立原源太兵卫保住了性命。毛利家带他去了石见，拟任命他为家臣。但是，他趁风雨交加之日逃离后去了京都，寄身于须贺家，于庆长十八年在阿波告别人世。

十

山中鹿之介也许不该称为名将，但作为武士，其深藏不露的读心术与能力都称得上盖世无双。不过，人们通常认为他缺乏名将度量，而且一贯认为他不是战争高手。

只是他那百折不挠、坚韧不拔的精神让人感叹不已。日本历史上恐怕没有类似人物。我们必须思考的，是他那种极端的坚毅性格构成了人生中频频落入最恐怖厄运的根源。

尼子家族再度振兴，有那么重要的意义吗？我觉得有疑问，他的这个想法已经几近偏执。

即便说他缺乏大将度量，那也是与一流名将进行比较得出的说法。如果与丰臣秀吉麾下的大部分名将相比，他决不逊色。他如果改变志向转为开拓自己命运奋斗，其成为五六十万石的大领主是轻而易举之事吧!

　　附注:名为山中鹿之介或名为山中鹿之助皆可。但是,他本人签名是写山中鹿介。

　　《信长公记》等书物里也写其名为山中鹿介。这可能是正确的。我担心鹿助有误,遂在书中写为山中鹿之介。

明智光秀

一

一般说法，说明智光秀是美浓源氏土岐的支族，其祖父为明智光继，其父亲为明智光纲。明智光秀幼时，父亲离世，被城主叔父明智光安僧侣宗宿收养带大，十六岁举行成人仪式，穿成人服，戴成人帽，取名为十兵卫光秀，后改名为明智光秀。十三年后，斋藤道三与长子斋藤义龙交战被杀害时，叔父宗宿僧侣站在斋藤道三一边，与斋藤义龙在明智城交战，结果城被攻占，与其弟明智光久一起死亡。当时，明智光秀说，"想陪同叔叔一起去黄泉"，可是叔父宗宿僧侣临死前不允，说：

"斋藤道三阁下对于我来说，是主家的家主，我必须去死。可你没有这个义务，离开这里后要把明智家业的复兴大事放在心上。"

训示结束，他把儿子光俊与外甥光忠托付给了明智光秀。明智光秀含泪带着堂弟表弟走了。这时，明智二十九岁。

家谱图如下：

光继

光纲　　　　光安（宗宿）　　　光久

光秀　　　　光俊　　　　　　　光忠

上述是《明智军记》里的记载。但是，高柳光秀博士撰写的

《明智光秀》说,《明智军记》是谬误百出的劣质书籍,不能采用该书说法。高柳光秀博士还说,其他各种书籍记载的家谱图也不可靠,只能说明智家族是土岐氏的旁系族而已。

持有如此严谨到不差分毫的态度,不愧是学者。可我有自己的想法,撇开明智光秀的堂弟光俊和表弟光忠不说,我很相信《明智军记》的上述说法。

在前面叙述的《斋藤道三传》里,我引用了美浓诸日记里的记载,那里面写道:

斋藤道三后妻小见是可儿郡明智城主明智光继的三女儿,他俩的女儿归蝶嫁给了织田信长。明智光秀是明智光继的孙子,所以归蝶与明智光秀是表兄妹。

此外还写道:这说法是奇闻,不详细查阅不能确信。

可是,成为此后记的记载在《细川家记》里。

明智光秀,在足利义昭寄身于越前朝仓家之际,已经成了朝仓家臣,与足利义昭家臣细川藤孝成为朋友。在相互交往的过程中,有一天明智光秀对细川藤孝说:

"平定叛贼让足利义昭阁下返京,靠朝仓阁下的力量不易达成,最好还是委托尾州的织田信长。我家与织田信长家有姻亲关系,经常接到邀请,可由于听说要给我厚禄,相反踌躇再三。不过,你们最好把我的意思通报给织田信长,可以得到他的帮助。"

还有如此记载,明智光秀本人说:"我与织田信长家有姻亲关系。"

《细川家记》是信用度相当高的书物。我认为,《明智军记》里记载的明智光秀出身可以信任到相当程度。关于明智光秀的出身也有不同说法。我查阅了野史里的《若狭守护代年数》书籍,记述如下：

明智光秀是若狭小浜叫作刀锻冶冬广的人的次子，讨厌继承家业，离家出走，去了可以成为武士的领主家，在近江的佐佐木氏那里侍奉，名叫明智十兵卫。一天，他被作为使者去尾张时获得织田信长的赏识。织田信长从佐佐木那里把他要来担任家臣。

这说法有趣，但它是没有旁证的说法。我觉得，还是视作美浓源氏土岐一族有说服力。

离家后到侍奉于朝仓家之前，明智光秀好像是到处周游。作为周游过程中的若干故事，也流传着多个小说版本。

其一

一天，明智光秀拾到福神画像说：

"这是福之神。"

他兴高采烈拿回家中，放在神架上朝夕祭拜。有人说：

"哎呀呀，可喜可贺啊！这叫大黑天阁下，据说是掌管千人的首领。会越发有信心的！"

明智光秀脸色骤变：

"大黑阁下只管千人？成为千人首领，在普通人中也不稀罕。虽是福之神，但它不应该是胸怀大志的武士的信心神。"

说完扔了。

其二

明智光秀还没发迹的时候，亲朋好友聚集一起，根据日期轮流担任东道主主持酱汤聚会。酱汤聚会也叫酱汤讲谈会，主要内容是大家谈军事与武术，有助于武士的修养与和睦，还规定东道主只烹制和提供酱汤，饭菜则由与会者各自从家里带来。确实朴素简单。但是，后来担任东道主的人好像还提供酒菜。

且说轮到明智光秀担任东道主，当时他极其贫穷，是吃了上顿愁下顿的生活状况。可是已经轮上东道主这差使，尽管犯愁，他还是告诉了妻子。妻子答道：

"明白了，别担心。"

妻子爽朗地接受了。

明智光秀不放心，可又不能推辞，把一切交给了妻子安排。那天终于来临了。酱汤自不用说，甚至连下酒菜的色香味都不逊于其他东道主提供的，摆得满满一大桌，明智光秀脸上有光彩了。

酱汤讲谈会结束后，明智光秀问妻子：

"怎么摆了那么一大桌酒菜？"

妻子解开包头发的布让他看。她把那漂亮过人的长长黑发剪了，卖来的钱备了满满一桌酒菜。

明智秀光感激而泣，发誓说：

"我将来一定要出人头地，报答妻子的一片诚意。"

上述举例没有出现在可以信赖的书刊里，但在崭露头角前类似贫穷时代的情况无论谁都有。上述举例未必造假。

关于明智光秀之妻，《细川家记》称，明智光秀之妻是木勘解由左卫范熙的女儿。不知道其妻木氏出身于什么门第，但现在的土岐市有妻木町，可能是这地带的小豪族。是后来细川忠兴夫人嘎啦夏玉子的生母。嘎拉夏夫人作为淑德才貌兼备的美女，是当时的名人。我认为可以视其母亲也是那样的美人。

其三

明智光秀向妻子发誓将来一定出人头地，遂暂时告别妻子，外出寻求仕途，在细川藤孝那里侍奉，身份是徒步武士，酬劳为仅八十石的土地，由于过于贫瘠，便要求藤孝的老臣米田监物僧侣宗鉴换地。米田不仅不同意他的请求，还经常刻薄数落明智光秀，于是明智光秀一气之下离开了细川家族，后来出人头地了，明智光秀提及此事：

"我有今天是托米田的福。"

这话流传在《老人杂话》以及其他书刊里，可明摆着这是造假门。明智光秀与细川藤孝熟悉，是从明智光秀担任朝仓家臣时开始的。这情况我查阅了《细川家记》，那上面也已有记载。如果那之前有米田这一人物，那《细川家记》里是不可能漏掉的吧？这话，是出自名字光秀与细川家之间的关系在其侍奉织田信长以前，因此是虚构。

且说明智光秀周游各地以后，在朝仓家当差。他的领地，据《细川家记》说是五百贯。说到五百贯，如果换成后来的"石"，根据当时的米价，大约是五六百石吧。

他当时的情况流传如下：

《美浓国诸旧记》称，他从斋藤道三那里掌握了火枪射击技术秘诀（这已在《斋藤道三传》里叙述过了），在某场战斗中立了大功。他的火枪射击技术在朝仓家获得过好评，传到朝仓义景的耳朵。

"鉴于各种理由，我想观赏。"

朝仓义景要求。

"明白了。"

于是他来到安土表演。

明智光秀把靶设置在安土，隔二百五十多米距离发射了百发子弹，射入靶星的是六十八发，虽三十二发没有射入靶星，但都射在靶上。

朝仓义景很是震动，挑选百名家臣作为徒弟让明智光秀带他们训练。

还流传下列故事。

有一天，朝仓义景问明智光秀：

"过去把山作为要塞建造城市，可现在火枪火炮问世了，我认为过去的建城方法反而靠不住了。要是再造居城，你说什么样的地方好呢？"

"正如阁下说的那样，即便山城，如果附近有山，敌军可把火炮架在那座山上俯射，反而依山没了安全。但如果是在比那座山高二百多米的地方建城，那就没后顾之忧了。"

"你是说倚山建城也没关系。"

"是的，不过，也未必一定要依山。兵书上也说了，比起要害，还是人心之和重要，因此即使在平地上建城，也可以建得非常坚固。"

"是吗？你是说在平地也可以建成坚固的居城？"

"是的。"

"你迄今去过的城市中间，最坚固城市在哪里？"

"在我们领地。北之庄就是一座好城。就山城国来说，这就是山城，长泉寺看上去好。"

"加贺呢。"

"小松寺城是好城。"

"唔，那么，京城一带呢？"

"与阁下有亲戚关系的大坂本愿寺，是盖世无双之城。"

于是朝仓义景笑了，嘲笑道：

"你光注视寺庙啊。"

这是《明智军记》里的记述，可以认为，为同时表明明智光秀在兵法修养上不同凡响以及朝仓义景是昏庸人物而添加了主观说法。但是归而言之，明智光秀在朝仓家没有获得与其能力相应的待遇，不久便离开去了织田信长那里。

二

明智光秀与随足利义昭来朝仓家请求帮助的细川藤孝熟悉后，劝说他们不必依靠朝仓家而是最好依靠织田信长家。这在前面已经叙述。《细川家记》还有如下说法。

从藤孝那里知悉明智光秀提议的足利义昭，把明智光秀请来要求道：

"我从藤孝那里听说了你的提案，你能否为我去织田信长那里联系？"

明智光秀接受这一委托，可就在琢磨采用何种方法缔结联盟之际，凑巧朝仓家里有人在朝仓义景跟前恶语中伤明智光秀，于是明智光秀彻底告别了朝仓家。他感到幸运，离开越前去了岐阜。织田信长早就说过，只要明智光秀来他就聘用，于是欣然聘用了他，赐予五百贯领地。这与他在朝仓家领受到的酬劳等额。

不久，明智光秀向织田信长传达了足利义昭的意向，提出尽力辅佐足利义昭入京是构筑织田信长大业的途径。

这对于已经夺得美浓且移居城到岐阜隔着近江期望京都天地、

拥有期待某日登上将军宝座掌控天下野心膨胀的织田信长来说，是求之不得的便利道具。

"嗯，嗯。"

织田信长听了以后征集重臣柴田胜家与丹羽长秀的意见，他俩都说：

"这是条举手之劳的近路。"

"应立刻着手安排。"

织田信长喊来明智光秀，答复同意联手。

"机遇难得。"

明智光秀联络上了细川藤孝，足利义昭欣喜若狂。据说，足利义昭还将藤孝作为正式使者被派到了岐阜。

上述内容虽然只是记载在《细川家记》里，可也不能认为《细川家记》记载的内容全是虚构，应该同时看到，之后，明智光秀便是同时属于织田信长和足利义昭的侍奉形式。此说值得相当信任。

明智光秀自在织田信长手下侍奉以来，立下了攻城与野地作战的功劳。此外，高柳博士还推测说，明智光秀还根据织田信长的命令来往于织田信长与足利义昭之间，以及代表将军府与朝廷之间交涉。织田信长是人尽其才的用人高手，把这样的文官性质或者说外交官性质的任务让明智光秀担负，无疑是因为明智光秀具有与之匹配的资质。也就是说，明智光秀作为当时的武士是持有一流修养的人士，既有学问，又习惯于礼仪，辩论大凡也口齿伶俐，这话留在后面叙述。但是，他与细川藤孝那样的一等修养人士，并且还是从朝仓家一名普通武士开始就已经与之结下亲密友情，也可视作从一开始就在于他有这种教养的魅力吧。

元龟元年四月，织田信长出其不意地率兵从京都出发向越前挺进，攻占了朝仓属下的三座城市，紧接着就要攻入朝仓家主城一乘谷。

听到这一报告，惊讶并且被激怒的是近江小谷城主浅井长政。这在《信长传》里已经叙述过了。他相信数年前织田信长的海誓山盟：

"决不与朝仓家交战。"

接受织田信长的请求并娶其妹御市与织田信长结成姻亲，在织田信长奉足利义昭之命进京之际大力协助过，那以后还是作为织田信长的有力支持者直到现在。

但是，现在该誓言被彻底践踏了。

"当时那么发誓，简直不合常理！织田信长这家伙出卖我！这个言行不一致的混蛋！我也不再顾及姻亲关系了！"

浅井长政立刻站到了织田信长的对立面，与朝仓家共谋对策，摆出从背后偷袭织田信长军队的气势。

织田信长陷入进退两难的境地，将木下藤吉郎留下殿后，翻越朽木枯叶堆积的小路，好不容易保住性命逃回京都。

从这时起，近江的治安状况开始变得混乱起来。拥立足利义昭进京时，被织田军队赶走的六角（佐佐木）承祯不知从哪里冒出来，纠集旧臣们固守鲶江城池，煽动当地百姓发动武装起义。浅井长政也与朝仓家、比睿山、本愿寺共谋对策，频频反抗织田信长，成了一团乱麻状态。在这期间，固守长光寺城的柴田胜家，因六角承祯军队的攻击处在山穷水尽的地步上演了"破罐柴田"大戏。这样的形势，终于发展成织田德川联军与浅井朝仓联军在江北姊川大地上的大决战态势。

姊川交战是艰苦卓绝之战，可胜利归于织田德川联军。但是，织田信长的命运没有因此好转。阿波的三好方通过本愿寺与浅井朝仓联军同谋，渡过鸣门漩涡，在淀川下游的野田与福岛建城，邀请附近的豪族们加盟重整旗鼓。

这消息飞速传达到了岐阜城。织田信长立刻率领三万多将士，簇拥京城的足利义昭将军向摄津挺进，一到达那里便展开攻击。三好军队那里，本愿寺当然与之齐心协力。

反复激战数日，就在难分胜负的时候，来自近江的飞报到达了织田德川军营：

"浅井朝仓联军二万五千人打到了比睿山脚的八王子、和迩、坚田，正在攻打织田信长之弟织田信治与森可成（兰丸之父）固守的宇佐山城，织田信治和森可成都已战死。"

还说：

"浅井朝仓联军派兵到大津、松本、醍醐和山科一带放火燃烧，扬言近期攻打京都，眼下京都人心惶惶。"

"糟糕！"

织田信长痛感上了敌人的圈套。其实，浅井朝仓联军从一开始就是这么打算。也就是说，先将织田信长诱至大阪，再断其后路，使其陷入进退两难境地。

不管怎么说，织田信长认为打退兵临京都城下的浅井朝仓联军非常重要。如果让浅井朝仓联军蹂躏京都，那么迄今构筑起来的著名武将的声誉将一败涂地。他还担心，浅井朝仓联军死乞白赖有可能上书朝廷颁布讨伐织田信长的圣旨。缺乏实力的朝廷，一旦遭到武力胁迫很有可能俯首称臣。历史上，这样的例子不在少数。

于是织田信长着手撤军。

《织田信长公记》里的陈述非常简洁，说织田信长命令全军返回京都，命令和田惟政与柴田胜家率领部队殿后。

但是《总见记》说，织田信长对早就结有私人交情的浅井朝仓联军手下三好笑岩说：

"我因为种种原因要保卫王城而不得不赶快返回。阁下如果有诚意，请不要追赶。"

笑岩答道：

"武士之间要相互照顾，其他军队我不敢说，但我的军队决不在贵军后面追赶。"

数年后，分析羽柴秀吉外甥秀次成为三好笑岩的养子一事，可见笑岩多半已经从这时候正式开始心向织田信长了。

回到京都的织田信长于第二天离开京都翻越逢坂，在比睿山脚的下坂本构筑阵地。

织田信长极其神速的出现，令北国军队惊恐万分，遂将阵地移到属于比睿山系的钵之岑、青山、坪笠一带。

所谓"惊恐万分"，照搬照抄了《信长公记》记载的情况。从北国军队的立场来说，也许是打算争取时间等待援军赶到。事实上，一个月后，朝仓义景亲自率领三万将士到达那里，以本坂村为中心将阵地布置在附近数个村庄，士气大振。

织田信长把阵地设置成包围比睿山脚的形态，命令各部队构筑坚固的碉堡，切断敌军与外部之间的交通，企图封锁敌军的粮食供应线。但是，进展极不顺利。因为比睿山法师们向敌军提供兵员、粮食直至武器。

于是，织田信长对比睿山的十人长老级别的法师说了如下内容：

"如果你们比睿山放弃与朝仓浅井之间的约定站到我织田信长这边，我则将比睿山列入分领地，将该领地内被各地武士们霸占的土地夺回且一寸不少地归还给你们。如果你们觉得朝仓浅井势力自古以来跟比睿山就持有师辈那种关系密切的家族，并且难以站在他们的对立面，那就请你们比睿山寺院保持中立。如果这两条里连一条都不采纳，那我织田信长则寸土不让针锋相对。根本中堂也好，山王之社也好，还有三千和尚一个也不留，全部烧光杀光。你们应该清楚这利害关系，请认真思考后答复。"

但是山上没有任何回音，仍然源源不断地援助朝仓浅井联军。

织田信长咬牙切齿，暴跳如雷：

"这帮臭和尚！我马上给你们看看颜色！走着瞧！"

这状态发展到了第二年，织田信长放火烧了比睿山，可当时还是奈何不了比睿山的法师们。

织田信长不仅无法割断朝仓浅井联军与比睿山之间联系，也无法制止从东近江与越前方面渡过湖水运来的粮食。当时琵琶湖上有叫湖贼的群盗，他们都是净土真宗的狂热信徒，根据本愿寺的指令钻织田军队严密监视疏漏的空子，拼命地往朝仓浅井联军运输粮食。

织田信长虽恼怒但又奈何不了，派遣使者去朝仓浅井联军催促下达接受织田军队的开战日期。但朝仓浅井联军不予理睬，一个劲儿地坚守阵地，企图等到织田军队感到厌倦筋疲力尽的时候大力反击。

织田信长清楚朝仓浅井联军这一计谋，一方面严阵以待，加强守备，另一方面让夜晚熟悉地形的壮士们潜入山上，放火，砍和尚们的首级，还决定招六角承祯为手下。六角承祯是源平时代以来的近江领主。织田信长当然思考过，如果将他招至幕下，当地起义百姓们也多半就安静下来。这招安工作十分顺利，当地百姓暴动明显减少了。

然而，发生了更糟糕事态。织田信长的分领地里，本愿寺的信徒们发生了暴动。不用说，这是本愿寺为了伺机向在江州动弹不得的织田信长军队发起反攻，而四处通知信徒们策应暴动。

上述起义中最激烈的军事行动，当数北伊军队在长岛发动的起义。长岛是木曾川与揖斐川形成的三角洲且方圆三十多公里的大岛，要塞坚固，信徒众多，对信仰执着，袭击附近岛屿，杀戮朝廷的地方官员，没收苛捐杂税。

当时北伊势那里，由织田信长属下首屈一指的勇将泷川一盖担任司令官驻守，于是旋即派兵征伐。可是起义队伍一见到织田军队到来便化整为零而无影无踪，一见到织田军队回师便化零为整而耀武扬威，使织田军队疲于奔命束手无策，犹如拍赶饭菜上面的苍蝇无可奈何。

其间，起义军队变得越发无休无止，终于入侵尾张，竟然攻打织田信长之弟织田彦七郎信兴居住的小木江村居城，并将其杀死。

上述急报接二连三地传达到下坂本的织田信长那里，可他处在不能动弹的境地。

终于到了年底，是湖国极其寒冷的时刻。从湖水上面掠过的凛冽寒风，夹杂着雪花的刺骨雨水，气候天天都是如此，士气日益下降。这确实是织田信长一生中遭受最大厄运的时段。

这次最大厄运被足利义昭将军和朝廷化解了。第十五代将军足利义昭目睹战争陷入胶着、两军处在无法动弹的态势，上奏朝廷：

"比睿山是日本佛教各流派的发祥地，是历代朝廷十分尊敬崇拜的圣地。如果这样继续处在战争状态必将祸至这片圣地。万一燃起战火，烧成灰烬也就无法挽回。务请下达和平诏书。"

通过诏书裁定两军和解。

对于这一情况，浅井方面的《浅井三代记》称，"织田信长公卿密令将军府"怀疑织田信长暗中委托足利义昭为其解围。

织田信长方面的《信长公记》称，"朝仓以各种方式哀求足利义昭出面解围"，也就是说，是朝仓家哀求足利义昭。

双方都感到困惑，是毋容置疑的事实。但是，相比之下困惑程度更严重的，当数织田信长的处境更加严重。所以停战带来的利益，织田信长方面要多上许多。我认为，是织田信长说服足利义昭让他上奏天皇。事实上，大久保彦左卫门的《三河物语》称，织田信长根本没有胜算可能，把谈判当作为幌子，上书说，"天下给朝仓阁下吧！别再指望我了。"甚至还说要退居岐阜。这太过分了。也许当时还向各地领主传达了上述内容。

上述推进和平进程的工作，由谁去做？我认为最有可能的是明智光秀。这时候，明智光秀在包围攻打比睿山的军队里。这一情况在《信长公记》元龟元年九月二十日记述里有确凿记载。他正如前面叙述的那样，既属于织田信长手下又属于足利义昭的家臣，是他俩之间的信息交通站，同时又在织田信长与朝廷众官员之间交涉发挥了桥梁作用。如果他此刻不发挥作用，相反遭到怀疑啊。我确信他担任了这一信息中介，也许该策略的最初提案人也是他，或许他提案后说服了织田信长，得到织田信长许可后，又伪装成自己的个人见解去说服足利义昭的吧？

当时，足利义昭已经憎恨织田信长。朝仓、浅井、本愿寺、比睿山、上杉、武田、毛利等当时反织田信长势力的背后，都有着足利义昭煽风点火的影子。这情况，织田信长也按理十分清楚。作为织田信长，无疑不希望从自己嘴里暴露出软弱之处。

"只能说是你个人的意见哟！"

我想织田信长会这么对明智光秀说。

不用说，明智光秀也明白他心里想法，保证说是个人意见后去京都劝说了足利义昭吧。

说什么呢？

"和平是为了天下所有百姓，防止比睿山遭受毁灭是为了日本佛教，是为了朝廷。这是作为天下将军的应尽义务。"

是这么说的吧。还说：

"在这里不命令他们保持和平，将军府的利益也将受损。"

这是更适合的理由。

明智光秀这期间的作用与功绩，在当时的书上都没有记载。那是因为从事态性质上，交涉的全部过程都是在最严格保密的状态中运作的。后来他成了逆臣，知情者多半也就不传述他的功绩了。我是这么想的。

总之，织田信长避人耳目，从危险地带突围后回到了岐阜。

数日后新年来临，进入元龟二年。明智光秀于这年被赐予近江滋贺君十万石，在坂本建城。此时，是他侍奉于织田家以来的第四年，时年四十四岁。也就是说，他没有遇上伯乐，四十年里忙忙碌碌地过着平民生活。自从遇见伯乐织田信长，仅第四年就摇身一变当上了十万石身价的城主，应该是无限感慨。在这感慨中，无疑充满了对织田信长说不尽的感激。

在建造这座坂本城时候有这么如下一个插曲：

《老人杂话》与《常山纪谈》里有叫三甫的人，多半是连歌（日本一种独特的诗歌体裁）师。他在明智光秀跟前吟上句：

"浪间云峰垒。"

明智光秀立刻说下句：

"矶山漫杉群。"

这里提及的"云峰",可见是建城落成模样,或是竣工之日临近夏天。假设如此,那么他获准建造这座城市的时间,最迟可视为春天的二三月前后吧。

这难道不应该考虑为这是对他致力于和平之功劳的奖赏吗?

再者,《常山纪谈》是这么叙述的,唐崎的松树不知从何时枯萎,明智光秀都重新栽上树苗。这就是现在的唐崎之松(所谓现在,是指汤浅书写《常山纪谈》的时候。根据序文,时值元文四年,是德川八代将军吉宗在位期间)。

我谁植一树,

心吹志贺浦。

顺便说说《名将言行录》记载着明智光秀还在朝仓家去了三国港,乘船登岛时的赋诗:

神岛镇祠佳兴催,

扁舟棹处瑶台飞。

蓬瀛外向寻去休,

万里云遥浪作堆。

平仄合乎,诗情画意。那个年代,武士只要勇武,即便文盲也非耻辱。明智光秀能如此吟诗,其学养在武士中间堪称一绝。

且说这年八月,织田信长又派兵去江州与浅井氏打仗,九月份断然去比睿山放火燃烧,将三千堂塔寺院化为灰烬,将山里的男女老少杀得一个不剩(专设女人区域)。对于恶憎人的处罚,不论是非与否,即便归顺受到救助的归顺者也决不宽恕,最终脑袋都被一一砍下,惨不忍睹。《信长公记》里有如此记载。

那以后十多年,一直到丰臣秀吉再次振兴之前的阶段,比睿山八百年法灯无影无踪。

第二年，织田大军又讨伐浅井家族。

《信长公记》里的这年七月二十四日记录里，出现了明智光秀立功的内容。他在湖面上穷追猛打由江北大吉寺指挥企图起义的武士们，并将其全部消灭。由于没有详细的文字解说，具体情况不是很清楚。可是，大吉寺是本愿寺体系的寺院，这一起义人群大凡是湖上草寇。

第三年的天正元年，第十五代足利义昭将军公然与织田信长决裂，起兵后在宇沿真木之岛固守，最终被打败赶到了河内。织田信长在回师路上攻占了浅井属城高岛郡的田中城和滋贺郡的木户城，随后把这两座城市赐给了明智光秀。由此可见，织田信长对明智光秀的偏爱非同寻常。

这年七月，明智光秀被晋升为从五品下日向太守。这时，织田信长又请求朝廷授予明智光秀"惟任之姓"。当时，丹羽长秀被赐姓为"惟任"，田政次被赐姓为"户次"，直政被赐姓为"原田"。惟任也好，户次也好，原田也好，都是过去九州一带的旺族之姓，肯定是考虑到方便于将来攻打九州。

三

天正二年，织田信长的东面安全了，他最恐惧的武田信玄于前一年四月死去。武田信玄的死亡消息，被保密了相当长一段时间。数月后，该确凿的消息传到了织田信长的耳朵里。紧接着，朝仓家族和浅井家族也都相继灭亡了。

当然，织田信长的手伸向了西侧。这之前，织田信长也与毛利军队交战，是因为毛利家族援助本愿寺而不得不开战。所以，织田信长没有打算积极主动地拉开与毛利家族交战的序幕，他再怎么雄心也不可能使之成为现实。现在，则到了应该开战的时刻。织田信长决定首先攻打山阴道的丹波与丹后，受命领衔的是明智光秀与细川藤孝。

织田信长于天正二年正月命令他俩担当这一任务，但战斗序幕不能立刻拉开，那是因为先后发生了长筱之战与讨伐越前、加贺的一向暴动（指僧侣与农民信徒的联合起义）。明智光秀事实进兵到丹波是第二年的冬天。

丹波与丹后相同，原来是足利分支一色家族的领地，然而进入战国时期后，天下到处是弱肉强食一个模样。一色族衰弱后仅持有丹后部分领地，于是一色家族的代理太守内藤氏将丹波夺入囊中，内藤势力遭到同领地出身的波多野氏削弱，以仅剩下的兵力保卫龟山城。

除波多野氏外，赤井氏是有实力的家族。当时赤井家主忠家（家主姓名）的伯父、担任监护人的右卫门尉真正（也叫景通），骁勇善战，霸占周边领地，外号恶右卫门。可赤井家与波多野有姻亲关系，多半会与波多野家结成同盟。

理所当然，明智光秀在攻取丹波上如何对付波多野氏成了最大课题。

当时波多野家主是秀治，住在多纪郡八上城。他有两个弟弟，大弟名叫秀尚，住在龟山城；二弟名叫秀吉，取姓二阶堂。

明智光秀的丹波攻略，起初阶段进展不顺利。第一，他即便进兵丹波，也不是一个劲儿地朝前推进，而是以近江的坂本为根据地间断地出兵攻打；第二，不可能专心攻打。当时，织田信长营造安土城，但是，据说给安土城圈绳定界的是明智光秀。假设真是那样，则有可能需要频频视察工地，并且攻打本愿寺已经拉开序幕。

不过《信长公记》说，既参加战役攻打，也遇上了松永久秀的叛乱事件，又参加了平叛松永之乱。进展不顺利，也理所当然。

天正五年十月，明智光秀与细川藤孝一起攻下了龟山城，赶走了波多野秀尚后，战况势如破竹，两三个月内大致平定了东丹波后向织田信长报告。波多野秀治也归顺了，从织田信长那里领受了领地管辖的授权书。自始至终出力配合明智光秀一系列战事的，是细川藤孝与其儿子细川忠兴。这时候的细川藤孝，总让我觉得他是明智光秀属下有实力成为领主级别人物的人。

明智光秀向织田信长报告平定西丹波战况后不久，当地的暴动起义又风起云涌。明智光秀与织田信长的侄子织田信澄以及瀑川一益、丹羽长秀、细川藤孝一起平息了起义，突然挥师去了八上城。

如上所述，波多野氏已经归顺织田信长，领受了领地管辖授权书。虽说奇袭那一带的做法过分，但仔细想来这多半是执行织田信长的命令。但是这么做，织田信长毫无信义可言。当然人们多半也可认为，此起彼伏的起义暴动在于波多野氏的背后煽动。

八上城座落于筱山东侧一里半，即现在的城东町日置的南端。背靠险峻山岳的地带，被称之为丹波第一险城。秀治没想到织田军队蜂拥而来，惊讶，愤怒，迅速备战，授予弟弟秀尚与秀向两千士兵，让他们在途中伏击迎战。可是织田军队将他们击败后继续前进，包围了丹波城。

围城攻打了三十多天，八上城无论怎么说都是一座难攻之城，短时间难以攻下。织田军队在该城周围竖起栅栏，留下部将明智光忠等指挥，其余返回。

这以后一直到天正七年五月，约一年两个月里，八上城处在明智光秀军队铁桶般的包围圈里。如此围城也没有攻下该城。这里既存在城市坚固、波多野军队强悍与长时期领主与领民之间牢不可破的团结因素，也存在明智光秀没有专心致志攻打的缘故。这时，织田信长将西边的触角伸向了山阳道方面，丰臣秀吉作为这方面军的司令官，带兵去了播磨。在那里，毛利出动大军援助反对织田信长的豪族们，仗打得非常艰难，于是织田信长让长子织田信忠带领援军去前方支援，明智光秀也随军出发。

再者，荒木村重以摄津伊丹的有冈城与尼之崎城为根据地举起叛旗反对织田信长，这当儿明智光秀与松井宫内卿法印、万见仙千代按照织田信长的命令前往劝说。明智光秀把女儿嫁给了荒木的亲生儿子新五郎，与荒木是亲家关系，当然是最合适的劝说者。

明智光秀等人立刻去伊丹与荒木村重见面劝说，荒木村重接受了他俩的劝告答道：

"怪我不好，我立刻去安土侍奉。"

可是之后荒木村重的老臣们说：

"织田信长公是一个记仇的人，而且把毁约不当一回事，只要曾经背叛过他，即便现在赦免，今后也绝对不会放松警惕。阁下好不容易决心易帜，应该将初衷坚持到底。"

在这样的劝说下，荒木村重又犹豫起来，对三位使者说：

"我不去安土了，我决定继续起义。"

他斩钉截铁，已经到了无论怎么劝说都不改变的程度。三个使者无精打采地返回安土报告。《总见记》是如上记述的。

答应听从劝说的荒木村重，因为老臣们的进谏又改变了决定，这一点值得关注。织田信长确实不讲信义，如有必要，连誓言也可肆意践踏。玩弄权术是乱世英雄的常事，可以说只要具备这一"才能"便能成为英雄。凡是曾经敌对过的人，毋庸置疑，他们绝对不会放心的。

不忘仇恨的固执癖，也是织田信长的特性。现在稍将年代往后移动，即距离这时的两年以后，织田信长流放了与柴田胜家并肩如其左右臂膀的老臣佐久间信盛父子、林通胜、安藤伊贺与丹羽左近等人。流放理由详细例举了从七八年前开始到二十五年前的旧帐。

织田信长对林通胜罪案的处置最为过分。在他好歹不分的不良少年时代，林通胜拥戴其弟织田信行谋反而犯下了弥天大罪。当时，关于这一问题已经得到解决，林通胜也宣誓效忠织田信长，织田信长也谅解了。那以后，林通胜迄今也一直在立功。织田信长嗜好记仇还不够，总是耿耿于怀处处提防。如前所述，已经距离当时过去两年了，但即便记录里没留下，也念念不忘，决不既往不咎。

总之，织田信长对于一度对与他有过敌意的人决不饶恕。

荒木村重这之后又考虑到了明智光秀的痛苦立场，让亲生儿子新五郎离婚，将媳妇送回娘家明智光秀那里。

这一情况在《阴德太平记》里有记述，而且这本书里还说，是明智光秀把荒木村重逼到了反叛织田信长的境地。也就是说，荒木村重接受了明智光秀等人的劝说，送明智光秀等人回去后带着应该去安土的亲儿子新五郎离开了伊丹，走到山崎时遇上等候已久的家臣荒木直摩、中川濑兵卫、高山右近等人。他们异口同声地劝说：

"去安土危险，只有坚定与毛利家族结成同盟的决心才最重要。"

荒木村重也踌躇不安，这时留守荒木村重在安土官邸的家臣快马赶来告诉说：

"听了使者们回去的报告后，织田信长心结解开了，但那后来有许多人恶语中伤，于是又开始憎恨，制定谋杀计划，说如果荒木重村来到这里上朝就地正法。"

这当儿，明智光秀赶紧派人飞马赶到，通知说：

"织田信长公卿记仇，你如果去安土上朝未必安全，请斟酌再三。"

终于，荒木村重折回到伊丹，竖起了鲜明的敌对旗帜。这是由于明智光秀对于织田信长早已有谋反之心，觉得像荒木村重那般武艺高强的大领主跟随织田信长，就会成为阻挡实现他本人志向的障碍。他把这一莫须有情报让人通知了留守安土的荒木村重公馆官员，让他们急报主子。在此基础上，他再亲自让人带着亲笔信函飞马送到荒木重村手上。

不用说，这段情节来自《阴德太平记》作者撰写的小说。按理说，这时候的明智光秀不可能有叛逆意图。高柳博士说，即便明智光秀有叛逆意图，那也是另外一回事，可能也就是荒木村重的生存方式适合明智光秀的想法。对此，我有同感。

十一月九日，织田信长离开京都讨伐荒木村重。当天在山崎摆开阵地，派遣诸将去敌军中村清秀（后来投降织田信长）固守的茨木城与高山右近（这人后来也投降）固守的高槻规城。这情节在《信长公记》同一天的条文里能见到。可是，在去茨木的将官中间也有明智光秀的姓名。

由于这样的原因，明智光秀不可能专心致志地攻打八上城。但是，这年十二月十五日条文里可以看到，明智光秀立刻投入对丹波的攻打，在八上城周围挖了长达三里的壕沟，绑扎了好几道栅栏。紧接着，实施包围，在围墙之间将士兵军营建成商业街模式，让巡逻士兵高度警戒，连野兽也不准通行。之后，明智光秀还频频从丹波献骏马与刚出生的小猎鹰给织田信长。因此，我觉得可以视明智光秀为坚定不移地致力于征服丹波的军事行动。

明智光秀率领部队铁桶般地包围了八上城，可能是根据计划断绝城内军粮。这以前的包围也相当严密，而这一次进一步的铁壁式合围，是严防与波多野氏团结历史悠久而形成鱼水情的领民们避开监视哨偷运粮食入城。由此，可以推断实施铁桶般包围是为了彻底封锁粮道。

波多野氏保存了最古老的武士生活方式。事发当时的武士，都是拥有土地的地主。家臣们都是从一族中出生于排行最小家族的成员和领民中强壮有力的人士中间挑选出来的。武士的这种生态，一直传到后世。可是，从南北朝时出现了一些变化，进入战国时代后完全变了，一天到晚尽是战火纷飞。兵农分离后，武士成了职业军人。集中于城外居住的现象也开始了。可是丹波山里八上那样的地方，也许还一直持续着古时候遗留的武士生活方式。萨摩的乡士始终以兵农一致的形式保持到明治维新。这是那个时代的特征。即便京城附近也是山里人的特征。我觉得很有可能。

假设真是这样，那么固守城里的军队是数代施恩之主，为了保护居住在城外山谷和田野的百姓们。当然是有血缘的近亲，既执拗且热心地将粮食运入城里，而且还有可能致力于对围城军队进行背后偷袭。这根深蒂固的联袂抵抗，理所当然。

四

就这样，明智光秀专心致志于攻打丹波。由于阴谋迫使八上城内的守城军队渴死，因而只是将城寨围得水泄不通而已，避开武力攻打，也就是围而不打，从而分兵攻打其他城市。但是，这仗似乎打得非常艰难。那也许是因为八上防守万夫莫开坚不可摧，以致波多野豪族们士气大振的缘故。或许已经投降的武士们在观望形势而后视情决定是否易帜归队的缘故。

明智光秀致力于攻打丹波的时候，织田信长在攻打荒木村重，丰臣秀吉则持续攻打播州。

时值天正七年五月四日，明智光秀一心一意攻打丹波不到半年的时候，织田信长命令明智光秀返回安土，宣布新的攻打丹波战术，说：

"明智光秀从山城口，丹羽长秀从摄津口，丹柴秀长（秀吉之弟）从但马口，同时发起攻击，尽快铲除。"

《总见记》称，这是丰臣秀吉早向织田信长献的计策。

织田信长的这一新方案对于明智光秀来说，多半感到被递上了一张不信任状吧？内心肯定感到痛苦。一想到织田信长不高兴，明智光秀肯定觉得可怕，而且他一旦知道这是丰臣秀吉献的计策，多半也怨恨丰臣秀吉。

尽管这样，也不能拒绝织田信长的命令，又不能像原来那样请求只命令我一个人，只好对没能满足委托的事项道歉后答道："明白了！"

就这样以三面攻打的竞争态势，三人攻入了丹波，三人都上奏各自功劳，可各自作用有等级差别。羽柴秀长获得一等功，因为仅二十天时间里将攻打区域收拾得干干净净。成绩最差的当数明智光秀，拼死拼活地卖命攻下数座城市，却没有拿下最重要的八上城。

明智光秀不得不焦急起来。

关于这一情况，自古以来的说法分成两种。

《总见记》是这么说的，明智光秀想到万人耻笑和信长的不快，感到焦虑懊恼。他心生一计，以西藏寺庙的修行者与叫大善院的僧侣为中间人，派他们进城里和谈：

"朝廷右大臣织田信长征讨贵领地，不是报复过去对于阁下留下的仇恨，只是考虑阁下为统一天下所立的功劳，造福于百姓，营造天下太平。因此，阁下如果现在归顺，右大臣织田信长就可授予你丹波一国的管辖及所有权证书，阁下就可长久拥戴波多野家族。这是右大臣织田信长的决定，希望阁下认真理解出城归顺。我们已经起草了七张授权证书，打算交给阁下。"

波多野秀治感到疑惑，不予理睬。

"我会上你们甜言蜜语的当吗？织田阁下的不讲信义，我们了如指掌，谁都清楚。"

和尚使者们回来后报告了这一情况。明智光秀进一步围绕方案再次派遣使者传话：

"我把老母当人质送到阁下那里，务请打消疑虑，准备好出城去安土感谢右大臣阁下，定可保全阁下家族。"

就这样，和谈成功了，明智光秀把老母送到城里（其实是姊姊，即其叔光安之妻。明智光秀幼年就失去了父母，由姊姊照料抚育成人，因此明智光秀其视为母亲），于是波多野秀治、波多野秀尚、波多野秀香三人出城，去了当时明智光秀所在的本目之城。

明智光秀高兴地与他们面对面交谈，可是行了一个礼后，祝酒宴席上便命令彪形大汉逮捕三兄弟。三兄弟拔刀竭尽全力战斗，可寡不敌众，终于束手就擒。三兄弟的随从人员十一人也遭到逮捕。

明智光秀将他们送到安土，禀报了上述情况。织田信长在安土慈恩寺城边把他们绑在柱子上用长矛刺死。抑或三兄弟临终时肯定觉悟道："上当了！"他们的随从也被全部斩首。

八上城的守城将士们，得知家主三兄弟等人临终的悲惨情景，遂将人质明智光秀的婶婶绑在柱子上用长矛刺死，以泄愤报仇，随后与围城的织田军队展开搏斗，血洒战场。

上述是《总见记》的记载。

也许说，这成了明智光秀后来的背叛原因，即明智光秀仇恨织田信长说法的最主要根据，故请读者牢记。但是如果就这样相信上述说法，则会以为明智光秀急于建功，从一开始就打算将养母置于被杀境地。除暗算三兄弟已经将他们绑赴安土外，明智光秀理应估计到织田信长会将他们斩首。如此变化，人们肯定认为明智光秀对于作为人质的养母被杀事先是有思想准备的。或许说，明智光秀曾打算用哄骗手段巧妙夺回养母的计划没有如愿以偿的观点也是成立的。但是，这方法只是冒险。

另一方面，《信长公记》里是这么叙述的。

对于八上城，明智光秀从去年开始围城，在四周挖掘了长达三里壕沟，绑扎了多道结实栅栏作为封锁线，导致城里人们断粮挨饿，他们起初摘些树叶食用，后来杀戮牛马食用。这时还出现了部分不堪忍受饥饿逃出城市的人们，但是一出城就被围城部队杀了，以致城里人惶惶不可终日。于是，明智光秀拟抓住这一机会诱捕波多野兄弟三人。

《诱捕波多野三兄弟》是难以解释的文章，高柳博士对此解释说：

"明智光秀说服波多野的家丁们，'如果将家主抓住送到我这里，就可保全你们的性命。'让他们去把家主兄弟三人抓到明智光秀那里。"

这是最明了的解说，我也想按照这一说法。

也就是说，《信长公记》里根本没出现过有关明智光秀婶婶的记述。

八上城一攻克，攻打其他城市也就势如破竹，摧枯拉朽，其余城市全部进入织田信长囊中。唯有赤井恶右卫门宣正不投降。

《总见记》称，赤井恶右卫门说"我只要还占据着一寸土地，就要拥护外甥五郎忠家主，我一个人在丹州举臂与明智光秀血战到底"。

这人确实称得上千夫之勇的战将啊。

不过两个月后，赤井恶右卫门固守的黑井城也被随后攻下。当时赤井恶右卫门患疗已有一段时间，但还是毫不胆怯，一马当先，奋勇杀敌，最终死于战场。那是八月九日发生的事。

据说，织田信长接到明智光秀"丹波不留死角全部平定"的报告后授予明智光秀奖状称：

"明智光秀为使丹波永远属于我们领地而竭尽全力，屡建战功，盖世无双。"

就这样，明智光秀在近江滋贺郡十万石的基础上以丹波为领地，统治丹波的居城被定为龟山。但是织田信长是否将丹波全部或者一部分赐给了他，尚不明确。有说加上江州所有领地是二十五万，也有说是六十万的。如果采纳前者之说，那则是丹波的一部分，如果采纳后者之说，那大概能说是明智光秀得到了整个丹波。这时候，明智光秀五十二岁。

五.

自丹波平定成功的天正七年初秋到天正十年的春天，是织田信长事业处在顺风势头向前推进的时期。

天正七年十月，顽强抵抗长达一年的荒木村重的有冈城沦陷了。

天正八年正月，反抗长达两年的别所长治，对丰臣秀吉的战术束手无策，其在播州的三木城被攻占。三月，织田信长与本愿寺之间实现和谈，本愿寺交出了石卫城。织田信长与本愿寺之间的战争，先后长达整整十一年。本愿寺的势力退到大坂，打开了阻隔前往中部地区的通道，意义重大。

天正九年十月，织田信长的中部地区方面派遣军司令官丰臣秀吉攻占了鸟取城。鸟取城是山阴道的毛利军队前线据点，毛利军队失去这座城市后只得后退到伯耆。

天正十年三月，甲州武田氏灭亡了。这年的二月初，织田信长与德川家康一起带领军队向甲州挺进，但是曾经那么精锐且让织田信长恐惧的武田军队完全丧失斗志。织田信长和德川家康的联军攻击态势如入无人之境，三月十一日攻打主将武田胜赖及其家族仓皇逃入的天目山，命令他们集体切腹自杀。在这讨伐甲州的战事里，明智光秀也在其中。

武田家族在天目山气数已近之际，丰臣秀吉已经从姬路出发，沿着山阴阳道向西，朝着毛利军队的前线据点备中高松城挺进。

高松城是清水长左卫门宗治的居城，而清水长左卫门宗治又是武艺精通的名将。丰臣秀吉打算避开硬攻。一到达冈山，丰臣秀吉便派出黑田官兵卫与蜂须贺小六正胜作为使者，告知清水长左卫门宗治利害关系，劝其投降，但是清水长左卫门宗治断然拒绝。

丰臣秀吉无可奈何。

丰臣秀吉从冈山出发，进入备中，逐一攻下高松城周边的毛利方小城，将高松城孤立而实施围城，并以该城为中心构筑了长达近三公里的长堤，堵截足守川与长野川，发动了著名的水战。时逢梅雨，数日后，被山脚与长堤围着、面积近三平方公里的原野成了一片湖泊，城市不再是中心，变成犹如小岛摇摇欲坠的情景。

"高松城危险！"

这一报告到达毛利家时，毛利家的小早川隆景与吉川元春已经作为先头部队出动了，在高松附近山上设立了主阵地，在附近各山上设立了卫星阵地。将士约三万人。毛利家当主毛利辉元也亲自挂帅，在距离高松六里左右的地点即猿桂山上布下了阵地。

这时，丰臣秀吉率领的军队与宇喜多秀家的一万将士合起来总共三万人。丰臣秀吉分出一万将士对付毛利军队，分出二万军队继续严密监视高松城动静。

两军都没有主动挑战，各自固守，双方每天都是怒目而视。

在这里，丰臣秀吉向织田信长报告了详情，说"务请阁下亲自出马"这说法，只要稍稍思考便可认为不可思议。高松城被葬于水底，眼下只不过是时间问题，再说丰臣军队与毛利军队双方在兵力上没有大的差别。人们通常认为，只有不靠织田信长援军而靠独自力量决战才是男人生平凤愿和立大功的最佳时机。

然而，这就是丰臣秀吉讨织田信长喜欢的地方。织田信长有着嫉妒心和可谓病态式猜疑心。作为他的家臣，某种程度立功是他期待的，不立功则损害他的心情，但是超过他期待的程度立下特大功劳，则会刺激他的嫉妒心而引起他的猜疑。丰臣秀吉对此一清二楚，向织田信长报告说：

"请阁下亲自出马援助，光我一个人力量恐难战胜。"

我认为他这么说过。

与此同时，织田信长那里的情况如下：

织田信长将武田家族的领地分配完毕，于四月二十一日从甲州凯旋回到安土。可是，在处分武田家领地时，德川家康被赐予骏河全部领地，于是为答谢以及顺便参观那片领地，德川家康说与穴山梅雪一起拜访安土。虽然穴山梅雪是武田家族的支族成员，但在织田信长入侵甲州以前就已经归顺于织田信长，还在织田信长入侵甲州时担任向导。在武田家族所有的支族中仅穴山一族尚存，并被授予管辖原领地甲斐巨摩一郡。

"好，你等着。"

织田信长答道。

当时，织田信长突然想起征服四国，命令三子信孝与丹羽长秀攻打四国而忙得不可开交。但是他又很想招待德川家康，遂令明智光秀担任接待官。有关这一情况，高柳博士根据当时朝廷日记记载的内容考证说，明智光秀从甲州回来后获得了一段时间休息，闲在家里，从而接受了这道命令。这也是理所当然的。明智光秀在织田信长下属的原诸家臣中间最精通礼仪，奉命担任这一职务的说法值得可信。

总之，明智光秀服从命令着手接待德川家康的准备工作。

《信长公记》说，明智光秀在京都、堺调查珍宝，非常严谨。他到处奔走做准备工作。

德川家康于五月十五日到达安土，去了早就被规定为居所的大宝坊。明智光秀致力于接待，但是来自备中丰臣秀吉的求援使者于第三天即五月十七日到达安土。

织田信长欣喜若狂。

"已经形成与毛利之间的决战态势，天助我也，立刻出发，将中部地区所有大领主一一征服，再一气打到九州。"

说完，派堀久太郎为高级使者，让他带着写有下列回音的函件去备中。

"一切详知，不日出马！"

织田信长还命令明智光秀、细川忠兴、池田信辉、盐川吉大夫、高山右近、中川濑兵卫等作为先头部队立刻出发。

那天，明智光秀从安土回到坂本着手出阵准备。不光明智光秀，据《信长公记》明确记载说，所有接到先行出发命令的人都回到自己领地，进行出征前的准备。

《信长公记》称，织田信长在安土亲自款待德川家康多日，二十日设宴，德川家康当然出席，还有梅雪以及德川家康手下的老臣石川伯耆、酒井忠次等人出席，织田信长亲自推荐菜肴，郑重对待宾客。

二十一日，德川家康一行离开安土去京都一带参观，织田信长送他们时说：

"京都、大坂、奈良、堺市，大家都可自由参观。"

织田信长安排近臣长谷川秀一为向导，命令应该奔赴讨伐四国的织田信澄与丹羽长秀在大坂接待德川家康。于是，他俩服从命令前往大坂。

一度进入坂本城的明智光秀，于五月二十六日离开坂本回到丹波居城龟山，可次日早晨起床后立刻说道：

"我要许愿，去爱宕权现闭门祈祷。"

随后打点行装出城。神，也有"流行神"和"过时神"之分，既有流行信仰天神的时代，也有流行信仰八幡神的时代。但从足利时代中期前后到织丰时代，是非常流行信仰爱宕神的时代。

爱宕权现，如果从京都西北方看，即从龟冈方面看，则是静坐在耸立于东北方的爱宕山上。明智光秀一到这里，于当日夜里去神前参拜，十分虔诚。他不停地许愿于某件事，还抽了三次签。大约叛意已定。但这许愿事关重大，不知如何是好，可能是想根据神意决定行动。究竟是吉是凶，不用说，明智光秀的心怦怦直跳，脸色苍白，要面对的毕竟不是一般对手。这天，明智光秀情绪异常的抽签情景似乎浮现在我们眼前。

明智光秀从神前离开，喊来当时天下第一连歌师绍巴，来西边僧房对吟连歌百韵。所谓百韵，是指连着创作百句。

先是明智光秀吟诵首句。

"不日时雨下五月。"

不久梅雨纷纷，淅淅沥沥，描述梅天景色，其实富有深层意味。明智光秀出生美浓的土岐，"时"（"toki"）与"土岐"（toki）的日语发音相同，"雨下"寓意"夺天下"，"不日"寓意"不久时"，此句意味"土岐人的自己在五月某日夺天下"。

对于首句，西房僧主吟诵对句：

"水上胜等庭松山。"

绍巴接过这句，进一步继续吟诵：

"花落蔓流末止开。"

就这样，将一首长达百韵的诗献在神前。分析首句后面西坊僧主吟诵的诗句里有"胜"与"松"【"松"（matu）与"等待"（matu）发音相同】三个词，前者寓意"获胜"，后者寓意"伺机"。绍巴的诗句里的"花落"寓意"织田信长死去","蔓流末止开"寓意"提防织田信长部下诸将"。他俩多半察觉到了明智光秀的内心世界。

关于连歌表演过程，流传下列对话。

其一

当大家默默思考诗句时，明智光秀突然说道：

"本能寺周围的护寺濠啊相当深吧？"

由于什么前提也没有就蹦出这句话，无论是西坊僧主，还是绍巴，都目瞪口呆，片刻后绍巴答道：

"是呀，可惜啦！"

明智光秀神情惊讶地没再往下说。

织田信长从安土出发进入京都本能寺的日期，是这第二天即五月二十九日。织田信长当时的京都住所，都一直固定在本能寺。

其二

粽子作为点心出现在席上。明智光秀取来粽子，不剥去包在外面的粽叶就大口大口地吃，人们惊愕。有说明智光秀集中注意力思索，也有说没有停止自我谴责。两种说法都在《修订版三河后风土记》里，尽管编造成分明显，但是描述惟妙惟肖。

该书里还记述了下述说法。

那天夜里，明智光秀、绍巴、西僧主一起住宿且并床入睡。但是，明智光秀一直辗转反侧不时叹气，难以入睡，于是绍巴问道：

"您是不是心情不好啊？"

明智光秀答道：

"不，不，我在思考诗句呀。"

明智光秀也许还在犹豫不决，或许还在谋划如何偷袭织田信长的战术与如何善后处置。

在连歌对句表演的第二天即二十九日，织田信长从安土出发，天黑之前到达京都后进入本能寺，随从人员仅侍童二三十人。先于这天前面的八日、二十一日，他的长子织田信忠进入京都，寄宿在宝町药师寺町的妙觉寺里。但是，就连他也只带了侍童和马弁。

六

明智光秀于二十九日从爱宕回到龟山，可心里谋划好的突袭方案没有对任何人说，他指挥家丁们装载百箱左右的武器和弹药，让他们送往中部地区。

六月一日下午四时左右，明智光秀匆匆告诉大家：

"京都的兰丸阁下传令说，开往中部地区的准备工作如果好了，织田信长阁下想视察军容，因此现在出发，希望大家理解。"

虽说进军中部地区事宜早就清楚，可对于这突如其来的命令，大家可能都慌了手脚。但黄昏时军容都已整理一新，于是出发了。明智光秀自己骑在马上转来转去，把队伍分成三队。

这时，明智兴秀问重臣斋藤内藏助：

"这队伍有多少人？"

内藏助答道：

"大约一万三千。"

《川角三阁记》称，作者原封不动地用笔记录了当时明智光秀麾下勇士们的实际经历。

我根据这本书写了这一内容。可是这一简单问答里，告诉我们此时此刻在明智光秀的心里已经形成了成熟的战术；还告诉我们内藏助此时此刻尚不清楚明智光秀的内心重大秘密。

离城后稍行进些许路程，明智光秀喊来明智左马助光春。这人既是明智家的重臣也是女婿。据说，荒木村重亲子新五郎之妻即明智光秀之女离婚后改嫁给左马助。他是湖水一带的名人。

左马助立刻赶到。

"我凑巧有话要对重臣们说，把他们集合到这里好吗？"

"是"。

左马助骑马传令，召集了明智次郎左卫门、藤田传五、斋藤内藏助与沟尾庄兵卫四人。

明智光秀铺上皮垫坐下，随后让重臣们坐下，第一次公开了心里的重大秘密。

听了明智光秀这番出乎意料的计划，大家全都惊呆了，片刻间无人说话，只是屏住呼吸的沉默。不过，左马助立刻自告奋勇：

"这只能是一个人心中谋划的事，也是天知、地知、你知、我知，何况阁下已经对我们五人说了，眼下我们只能豁出命干了。"

于是，其他人对于明智光秀的叛逆也没有一个进谏反对的，而是表示预祝成功。后世儒学家们口诛笔伐这些重臣当时的心态，但武士的忠义是特别象征，不能用儒教伦理简单结论。

"坂东武士知道有主子，不知道主子上面还有主子。"

这是一种古老的说法。这也是武士忠义。武士只忠于直接主子，也就是顶头上司，不对主子上面的主子尽效忠义是原则。如果强调武士忠于主子上面的主子，封建制度就会崩溃。只要是关注封建制度的延续，上述原则必须坚持。一直到后世到维新时代，天下武士才越过对顶头上司、对大领主和对将军的忠义而直接思考忠诚皇室，于是这时候封建制度崩溃了。

如上如述，重臣五人知道了明智光秀的计划，可其他将士还一点都不知道，都认为织田信长将检阅全体武士风度而继续前行。这是某夜发生的事，天色暗黑，西斜的月亮眼看就要落山，梅雨气候尚未结束，尽管不是雨夜，天空却乌云密布，黑夜笼罩，伸手不见五指。

越过与京都盆地之间的界线的老之坂，到达沓挂（现名轻井泽）后，全军正要休息用餐时，明智光秀喊出麾下的勇士野天源右卫门：

"你先出发！如果队伍里有人跑到本能寺报告，一经发现就地正法。"

"是。"

源右卫门带着手下随从，快马走在前面。

分析源右卫门也不假思索就唯命服从的情景，可见行军记录有漏。除五名老臣以外，明智光秀还应该特别向源右卫门公开了绝密计划。对于高级将校，一般由老臣传达内情。

不一会儿，全军又开始行军了。一到桂川，明智光秀便发布军令：

"扔下马靴！步兵换穿新草鞋或新步鞋！枪炮手带上割成一尺五寸的火绳，分别点上火倒着提！"

这是临战前的命令。可是没听说过这一带有敌人呀，大家无疑都感到不可思议，不过武士以服从命令为天职。

过了桂川，明智光秀又下了一道命令。

"从今天开始，我明智光秀阁下是天下的统治者，至于百姓都将开怀大乐。为此拜托各位大显身手！如果你本人战死了，你家中的兄弟和孩子，我一定让他们接受抚恤金以及提拔当官。如果家中没有兄弟与孩子，我将找到你的亲朋好友继承抚恤金以及提拔当官。你们一定要奋勇作战。这是出人头地的难得机会！"

明智光秀这才向全军公开真实机密。

《赖山阳》诗里称明智光秀全体将士说，"我们的敌人就在本能寺，你们要奋勇杀敌。"士兵们既不惊讶也不茫然，对于如此突变已经回天乏术，何况这些人都出生于战乱年代。不用说，所有人都已经众志成城，斗志昂扬。

七

讨伐织田信长的行动不费吹灰之力地成功了。着手攻打本能寺（当时在四条西洞院）的时间是卯时，上午六点七点或八点前后已经知道战事分晓。对于攻打织田信忠的住所妙觉寺（宝町药师夺町）的战斗，也是同时分兵进行。但是织田信忠那里与织田信长不一样，手下带有五百人左右组成的卫队，突破包围圈进入三条御所。但是全歼本能寺的明智军队赶来了，与包围部队会合展开猛攻。织田信忠也支撑不住了，以自杀告终。自杀时间大致九点左右。

问题是明智光秀为何谋叛。

世上流传最多的是怨恨之说。

其一

前面说过的攻打丹波八上城的战斗中，明智光秀为使波多野兄弟获救以及继续让他们统治自己的领地，遂将养母作为人质送入敌城，让波多野兄弟放心地开城投降，同时送他们去了安土，没想到织田信长不分青红皂白将他们全杀了。于是八上城的将士们被激怒了，为泄愤恨杀了明智光秀的养母。但是，织田信长竟然嘲笑道：

"你是想杀母立功吧？"

社会上的人们也憎恨明智光秀不孝，为此明智光秀感到羞耻愤怒。显而易见，这是根据很久以前问世的《总见记》。

其二

斋藤内藏助利三是稻叶一铁的家丁，因不如意离开了稻叶一铁，当上了明智光秀的家丁。稻叶一铁向织田信长告状，要求归还斋藤内藏助利三。织田信长受理后，要明智光秀归还。

"这情况请原谅。我留下斋藤内藏助利三勇士在家中侍奉，也是为了织田阁下，希望他尽忠主公。"

明智光秀拒绝织田信长的命令，不同意把斋藤内藏助利三归还给稻叶一铁。

织田信长勃然大怒：

"不听我的话吗？冒失鬼！"

一把抓住明智光秀的头发拽起，将他猛推出二三十米远。织田信长不仅愤怒还拔出腰刀，明智光秀敏捷地逃到第二个房间去了。织田信长的火气也就消了。明智光秀在第二房间流泪：

"太没面子了。"

说完走了，人们交头结耳：

"像明智光秀那样的人不可小看。"

这说法极其简单，我第一次在《川角太阁记》里看到。《明智军记》与《常山纪谈》通过详细说明，将上述说法变得更加细致入微。

其三

某夜，织田信长举行宴会之际，明智光秀外出解手，正站在院子一侧小便，织田信长冷不防把承尘枪操在手上，摘下枪鞘跑到院子，用枪尖指着明智光秀的脑袋吼道：

"这光头，你为什么离开座位破坏氛围？你这可恶的家伙，我要刺穿你这个细颈脖子。"

明智光秀慌慌张张地说道：

"我这不是从和室退席，是要小便，我马上就返回。"

但织田信长不听他的辩解。

"不能原谅，不能原谅。"

磨得银光闪闪的枪尖直指明智光秀的颈脖子。明智光秀更加狼狈了，汗涔涔地道歉说：

"啊，阁下，您的枪尖已经碰到我颈脖子了，请息怒，请宽恕。"

织田信长说：

"好，如果真是这样那就原谅你。快滚！"

说完，终于收起了枪。

明智光秀感到受了侮辱，但还是怀有恐惧心理。

"织田信长阁下喜欢恶作剧，可能是酒兴之余不是真意。但这不是普通事，我想他是一直在憎恨我，所以借醉酒露真意。"

如此思考后，明智光秀便萌生了叛逆之意，找机会。这是《义残后觉》里的记述。

其四

某酒宴时，织田信长把刀对准生来就不会喝酒的明智光秀，让他用大杯喝，还冷笑道：

"喂，喂，看来还是生命重要得多。"

其五

平定甲、信之时，织田信长把大本营设在信州诹访郡某座寺庙时，明智光秀跟大家说：

"哎，可喜可贺，我们也辛苦多年了，就要胜利了。"

正在说的时候，织田信长突然发脾气了：

"辛苦的是我，你什么时候在哪里辛苦了？立功了？贪功的家伙！"

他把明智光秀的脑袋按在临悬崖的栏杆上打。在众目睽睽下受到这种侮辱，明智光秀的脸上出现了万念俱灰的表情。这记述在《川角太阁记》与《祖父故事》里。

其六

织田信长命令森兰丸用扇子在大庭广众面前打明智光秀脑袋。

其七

被任命担当款待德川家康的接待官。正当明智光秀全力准备之际，也就是德川家康将于第二天到达安土的日子，织田信长去明智光秀住所视察的时候，一到门前，闻到屋里飘出的一股腥臭味，时值梅雨季节闷热的夏日，眼看就要呕吐。织田信长勃然大怒，跑进住所，走进厨房，喊来明智光秀吼道：

"你打算让德川阁下吃烂鱼吗？这令人窒息的臭味是什么？你这模样真难以让人想像是重要客人的接待官。"

于是撤了明智光秀接待官一职，让堀久太郎接任，接着命令明智光秀率部队去中部地区打仗。

明智光秀说：

"太没面子了。"

他把准备好的菜肴直至各种道具，都扔进了安土城的护壕里，离开了安土，去了坂本。这是《川角太阁记》的记载。

大致就上述情况。

其次是长期谋划之说。

其一

这是《甲阳军鉴》里的说法：明智光秀拟与武田胜赖一起反叛，派人向武田胜赖传达这一想法。可武田胜赖觉得这是阴谋，不愿意合作，由此导致武田胜赖灭亡。

《细川家记》的记述使这说法向前推进了一步，说由于武田一族的穴山梅与德川家康同道来到安土，明智光秀担心穴山梅雪将自己不久前向武田胜赖传送的秘密内容透露给织田信长，导致策划破产，因而反叛。

其二

这是《老人杂话》里的说法。明智光秀的谋叛策划由来已久，其证据指明智光秀在龟山城建城时，给这里起名为周山，即装腔作势地摆出周武王架势，把织田信长比作殷朝纣王，模拟周武王以当时诸候地位顺利讨伐暴恶天子纣王事件。

《老人杂话》里还添加了如下情节。

明智光秀是小心翼翼，过于认真；丰臣秀吉则事事坦率，性格豪放。明智光秀在龟山建城时，丰臣秀吉曾嘲笑明智光秀：

"听说阁下为了谋反在龟山募集夜班劳力建城。"

明智光秀苦笑：

"阁下也开玩笑。"

大致是这样的内容。

接下来是恐惧之说。

其一

有一天，织田信长对森兰丸说：

"不管哪里，我都会赐予你想要的土地。"

兰丸答道：

"如果能得到已故父亲曾管辖的领地，对我来说没有比这更高兴的了。"

所谓兰丸已故父亲森三左卫门可成的旧领地，是指明智光秀所属领地近江滋贺郡。森三左卫门可成是坂本附近宇佐山的城主。可是，元龟元年在与浅井朝仓联军战斗中战死。

"等三年！过三年后给你。"

通过别人听到这说法的明智光秀感到恐惧。

"三年后我将危险。"

于是先下手为强。

其二

这是在《明智军记》里的说法。在明智光秀被卸掉了接待官一职而义愤填膺之际，织田信长的传令官来了，除了命令将部队带到中部地区外，还丢下话说：

"把出云和石见给你，但现在我要没收丹波和近江。"

出云和石见尚属毛利家族的分领地。这意思是说，把敌人的领地赐予明智光秀，没收至今属于明智光秀的领地。明智光秀和家臣们一片茫然，犹如黑夜迷路的心境。家臣们被激怒了：

"我们既去不了海上又不能靠海岸，无依无靠，处在到处暴尸的处境，遗憾之至。还有佐久间信威、林通胜、荒木村重等人的下场等是如此，不胜枚举。织田信长处心积虑想消灭我们家族的意图是和尚头上的虱子明摆着的。"

家臣们都劝说他谋反，促使明智光秀下定了决心。

人不知心欲言止，

声名狼藉何足惜。

他一边吟诗，一边朝坂本城走去。

八

关于上述内容，例举现代学者持代表性见解，当数高柳光寿博士与德富苏峰氏的全面否定说法，尤其高柳博士，正由于他是专业学者，指出写有这些内容的书籍不可信而予以否定。

桑田忠辛博士说他不信关于怨恨说提及的所有举例，但明智光秀对于织田信长抱有怨恨是事实。他在扳倒织田信长后给小早川隆景的信件（收录《川角太阁记》）证实：明智光秀近年来怀恨于织田信长，而且难忘旧恨，终在本能寺消灭了织田信长父子后实现了夙愿。

桑田博士说《明智军记》里提到织田信长没收了明智光秀的近江与丹波的领地，换给了不等值的出云与石见。这在《人见文书》与《言继卿江》里的叙述可以佐证。《人见文书》里，还附有织田信孝于天正十年五月十四日出征四国的军令状，可视作明智光秀的军权此时已被剥夺。斋藤利三表示愤怒反对的情景，在《言继卿记》里有详细描述。

明智光秀的谋叛根本原因，是因为织田信长毫无防备地来到本能寺，导致明智光秀的内心世界突然萌生了夺取天下的野心。在当时的大领主中间，凡是对自己军事才干拥有信心的人都希望得到天下，当有机可趁时孤注一掷并非不可思议。这是德富氏与高柳博士的说法。

我赞同上述学者的说法，但我还有另外一种想法，希望重视明智光秀的性格。

明智光秀是文化人，精通古文化，礼仪正确，态度端庄，既认真又诚实。

织田信长是天生野人，好恶作剧，肆无忌惮，对任何人有恃无恐。

征服甲州凯旋时，织田信长想取东海道观赏富士山。前关白（天皇行政助理）和当时担任太政大臣的近卫前久与织田信长一同来到甲州，希望与织田信长同道去观赏富士山，但是织田信长丢下话说：

"卫兵，让这家伙一行沿木曾路攀登。"

说完走了。

他甚至对于仅次于天皇的高地位的前关白、即现任太政大臣都这样无礼、恶作剧。

重复叙述织田信长的恶习。他对谁都无礼，喜好恶作剧。从织田信长的角度看明智光秀，也许觉得像他这样温良恭谦让的人是装腔作势，时时心生恶作剧念头嘲讽或作弄。

从这个意义上说，丰臣秀吉无疑也是织田信长恶作剧的对象，矮短个头，猴子眼睛，肤色黝黑，长相丑陋，得意洋洋，勤勤恳恳的丰臣秀吉，理应成为织田信长恶作剧的对象。

丰臣秀吉天生厚脸皮，不拘小节，漫不经心，不留心事。可明智光秀不是那么回事。正因为天性认真，故比别人多一倍苦恼，积怨渐渐加深。当得知织田信长处在毫无防备的状态时，积压在心里的怨恨终于变成怒火爆发。我希望读者这样看待明智光秀。

一般而言，谋划叛逆的人有两面性格，即冷酷型和诚实型。斋藤道三与松永久秀是冷酷型，制定计划，用上漫长岁月，也就获得了成功。平将门与西乡隆盛等是诚实型，不断克制忍耐，他们的反叛暴动属于爆发性，几乎没什么策划，所以失败。

明智光秀是诚实型，其反叛暴动根本没制定计划。尽管突袭本能寺消灭织田信长的战术天衣无缝，但后来的一败涂地足以证明他是一时兴起，按理像他这样的战术家不该发生的。

如果分析，明智光秀的反叛暴动属于孤注一掷，也许他认为当时织田信长麾下有实力将军都在距离京都遥远的地方征战，不可能马上赶到解围——例如，最有实力的德川家康离开自己领地正在堺参观，柴田胜家正在越前与上杉氏对峙，滝川一盖作为关东首席行政长官正在上州厩桥，丹羽长秀为讨伐四国于六月一日、二日正在去渡海口的大坂地区，丰臣秀吉正在备中与毛利大军对阵。总之，在事变突发时是无论如何到不了这里的。或许他还认为，上述将领如对自己采取行动时，最快也要一至二个月以后。而这期间有足够时间用来巩固近畿防线。

这种不成功便成仁的玩命战术，作为人可以使之获得成功的概率是有限的。丰臣秀吉可以仅十三天后赶到并展开对决，除了丰臣秀吉的智慧发挥作用，还有天时相助。从本能寺事变消息传到丰臣秀吉耳朵里的几天前，毛利方面主动向丰臣秀吉提出和谈申请，这才得以让丰臣秀吉与毛利家族迅速结盟而后率领大军火速赶到。如果没有毛利方面主动申请和谈，丰臣秀吉再怎么聪明和机灵，部队动作也不可能如此神速。

就这一点让丰臣秀吉夺得天下，成为旷古传颂的英雄。这可以说是丰臣秀吉的运气。明智光秀于十三日作为天下逆臣结束生命，是他运气不佳。与此同时我深深感到，人要想成为英雄，运气是不可或缺的。

我还以为明智光秀策略上的糟糕之处，在于他误以为自己是细川幽川斋、细川忠兴父子俩的长时期好朋友，甚至细川忠兴还是他的女婿，以为这对父子俩必定站在自己这边。没想到收到了父子俩的拒绝。谷井过去是他的直属大领主，又是交情甚笃，他也认定这谷井是自己人，偏偏这人也背道而驰。明智光秀的过高估计，是导致其暴动在缺乏周密观察与细致策划的状态下突然展开的原因。

他时而向朝廷和寺庙进贡，时而减免京都城市地税，以此收买人心。可是比起这些，我觉得应该集中力量致力备战。我认为他是本末倒置。

明智光秀作为后世的逆臣代表，社会予以的评价差到极点。但是，这种根据伦理价值观进行的判断其实非常暧昧。如果是以理服人的严谨讨论，应该说是丰臣秀吉夺走了织田信长的天下，称其为叛徒是最确切不过的。

小牧之战时，德川家康方面的榊原康政从这个意义上叱责丰臣秀吉为叛徒，并将写有该内容的告示牌竖立在两军对峙的中间地带。于是，丰臣秀吉因被刺中了最受良心谴责的地方而被激怒了，悬重赏拿榊原康政的脑袋。

视丰臣秀吉为篡权者，不只是与丰臣秀吉处在敌对关系的德川家族的人们。有记录称，还在丰臣秀吉仅仅是织田家将校时，丹羽长秀与堀秀政就对丰臣秀吉最持有好感，视其为自己人，还在许多场合助其化险为夷，可是他俩晚年对丰臣秀吉颇有微词。也就是说，当时，一般民众中间抱有这种想法的人很多。

然而到了后世，除德川家族御用的学者以外，几乎没有人视丰臣秀吉为篡权者。这是因为丰臣秀吉的做法巧妙自然，性格豪放豁达，丰功伟绩史无前例等，许多人由此被挡住了视线而忘了伦理。

也就是说，世上对于历史人物的伦理价值判断极其暧昧，惯以极端感情代替常识。

对于明智光秀的评价，自日本人脱离朱子学派伦理观的明治时代以后，因观点不同而五花八门，也归结于上述原因。

众所周知，明智光秀在山崎之战败北，于当天夜晚逃往近江途中路过宇治郡小粟栖的片薮阴时，被埋伏于乱草丛中的当地百姓伸出的刀枪刺中侧腹而死，享年五十五岁。时值天正年六月十三日深夜。

逆流则无门，

道义吾心焚。

醒来归一元，

五十五年梦。

《明智军记》称，这是刻写在他盔甲右腋上的辞世诗。如果说这真是明智光秀之作，那么他直到最后一直在觉得自己的叛逆受到良心谴责，不得不借用"有无如一""善恶如一"的禅语进行辩解。这是性格谨慎认真的表露。

后记：

昭和三十四年十月，即公元一九五九年十月，笔者在文艺春秋出版社主办的巡回演讲上经过丹波路去了丹后。一路上，担任向导、出生于福知的京都银行高管的高木正氏告诉我说："福知山市御灵神社供奉的神灵是明智光秀，一直以来定十月一日为祭祀日。"自古以来，该祭祀日非常热闹。这是奇闻。所谓御灵神社，通常称其为佛业，多在京都地带，安慰死者灵魂，化解愤怒与复仇。上述御灵神社多半也是那么回事。不过，一般不认为那是明智光秀报复，而是纯粹为明智光秀旧领民们慰其灵魂供奉的神社。经过朱子学派道德观念成为常识的江户时代，明智光秀直到现在受到民众敬慕这一事实，多半显示了他作为民政家的手腕非同寻常。他正因为作为当时屈指可数的知识分子，一般都认为他在当时建立了善政制度。

武田胜赖

一

甲斐贫瘠，物产稀少，在米形成经济中心的时代，光自己这片土地尚难建成大国态势。武田信虎如果要征服已经在这片土地上占地为王的各位豪族实施统一，就不得不霸占周边领地。那是弱肉强食的战国时代，不强大则难以处在上风位置，就有可能成为他国盘中餐，阶下囚。

但坐落南边的，是在门第和实力皆为东海首屈一指的今川家领地骏河；而盘踞东方的，是在关东地区独占鳌头的北条家族；再看北边，是山岳地带，故而不得不朝着西侧中部的信州。水可以击破抵抗能力最弱的地方。当时的信州，在其土地上尚无强大的统一势力，小豪族藩镇各地，到处都是。对于武田家族来说，信州是最易被占领的盘中大餐。

就地理而言，最易取道信州的入口叫诹访，那里有叫诹访的领主。作为诹访神社之祭神建御名方命的后代，成了诹访神社的世袭神官，那一带领地皆归其所有。因为综合性地拥有那片领地的信仰、经济实力与武力，所以强盛。武田信虎频频攻击那里，但那里的守城军队顽强，进展极不顺利。

于是，武田信虎与诹访重归于好，峰回路转，从八岳山块的东侧借道，沿于曲川北进，兵临海野（今上田）。武田信虎的长子武田信玄——当时武田晴信——击败海野口城主平贺源心僧侣攻克城池建立战功的时候，就是这一期间。

武田信虎考虑到调整策略将诹访家族纳入自己阵营从而更加势大气粗，遂把第六个女儿祢祢嫁给了诹访家诹访赖重为妻，将其作为女婿拉其入伙，连小县郡的长城也赐给他，让他担任进攻信州的前锋。诹访赖重当时已有妻室，两人之间生有一女儿。不知诹访是否把她当作偏房还是后妻，总之把她娶回了家。这是当时大领主身边附庸领主的凄凉，也是当时女人的悲哀。

这是在天文九年十一月发生的事情。

第二年六月，也就是天文十年六月，武田信玄与老臣们商定，将父亲武田信虎逐出了甲斐。

家主一变换，攻打信州的策略也改变了。武田信玄认为，与其从像海野口那样地势险峻的山路进军，倒不如从地势平坦的诹访入口发兵方便，这无疑是一条易走之路。

即便武田信虎，最初也打算从这里借道攻打。

武田信玄利用诹访家族内部权力之争，力挺反对诹访赖重的势力，冷不丁出兵击溃了诹访赖重。

诹访赖重与前妻生下的孩子当时十四岁，却犹如华灯初放芳香四溢的花蕾，都说她是绝代佳人。武田信玄初次见面就喜欢得不能自拔，终于将其招致床上共枕。

这事做得太过分了。抱着被自己杀死的对手之女睡在床上享乐，不会是一般心情。但是在那年代，如此现象频频发生。战国时代，尔虞我诈，社会癫狂，人心扭曲。人所持有实现抱负的功能，一方面顺应环境、使自己在艰苦残酷的环境里如何生存下去，另一作用也让良心变得麻木不仁。最悲哀的是，诹访赖重的女儿确实是怀着杀父之仇与武田信玄共枕伺机将其杀之。即便如此，也必须说当时的女人十分悲哀。

当然，女人的悲哀也许是自人类诞生以来就有。就古代野蛮时代的战争来说，女人是最常见的战利品，也有许多为只掠夺女人为目的而进行的战争。如果分析稍前时发生的非洲的原始人状态，这情况则可一清二楚。那种场合，女人们成为父母、丈夫以及兄弟们复仇的妻妾。女性人权开始得到尊重，即便在文明社会里也是最近的事。

《甲阳军鉴》称，武田信玄说希望娶赖重之女为偏房时，老臣们进谏道：

"虽说是女流之辈，但把我们的敌人之女招致身边是不妥当的。"

于是，武田信玄也不知所措。这时，稍前时就被招聘到武田家工作的山本勘介开始劝说武田家的各位老臣。如下：

"信玄阁下德才兼备，他追求女人，即便宠爱女人也不可能导致政权被夺。再说要是诹访公主生下公子，那么这未来王子就可能再将诹访家族撑起。到那时候，诹访家的遗臣们就可聚集在诹访家族周围。这倒是我们大家所希望看到的良好结果。"

山本勘介是现实存在的人物，但在山县昌景家的侍奉地位相当低下。这是渡边世祐博士之说。如果真是这样，身份如此卑微的人不可能有机会劝说武田家族的老臣们。《甲阳军鉴》是以树立军事学为目的而编造的书籍，同时这样介绍有利于将山本勘介塑造成伟大军事学家。出于那种原因，编造上述情节也有可能。

二

武田谏访胜赖是武田信玄与谏访公主的儿子，生于天文十五年，名叫四郎。

武田信玄爱谏访公主之情胜过一般。天文二十四年（弘治元年），武田信玄在川中岛与上杉谦信对阵，可途中请求今川义元做中间人仲裁，随后与上杉谦信和解，然后火速赶回甲府。这次出阵，武田信玄花费了大量时间。对阵相当耗时，因凑巧谏访公主患病而中途要求今川义元担任仲裁，但停战交涉又相当耗时，于是一旦和解后便火速回家。

有这样的说法，武田信玄为了利益可以不择手段，是一个连非人道手段都会使用的冷酷无情的家伙，而且也找不到任何足以否定此说的正面史实。然而，他是那么无微不至并且忠贞不渝关爱谏访公主。我打心里不太喜欢武田信玄，可我喜欢他的这一面。如果英雄没有这一面，也就失去了魅力。

他如此厚爱谏访公主，无疑也会施父爱于其与谏访公主所生的儿子。父亲予以孩子的爱，应该说反映父亲爱他们生母的事例举不胜举。

然而，谏访公主好像是在弘治元年或者弘治二年与世长辞，确切日期不清楚，四郎当时的年龄可能是十岁或十一岁。

四郎于永禄五年六月举行成人仪式，戴成人帽，穿成人服，梳成人发，同时继承谏访家族财产出任家主，起名为武田谏访四郎胜赖，时年十七岁。

当时，武田信玄的长子武田义信当时已被确定为武田信玄的继承人，可《修订版三河后风土记》称，后来武田胜赖成功地实施了废除长兄的预谋，随后登上了家主的宝座。

这是写德川家康家族的书上内容，由德川家族的支持者撰写，被普遍认为恶写德川家族的强敌武田胜赖。这本书里，有一趣味浓厚的情节，如下：

永禄七年前后，武田义信宠爱某美女，如胶似漆，可又顾忌父亲武田信玄的情绪，遂让她住到武田信玄的重臣并且又是自己贴身侍从的饭富兵部家中，随后经常趁夜晚带上保镖长坂源五郎偷偷摸摸地去那里，拂晓时分返回住所。当时武田义信二十七岁，通常大领主的继承人到了这种年龄段，都除了正房外还有两三个偏房。而且，父亲武田信玄在这方面也是相当讲究三妻四妾，多半也能理解而睁一只眼闭一只眼。

武田胜赖感到机会来了，用贿赂收买了密探，让他们报告武田信玄：

"太子每天夜里带着保镖长坂源五郎去饭富兵部住所，拂晓归来。监护人曾根周防也去了饭富兵部住所，鬼鬼祟祟地密谈，多半是策划推翻家主阁下好让太子提前继位的阴谋吧。"

听到密探的报告后，武田信玄将武田义信控制起来，逮捕了饭富兵部、曾根周防和长坂源五郎进行审讯。

"我们没有那样的意图，也根本没有背叛主人的歹念，阁下怀疑令我们感到遗憾。"

他们流着眼泪诉说，辩解根本没那回事。

武田信玄似乎相信了他们的辩解。这时武田胜赖又心生一计，贿赂武田信玄的贴身侍从与贴身侍女：

"听说谋反集团的罪魁祸首是饭富兵部。他为了博得太子信任拉他入伙，找来美女为太子提供服务，终于使太子迷上了，支持了饭富兵部的背叛阴谋。"

武田信玄终于信了他们的造谣，杀死了饭富兵部，将武田义信囚禁了三年，于永禄十年八月赐武田义信剖腹自杀。

上述是《修订版三河后风土记》的说法。

武田信玄杀了饭富等人并让武田义信剖腹自尽，这是事实。但说这是武田胜赖阴谋所致的记述不可信。要是别人，也许有可能。但像武田信玄那样的聪明将领，不可能认为自己中了那么简单的计策。我觉得，武田信玄有必要也必须杀了武田义信等人。

由于永禄三年的桶狭间之战奇袭，今川义元被织田信长杀了以后，今川家族的继承者今川氏真，无论怎么看都是个大傻瓜，是个没有出息的家伙。再说如此家主继位的家族，其所属领地无疑是战国时代大领主们砧板上的山珍海味。

"如果我不占领，那就有可能让别人占领，不是北条就是三河的松平。"

眼看大战在即，但是武田义信娶了今川家的女儿为妻子，就是今川氏真的妹妹。武田义信多半大力反对。再说过去武田信玄将父亲武田信虎逐出家门赶到骏河时，是饭富兵部与板垣信形一起孝敬主子武田信玄诱骗了武田信虎，即便是今川家族，也没有少出力，肯定让武田家族做出了相当保证的吧。这保证书里，大约还有不忘今川家族恩义的文字内容。板垣信形已经不在人间，可是作为保证书的责任人且独自一人还活着的饭富，不忍心出兵消灭今川家族，甚至可以说他是极力反对的。

也就是说，武田信玄处在要骏河还是要儿子两者必择其一的境地，所以我认为他选择了骏河而将其儿子置于死地，犹如金色夜抛弃恋人选择钻石那般。武田信玄在年轻时通过逐出父亲夺取了甲州，通过杀死妹夫夺取了诹访，晚年通过杀死儿子去企图夺取骏河。纵观上述经纬，从头到尾一贯如此。我不认为那是武田赖胜实施的离间计。我觉得武田胜赖不具有上述无毒不丈夫的性格。

然而，不管怎么说，武田家族的继承人武田义信死了，把武田胜赖推上了继承家主的地位。采用这种说法，是因为武田信赖并没有确实继位。

《甲阳军鉴》称，在这稍前时，武田胜赖成了伊奈郡的代理郡主，代管高远城，自称"伊奈四郎胜赖"。还是知道这个名字的人多。

武田义信被迫切腹的第二年，织田信长将妹妹出嫁后与美浓苗木城主运山氏丈夫之间生下的女儿即外甥女认作养女，让养女与武田胜赖成婚。这是织田信长一方主动要求的婚事谋略。这时，武田胜赖这个武田信玄爱子正处在即将登基成为接班人的时刻。

三

织田信长的养女从织田信长家出嫁到武田家做武田胜赖的妻子，于三年后生下一个男孩，为此武田信玄欣喜若狂：

"这是我孙子，也是织田信长的外孙，无论像他像我理应都是德才兼备武艺超群的名将。"

据说在婴儿还在产房时就已经起名"武田竹王信胜"，决定他为武田家族的接班人。

没有拥立武田胜赖为继承人，是因为他已经继承了诹访家族。诹访家族的家名由来，谁是代理人，例如，是应该拥立不久出生的武田赖胜的次子，还是应该拥立诹访一族的成员，因为诹访一族的人还在。但是如果拥立前者，也许诹访家族的遗臣们不赞同，或许因为武田信玄深深爱着诹访公主。我想从武田信玄深深宠爱诹访公主的角度进行解释。

我不能认可自古以来的两种说法，一是因为武田信玄不放心武田胜赖，二是因为老臣们讨厌武田胜赖而反对。因为如果由武田信胜继承家主，则手握实权的无疑是其亲生父亲武田胜赖。

竹王武田信胜（以下称武田信胜）出生后第六年初夏，武田信玄死了。

武田信玄临终之际留下遗言说：

"继承人是武田信胜哟！武田胜赖必须担任监护人。武田信胜十六岁后，武田胜赖必须隐居，去越后的上杉谦信那里，不仅与其讲和还要求他多多关照武田信胜。这人只要点头承诺，就必然不遗余力。如果这样，我们家族就不必害怕织田和北条了。"

他留下遗言后与世长辞了。也就是说，可以视武田信玄的遗言是采取保守政策。武田胜赖按照该遗训与上杉谦信亲和，又把妹妹安排到北条氏政跟前侍奉与其亲和。

武田胜赖天生是勇猛男子汉，尽管一时遵守已故父亲的遗训，天生勇猛使其没有在保守上原地踏步。而且，凡是父亲优秀，儿子大多自卑。武田胜赖也有这种心理。再说，武田信玄时代遗留下来的老臣们对于他的态度，是经常揭其自卑劣根性。无论什么时代，上年纪的老人们总以为过去好，但事实上武田胜赖也确实逊色于武田信玄。武田胜赖也决不是傻子，但也说不上是什么素质相当优秀的武将，与武田信玄相比，他几乎所有方面都相形见绌。老臣们经常嘲讽。

"先祖在这种场合不会这么做。"

"他与先祖的风格不同。"

"先祖……"

等等，老臣们总是絮絮叨叨，犹如碎嘴大姑和长舌小姑。

倘若武田胜赖是憨厚男子，听了这种说法后大多检点自己，丝毫不去违背父亲遗嘱。但是他天生勇猛，勇猛里还夹杂着几分自信。

"尽说先祖、先祖的，老脑筋，过去与现在情况不同了。"

出现逆反心理是最自然的。

"我承认父亲伟大，但我也不比父亲差多少。"

武田胜赖跃跃欲试，试与已故父亲武田信玄比高低。

武田胜赖重用长坂钓闲、迹部胜资等心术不正的人物，开始疏远武田信玄时代遗留下来的老资格的忠臣们。不过，读者们阅读了上述说法后，应该完全了解武田胜赖当时不得不那么做的心态。长坂钓闲与迹部胜资一行都属于心术不正的人物，可这情况是后世总结出来的。当时的武田胜赖，觉得这经常赞同自己观点的两人实属难得的两个家臣。他的这种心态是可以理解的吧。

武田胜赖废除保守政策，开始频频出兵积极攻打四周领地。他这么做，我的解释是出自上述心态。也就是说，他的敌人既不是德川家康，也不是织田信长，更不是北条，而是已故父亲的名气。他后来的生涯，是与他这种不良心态纠缠一起的浴血奋战。

四

父亲死后，武田胜赖最敌视德川家康与织田信长，这样的仇恨多半出自父亲武田信玄壮志未酬而途中死亡的结局。武田信玄的生前壮志是击溃德川家族与织田家族，进京坐天下。

"父亲没有实现的进京号令天下的遗愿，我来实现给各位看！"

他也许也有过雄心大志，或许想过如果实现了这一目标，自己就不会逊于父亲。是呀，是呀，就可以证明自己胜过父亲。

武田信玄死后十个月，即天正二年二月，《甲阳军鉴》称，"他出阵美浓，攻占了织田信长一方以明智城为主城的十八座城市。姑且不说明智城，书上提到的其他城市，估计是徒有虚名类似据点的碉堡吧。但是，不管怎么说，城堡多达十八座。武田胜赖非常得意，改朝换代后的首次出阵旗开得胜，以致武田赖胜家族的土气猛增，简直势不可挡，锐气十足。"

说武田胜赖是一员猛将，不容置疑。

其次出兵远州。这是因为德川家军队最初频频攻占了武田家族在这一带城市，曾一直服从于武田家族的豪族领主中间不停地有人倒戈到德川家族麾下。

这里我改变一下话题。今川义元死后，武田信玄派使者去德川家康那里提出分割方案：

"希望我们两家从今往后永远友好，基于这一出发点，以远州的大井川为界，川西由贵家族统治，川东由我们武田家族管理。"

德川家康方面当然应允。根据上述约定，德川家康管辖大井川西。武田信玄提出如此方案，是为了自己在攻打骏河途中免受德川家族军队从侧面杀出。只要拿下骏河，就可把战争矛头指向川西。这一战略是他的既定方针。武田军队频频占领远州一带的城市，终于形成了三方原之战。通过这次战斗，武田军队痛击了织田德川联军，东远江的许多城市几乎都被纳入到武田家族版图。于是武田信玄死后，德川家康旋即出兵远州占领了诸城。德川军队此举是企图收复失地。不用说，武田胜赖不可能容忍，采用闪电式战术再次攻占了东美浓的十八座城市，眼下正是士气大振的时候。

"有什么大不了的，最终还不像东美浓那样归属于我。"

随即杀入远州拿下长筱附近的大野田新城，转道包围攻打了高天神城。因山上有天神社，才被起了个这样的名称。这是一座连武田信玄都没有攻克过的坚固城市。城主小笠原与八郎长善刚勇顽强，防御积极。武田胜赖听说德川家康与织田信长援军要来，决定在他们到来之前攻下这座城，亲自面朝攻击点大声命令：

"别在乎死伤，接二连三地冲锋！"

他拼命呐喊指挥着，虽猛烈攻击，可还是久攻不下。最终他调整步署，以许可小笠原及其随从们享有本领地管辖权为条件让他们打开了城门。最终没能用武力攻下，也许令武田胜赖遗憾。但不管怎么说，高天神城还是纳入了自己的版图。

"瞧，这是一座就连父亲都感到棘手的城市哟！我哪方面比父亲大人差呢！"

他也许想这么说吧？热衷于比高低，让女人孩子哭泣、倾家荡产的笨蛋，这世界上唾手可得。但据说这种人最初头脑发热时就已经大受损失。现在武田胜赖又遭损失了。攻打东美浓十八城是重度损失，攻打大野田新城与远州的高天神城是中度损失。他如果没有由于攻克上述城市成为战争狂，那倒有可能成为相当杰出的人物。也许可以说，武田胜赖的命运是在这个时候一锤定音的。第二年出兵长筱，最后以大败告终。

五

德川家康的家丁里有叫大贺弥四郎的人，原本属于中产门第，可才能相当并且经济手腕上乘，逐渐受到重用，爬上德川家康家臣中间的第一权臣宝座。江户时代大领主也重视造币高手家臣这一情况，即便分析浅野内匠头对于大野九郎兵的恭敬态度也可一目了然。

战国大领主在这方面也相同。战时需要钱，当然重视造币高手的家臣。

对于那位擅长从前线将军手中调集粮食和筹措军费的萧何，汉高祖也十分厚待与器重。当将军们发牢骚时，汉高祖便说：

"你们懂得打猎吗？既需要狩猎时到处追赶猎物的猎犬，也需要指挥猎犬大显身手的猎人。各位将领是猎犬，萧何就是那个使你们大显身手的猎人哟！"

且说这个大贺弥四郎，是一个才子。但是，他不是一个发挥自己特长沿一条道走到底的聪明人。逐渐自我膨胀，最终抱着连自己也说不明白的野心，居然产生取代德川家康成为大领主的奢望，屡屡劝说被他视为目标的人入伙，组成阴谋集团，暗送密信给武田胜赖。

"请先出兵攻打作手（长筱、新城的西北侧山谷地带），让前锋部队的第二三队朝冈崎进攻。届时我们内应，大声叫喊德川家康阁下驾到而打开城门。你们随即杀入城门杀死德川信康（德川家康的长子，当时任冈崎城太守）。冈崎城里关押着许多三河与远江众多豪族的人质。如果控制住了他们，豪族们的心多半也就像被拴住那般归顺于武田家族。到这种时候，德川家康则变得孤独无援，在浜松城里待不下去而退到尾张或者伊势。"

武田胜赖当然喜出望外，似乎觉得兵不血刃就可将三河与远江据为己有，遂立刻告诉大贺手下的说客：

"事成后将十倍于其现有领地的土地赐给大贺弥四阁下，还将赐予更重的奖赏。"

并送上承诺书，遂出兵作手。

大抵是此稍前些时候吧，大贺晚上喝完酒飘飘然心荡神驰时对老婆说：

"再过些日子我就要出人头地了，你将被称为大领主夫人。"

老婆起初不以为丈夫是实话实说，酒喝多了开个玩笑说个大话属于正常，于是这么答道：

"那好呀，值得庆贺呀。出乎我的意料啊！"

"起义吗，步骤是这样的。"

一听这话，老婆险些吓破了胆。

"孩子爸，你说的那个起义是真的吗？"

"跟你开什么玩笑呀，又变不成大钱来。"

"你这话骇人听闻啊！你说的那种出人头地，就连世袭大领主的弟子都难以做到。预谋背叛家主，不是人做的事啊！老天会有报应的！我们女人孩子都会跟着你株连遭受火刑，你看吧，倒霉就在跟前，我可不愿受这个罪。与其被人指着脊梁骨骂，倒不如现在就在这里被刺死。哎，你杀了我吧！"

老婆说完哭了起来。

"女人孩子知道什么呀！你看我的！我一定让你当上城堡夫人，让所有的天下人称呼你为大领主夫人！"

"如果成功，确实可喜可贺。可这世上凡是阴谋篡权的人都没有一个成功的，多为虎头蛇尾失败收场。我希望你想一想失败时候的惨景。佛教说：教旺则斜，人旺则傲。我这是说你哪！"

大久保彦左门的《三河故事》说，老婆这番话说完后哭泣得更厉害了。

尽管是出生农村的女人，可是这为人妻的女人似乎非常贤惠。说佛理，分析得十分到位。宗教兴旺则失去本质而坠落，人的运气过好则得意忘形而遭亡。说得好！

六

大贺弥四郎的阴谋败露了，有说属于铁哥们的山田八藏觉得后悔而将这一密谋详细地报告了德川信康，还有说近藤某云功将被赐予厚禄，为详细了解有关厚禄的领地情况便去了大贺那里。大贺说：

"你这次嘉奖被赐予土地，是我的功劳，你要想谢我，只要今后别草率对我就可以了。"

近藤某云功是刚正不阿的男子汉。他觉得武士的首要条件就是武勇，最讨厌像大贺那种靠打算盘高明飞黄腾达并且目空一切的人。正因为主君爱我们这些武将，所以我们才压制内心对大贺的厌恶才来到这里。可是这讨厌的家伙居然说土地嘉奖是他争取来的，还强行要求自己从今往后感谢他。这我不能接受，二话没说就气呼呼地站起来扬长而去。他来到浜松，拜访某个老臣寓所，气呼呼地说：

"我仔细思考过了，我不要这次嘉奖赐给的领地。"

老臣惊讶的同时问道：

"你突然造访的原因，我一点都不清楚。到底发生什么事了？"

"大贺弥四郎这家伙已经对我说了许多。我再怎么贫困，也不会要求大贺弥四郎去拍马奉承这领地嘉奖。如果这次嘉奖确实是这家伙说的是他代我要来的，那我一坪也不要。接受这样的嘉奖是武士的耻辱。蒙受责难，即便剖腹也在所不惜。我要求他平等道歉。"

一脸愤怒的模样。

老臣向德川家康上奏了这一情况。

德川家康喊来近藤某云功说：

"这次嘉奖决不是大贺说的那回事。我是曾经与你有过约定的。"

德川家康回忆起了往事。那还是德川家康在今川家当人质时候的事情。德川家康从今川家得到了一小时的假后返回冈崎。当时正逢插秧季节，他在自己领地巡视时，把腰刀放在秧田埂上，而混在百姓中间插秧的近藤身影映入德川家康的眼帘。当时，德川家族领地由今川家派遣长官代行管理，就连德川家下属家臣们的领地都要课以重税，导致家臣们在生活上节衣缩食，有许多人背井离乡去其他领地侍奉，剩下的人值得亲自下地操锄拉犁耕地播种，好不容易维系生机。近藤也是其中一人，见德川家康出现在地头，赶紧把身上的大刀与小刀藏起来，把泥涂在脸上，企图蒙混过关瞒过德川家康的眼睛，却没想很快就被德川家康认了出来：

"来，到这里来，到这里来呀！你再化装我也认得出！近藤。"

德川家康把他喊到身边。

"让你受苦了哟！等将来我恢复领主地位，我再也不会让你下地干活。"

他一边掉泪一边说，近藤也哭泣着表示感激。德川家康说：

"虽然这是过去说的话，但我绝没有忘记，并且一直都铭刻在心，默默发誓兑现当时的许诺。这次你立了战功，因此我兑现了那个承诺。这情况，大贺弥四郎知道吗！"

德川家康这么说道，近藤感动得哭个不停，高兴地接受了嘉奖。

这情况就这样了断了。然而在德川家康的心里，改变了一直对大贺弥四郎的完全信赖，开始觉得不能放松对这家伙的警惕，意识到他不仅仅自高自大，还在背后网罗党羽，萌发了不可思议的构想。这家伙拉帮结伙为了什么？德川家康向来谨慎，小心翼翼的性格简直是天下独一无二。他四处收集证据，喊来大贺弥四郎严加盘问，终于让他如实招供。

不知道上述前后两者说法究竟哪一种属实，但多半也可以说两者都属实吧？通过近藤情况的分析，德川家康对大贺产生了疑虑，再加上山田通敌的密告，彻底改变了德川家康对大贺弥四郎一直以来的完全信赖。

总之，大贺阴谋败露后，有的死党被杀，有的同伙逃亡到甲州。大贺妻子等五人被带到冈崎郊外的念志之原绑在耻辱柱上，被刽子手用矛捅死了。

大贺本人被反骑在马上，脸朝着马屁股，身体被绑在鞍上，脑袋被嵌在金属枷锁里，后颈脖部位插上他早就准备好在反叛时用的旗帜，吹鼓手们用贝、钲、笛、鼓击打出嘲弄声，马拽着他在冈崎城里转圈示众，一边嘲讽一边把他带到浜松，又在浜松城里转圈示众，最后转道带回冈崎，斩断其手脚十指，割断脚腿上的主筋，只露出嵌入枷锁的脑袋，在城街十字路口那里活埋，还将其十个手指排列在他的眼前，旁边放上竹锯，让过往路人锯其手指。《武德编年集成》说，"武士与百姓都对他憎恨不已，男女老弱都上前用竹锯割他的手指，最终第七天死去。"但是，并不是用竹锯锯他的人都恨他背叛家主。大贺弥四郎，从某种意义上说，是领主手下的经济官僚，是征缴武士与百姓租税的总策划。无疑，其职能相当程度地得罪了广大百姓。锯大贺弥四郎手指的人们，武士就不用说了，几乎所有百姓都解消了长期累积的怨恨吧。

对于大贺弥四郎的刑罚极其残酷。但那年代是锅煮刑、穿草衣火烧刑等酷刑滥用的时代。人们似乎没有觉得非常残酷，再说也习惯了这样的残酷。在这种场合使用酷刑具有对后人的警示作用，多半也就采用了这样的酷刑。即对于德川家康来说，甲州是大敌。

大贺弥四郎处刑是在妻子遭受处刑之后，刽子手是在他眼前将其妻子绑在柱子上用长矛捅死后对他用刑的。大贺弥四郎被反绑在马上时，看着被绑在柱子上将被刺死的妻子等人如是说道：

"你们先去是吗？可喜可贺，我也随后就到哟！"

这种场合无论怎么挣扎都无济于事，他多半是端坐着的姿势吧。但是正因为策划背叛，可以说他是刚愎自用，最终还是……

七

冈崎那里如此巨大变化，武田胜赖却全然不知，率领一万三千将士从甲府浩荡出发，取信浓道进入三河，半路上听说大贺弥四郎阴谋暴露被杀的消息后，仍然不听各将领劝说，说：

"讨厌！率领大军出国征讨，难道可以一仗也不打就回国吗？我要打！"

于是分两千将士去长筱城，率领剩下的一万一千将士朝吉田（丰桥）城进攻，放火烧了沿途的二连木与牛窪等。

德川家康与长子冈崎三郎（德川信康）一起迎战，在吉田布阵，派德川信康在薑原与甲州军队的先头部队交战。

德川信康虽年幼，但却是一员猛将，展示了手下军队的威严军姿。也许武田胜赖见状感到难以轻而易举攻下，决定收兵返回再围攻长筱城。时逢天正三年五月上旬。

上述是一般说法，但是《甲阳军鉴》说上述情况发生在三月。

三月，武田胜赖姑且回到甲府，发布武田信玄的治丧讣告（一直没有公开武田信玄之死）后举行佛式葬礼，结束后参拜诹访神社。这当儿，一直让保镖拿着的武田家族世代相传的龟甲枪断了，并且在高远过桥时桥梁平白无故地断了，还有两名男侍从坠河身亡等不祥事件发生了，人们皱起眉头感到蹊跷。五月，武田胜赖再度率兵进入河内将长筱城围得水泄不通。

这是《甲阳军鉴》的记载。但就上述两个记事而言，我以为前者可信。假设当时犹如后者记事那样，蹊跷怪象频频却攻城漫不经心则不合逻辑。时而枪断，时而桥断的怪象也许是事实，但那些怪象可能是其他时候发生的。

长筱城原本就是武田家族与德川家族之间的争执地带。这座城市，起初由今川家族家臣菅沼伊豆太守元就建造，是菅沼家族世代相传的居城。可是经过数代到了元龟二年，菅沼氏向武田信玄投降，长筱成了武田信玄属下的城市。到了那以后的第三年，即元龟四年（天正元年）四月，武田信玄死了，德川家康便发起攻击夺下了这座城市，随后让家臣们轮流镇守那里。由于当时是天正三年二月，也就是这时候的三个月前，除奥平贞仓外还增加了松平景忠（御油）、松平亲俊（福金），联合在这里固守城池。不用说，是防范武田胜赖敌军来犯。长筱城坐落在大野川与滝川的汇流地区，东南与西南处面临河流。

这城，东面隔着大野川是鸢之巢山，西南面隔着滝是有海之原，从有海之原往西隔有台地的西侧是乐之原。所谓的长筱大会战，就是在这两个原野上展开的。

　　且说武田胜赖的长筱城进攻，从五月八日开始，全军兵力一万三千。与此相对，守城军队仅五百人。武田军队连续七个昼夜猛攻，城里守军扔掉了周边碉堡，退守主城，依然顽强抵抗。

　　日本旧参谋总部编撰的《大日本战史》称，武田军队攻打这座主城的时候，连夜在西角挖掘石块扔向山谷，传出剧烈的响声。守城军队便加固内城土墙，打算一旦外城被占便退到内城抵抗。等到打完仗一看，才察觉那不是武田守军真挖城墙，而是为了松懈守城士兵的斗志，从他处搬来石块朝山谷里丢，装作挖城时石块滚落的假相。兵不厌诈，武田胜赖攻城实施了许多诡计。

　　十四日，武田军队展开总攻，但是守军丝毫勇气不减继续抵抗，武田军队的损失非同寻常。最终，武田军队放弃武力攻击，实施长久包围，在城外竖起栅栏，在河上铺上大网，系上铃铛。一旦守城军队蹑手蹑脚出城，则可马上察觉。总之，包围极其严密。

八

　　长筱城在武田军队到达之前，守军已经派人要求已经到达冈崎城的德川家康军队支援。在回音还没有到达时，武田军队已经杀来。这时粮食剩下很少，只够维持四五天。然而，就是见不到援军到来的迹象。

　　其实，德川家康是在等待织田信长的援军。德川家康害怕武田军队的强悍，认为光靠自己军队出击难以匹敌。可是，织田信长也害怕武田军队，同时也在思考如何破敌，怎么也下不了宣战的决心，老臣们也都主张出兵是白搭。

《修订版三河后风土记》里举出许多说法，但其中一说是德川家康的家臣山栗大六作为最后使者到岐阜时，对织田信长的家臣矢部善七郎说：

"我们家主德川家康重视与织田信长之间的约定，在征讨江州佐佐木，攻打越前朝仓，姊川之战时都亲自出阵，不惜生命，为织田信长阁下拼命到现在。如果这次贵军违背早就签订的约定不派援军联合作战，那我们两家的亲密关系就到此为止。既然这样，我们将与武田结盟攻打尾州。"

矢部惊慌失措地报告了织田信长，织田信长慌里慌张地率部队出阵了。

也许这过程是真实的。一般认为，德川家康这么让使者说不是作为单纯的策略，而是如果织田信长稍一违约就会真这么做。

《校合杂记》说，织田信长一边约定出阵，一边却怎么也下不了决心。于是德川方面厌烦了，军队士气也出现了低落。德川家康召集将士们喝酒，对酒井忠次说：

"我想看你擅长的捞虾舞。"

德川家康让他跳滑稽的捞虾舞，以振作大家的精神，随即借此氛围召开军事会议。这说法也有好些版本，有说不是捞虾舞而是猪首舞，有说时间是长筱之战的前夕。虽不清楚叫什么名称的舞蹈，但说当时是等待织田信长援军等得不耐烦的时候。这说法可能符合逻辑。

当时，本多与榊原等勇士说了三方原之战的情况，对于决战踌躇不前，于是德川家康说：

"不，不，我已经不再害怕武田军队，武田信玄时代已经过去，现在是武田胜赖时代。"

也可说这是鼓舞大家斗志。

可见德川军队当时何等地害怕武田军队的精锐强悍。那时，据说敢于正面与武田军队交锋的，只有越后的上杉谦信军队。

织田信长于五月十三日率领三万将士从岐阜出发，于十四日到达冈崎。可是，被困在铁桶般包围的长筱城里的守军不知道这一形势。

守城将军奥平贞昌检查了一下军粮，只剩下四天的量，便召集全体将士说：

"子弹与箭还有许多，可是军粮剩下不多了，有没有人敢于突围出城向冈崎报告这一情况？"

大家一致答道：

"要突出戒备如此森严的包围圈是根本不可能的，像这样下去只有饿死，倒不如一起杀出去战死算了。"

奥平贞昌当时是一个仅二十四岁的年轻大将，慷慨激昂地答道：

"让你们战死，倒不如我一个人切腹自杀与交出这座城市，保住你们的性命。可是在实施这一决定之前，我们还有时间，大家不必焦急。"

这时有人自告奋勇。他是奥平贞昌的家丁，叫鸟居强右卫门。

"我去送信，如果能顺利突围，我就在对面山上点燃两条烽火。如果完成使命，我一定回来拜见各位。"

奥平贞昌感动不已，说：

"万一你被捕死了，我会让你儿子继承你的家业。"

鸟居答道：

"我是为阁下为战友送信，不是为儿子送信，儿子现在还只有六岁，由他母亲看管就行了，阁下一点也不用担心。"

十四日夜，《寺崎志贺左卫门备忘录》称，"从夜晚开始，月光皎洁明亮"。鸟居强右卫门从不净口出城，进入大野川，他拔出腰刀一边割开铺设在河上的大网，一边游向下游，游到下游离城约四公里的广濑，从丰川爬到岸上，登上雁峰山，点燃了烽火。

到达冈崎后，鸟居强右卫门拜见德川家康报告了情况。

"城里士气还是大振，弹药也很充分，只是军粮仅剩下两三天的量。如果这些军粮吃完了，奥平贞昌说他将代表守城将士剖腹自尽，将城交给敌军。"

"织田信长援军昨日已到达这里，明将与我共同从这里出发进兵长筱城。现在我带你去见织田阁下。"

德川家康把鸟居强右卫门带到织田信长大本营。

织田信长奖赏了鸟居强右卫门，说：

"你明天跟着我返回就可以了！我这就派使者潜入城里通报。"

鸟居强右卫门答道：

"这城被围得水泄不通，送信人很难入城，还是我去，尽快返城后助守军一臂之力。"

说完于十五日半夜离开冈崎朝长筱出发。

九

鸟居强右卫门于十六日拂晓回到长筱附近。《修订版三河后风土记》称，甲州军队这时已经构筑了无懈可击的木栅栏，还在地面上撒满了沙，如有可疑分子入城或者出城经过这里势必留下脚印，围城部队就能立刻发现。鸟居强右卫门混在人群里窥伺潜入间隙时，恰逢穴山梅雪手下河原弥六郎巡逻到这里，见鸟居强右卫门的绑腿

（《寺崎志贺左卫门备忘录》报料是细筒裤）颜色不同便下令：

"这可疑家伙！抓住他！"

鸟居强右卫门吃了一惊，撒腿就跑，可是追兵人多势众，穷追不舍，按住他的手脚将其逮捕。甲州军队为了防止奸细，规定了绑腿或者细筒裤的颜色。

当时的战争超出了现代人的思考，属于近代性战争。

武田胜赖根据来自梅雪的报告，让人把鸟居强右卫门带到跟前审讯。

"身份、姓名？"

"我是奥平九八郎贞昌的同党，叫鸟居强右卫门胜商。"

"你详细说说是怎么混入我军阵地的。"

"我是从城里派往冈崎的密使，路过这里，现在是返回途中，欲伺机混入城里时被捕的。"

"你秘密报告的内容呢？"

"是去催促他们从后面攻打你们。"

"那么，你说什么了？"

鸟居强右卫门什么也没保留都统统说了：织田信长前天已经到达冈崎，今天与德川家康成一起从冈崎出发，正在朝这里挺进。

这消息对于武田胜赖来说，无疑是具相当冲击性的。《大日本战史》称，他于前一天，让人伪造了奥平贞昌之父奥平贞能的信，作成箭信射入城里。信上说：

"德川家康阁下正在思考等待织田信长阁下军队达到后实施反包围，可是织田信长到现在还没出现。既然这样，也就不知道何时实施反包围，你们最好动脑筋突围。"

据说奥平贞昌识破了这封伪造的书信，不动声色。

可能是武田胜赖厌倦了？他又心生一智。《寺峙备忘录》称，他喊来审讯官交待说：

"这家伙是过得硬的勇士，你下工夫策反拉他到我们阵营。"

这审讯官据说叫武田左马助信丰，是在川中岛之战战死的左马助信繁之子。武田左马助信丰答道：

"是！"

改用其他方法对鸟居强右卫门说：

"你忠实执行主子命令突破这重围送信的表现，勘称过得硬的义士。武士应该一生守义，可如果为了后代着想，改变侍奉的主子理所当然。所谓战国之习，武士之义，是在侍奉尽忠。怎么样，能否改为武田家族侍奉？比起为奥平贞昌侍奉，还是在我们这里前途无限。这也是为了后代，说不定你还可以得到许多利益。"

鸟居强右卫门似乎在深深思索，片刻后答道：

"看来，如果是为后代着想，最好是按照你说的做。我从今天起改变立场为武田家族侍奉。"

"哦，这是好的决定，好吧，你开始为武田家做第一项工作。"

"不管什么请说，我一定尽力完成。"

"你朝城里守军这么说，'尾州中岛刚才发生了暴动，织田信长阁下不得不去那里应付，故而援军到达这里可能要推迟了。既然这样，再守下去，最终还是改变不了丢城的失败命运，最好是赶快打开城门交出城市保命重要'。你就这样说行吗？"

鸟居强右卫门流着泪答道：

"当然竭尽全力！尽管背叛了家主，而且心里非常痛苦，可这是为了我的后代，并且这也是为了奥平贞昌阁下的将来，请尽快派人把我带到城门，我一定按照阁下刚才吩咐的内容去说。"

武田左马助信丰解开了绑缚鸟居强右卫门的绳索，让十来个士兵跟在后面，把他带到城边。

鸟居强右卫门站在城边呼唤早就认识的士兵。被喊到名字的士兵从墙孔探出脸，鸟居强右卫门大声叫喊：

"我是岛居强右卫门啊！今天从冈崎回来时被捕了，但是德川家康与织田信长两大将已经率领大军于今天从冈崎出发了哟，两三天就可以到了，要坚持啊；固守城池！"

跟着来的甲州将士大吃一惊，正要堵住鸟居强右卫门的嘴，但为时已晚，便立刻慌慌张张地押着他走了。

武田胜赖被耍了，气得火冒三丈。《修订版三河后风土记》称，武田胜赖在荒海之原（有书误读为"有海之原"）将鸟居强右卫门绑在柱子上用长矛刺死。

安井息轩撰写的《关于鸟居强右卫门胜商死节图后》文章称，当时甲州武士落合左平治因为鸟居强右卫门的壮烈就义之义举而感动，前往有海之原。当时鸟居强右卫门的呼吸尚未停止。他朝鸟居强右卫门喊道：

"你实在是让人敬佩，尽管被这么处死，但即便千年后也会在人间受到传颂。我想给你绘画作为留念，您能否允许？"

鸟居强右卫门已经奄奄一息，已经不能用语言回答，但话能听懂，微微点头表示同意。

落合左平治拿出纸与笔写生结束后，见鸟居强右卫门尚末断气的痛苦模样，又大声嚷道：

"我得到你许可已经画好了，作为答谢我想给你致命一枪如何啊？"

鸟居强右卫门点头。

落合左平治端起枪朝着强右卫门的喉咙射出子弹，给了致命的一击。落合左平治被武田家族消灭后辗转去了德川家族侍奉，继而转到纪州家族侍奉，领受了五千石俸禄。他的家族世代相传这张写生，作为传家至宝。

"我的友人神子美是鸟居强右卫门的后代，是武藏忍候（松平家族）的家臣，慷慨之士。请求落合左平治复制了那张写生，由我题字，我记述了这张写生的由来，将鸟居强右卫门的忠义之举传达给整个社会。"

这是《息轩》里的结束语。

鸟居强右卫门的行为，在那个时代也有人如此赞美，江户时代过后又受到赞颂。可是到了现代后，冒出了浅薄、随意的想法，演变为愚蠢解说。只会贬低别人的举止，是因为判断者本人精神枯萎。没有确凿证据，便进行贬低解释并且还有不少人为之洋洋得意，这让我难以忍受。历史上的人物，没有亲自为己辩护的自由与机会。为此，后人没有证据不可妄加评说。这是我不得不再三详细叙述这一事实经过的理由。

十

德川家康率领八千将士到达长筱是十八日，在隔着高地的长筱城西方设乐野西侧布设阵地。织田信长这天还是比德川家康稍稍迟些时候到达，也在设乐町西侧德川家康阵地的北侧布设阵地。织田大军三万余人。

织田信长从岐阜出发时，让每个士兵各带上一根木材与一卷绳。他知道武田军队的强项是骑马，不打算让武田军队发挥出优势，意欲大力发挥自己军队射击火枪的长处，设法打赢对手。

他一到达阵地，便把设乐野中间的连子川这条河沟作为前沿，让将士们把带来的木材与绳索绑扎起两三排栅栏，在每隔两三个栅栏的地方设置出入口，将各队伍配置在栅栏后面，再从全军一万名射手中间选拔出三千高手，按照千人一队将他们分成前排火力群、中排火力群和后排火力群，命令他们按照前、中、后顺序依次轮流射击，每次射击为一千发子弹。当时的火枪，是从枪口填装火药，装填火药很费时间。但是按顺序依次轮流射击，就可不间断地射出千发子弹，也有可足够时间装填火药。即便甲州骑兵排山倒海杀来，但是当他们的马匹遇上栅栏受阻时也会来回徘徊，这时就可趁机狙击射杀。

如此巧妙对策，如果是模仿前人战术则没什么稀罕。但第一个想出的，就是真的厉害了。即便已经想出这一对策，但火枪的当时价格非常昂贵，还要组织万名枪手并要从中选出三千狙击手，要不是织田信长那般富裕的大领主，要不是织田信长那般嗜好新武器并且早就拥有大量射手组成的火枪队，那是根本不可能实现的。

据说，经历过如此战斗的织田信长，是战国武将中最前沿的新锐战术家。战争也好，摔跤也好，两者取胜的真谛相同，说到底是扼杀敌人的长处，把战争、把摔跤引向有利于自己的局面。即便是新战术，也不可能偏离这一战术原则。理所当然，发挥的好坏多半取决于指挥员是天才还是凡才。但是如果始终注意并且牢牢把握这一原则不偏离，那么即便是凡才，多半也可通过反复酝酿思考出类似妙策。

织田信长任命佐佐成政、前田利家、野野村幸久、福富贞次、塙直政等五人为这支火枪队的最高指挥官，还特别叮嘱道：

"甲州的家伙们喜欢骑在马上战斗，伊奈四郎是不动脑筋的武夫，必定命令骑兵冒死冲锋再冲锋朝这里扑来。你们不要提前射击！要等到骑兵被栅栏绊倒原地徘徊时再开枪瞄准射击！这一次战斗，一定要把这些家伙变成不长翅膀的云雀。"

据说，没有翅膀的云雀是六月云雀，在产下小云雀后变瘦而衰弱并且掉翅膀。豪放粗野是织田信长的说话习惯，从这番话可以察觉出迄今一直害怕武田军队的他，显露出了持有充分胜算的自信。

长筱城里，由于德川织田联军到达，勇气增加了百倍。那天夜里，奥平贞昌手下铃木金七郎奉命从城里潜出，潜水游到设乐野的德川家康阵地，送来奥平贞昌的信：

"由于连日节省粮食，城里粮食仍可吃上几天，因而不必急于交战，应该从容不迫地找到取胜把握最大的战机发起攻击。如果城里情况告急，我们会敲钟发送求救信号的。"

人确实是性情之物，在鸟居强右卫门从城外传达援军三天内到达消息之前，城内处在再坚持也是白费劲的氛围里，自从有了鸟居强右卫门的消息后，加之此刻眺望到城外遥远的西侧到处是援军旗帜林立随风飘荡的情景，仿佛都特意在说快派使者出城，通知援军别急着交战，而且人人镇定自若。

铃木金七郎到达德川家康阵地是十九日拂晓。那天甲州军队方面，武田胜赖也在主帐召集全部将领举行了军事会议。武田胜赖说：

"织田信长与德川家康都在设乐野两侧布下了阵地，因此我们仅鸢之巢山等据点的部队就足以阻止长筱城敌军出城反击。明天，我们全军倾巢出动，渡过滝川后主动找他们决战。"

自武田信玄以来的老将马场美浓太守信房、内藤修理亮昌丰、山县三郎兵卫昌景、小山田兵卫信茂、原准人佐胤昌等人表示反对，异口同声说道：

"织田军队三万多人，德川军队八千余人，合计近四万大军。回头看我们军队如何啊，只有一万三千人。弱旅不与强敌交战乃是兵家常识。一直以来，弱旅遇上大敌历来是使用避让战术。这次我们应该返回甲州。如果敌军从背后杀来，我们应该把他们吸引到信州交战。届时我们就可采用有利地形杀敌，肯定能够取胜。眼下，正面既没有攻下长筱城，后面又有织田德川联军虎视眈眈，我们连千分之一获胜的可能性都没有。"

武田胜赖没有吭声，但脸上没有显现赞同表情。于是，马场信房说：

"我们已经到了这一地步，如果什么胜利果实也没有取得就回国，我们自己也会感到遗憾，倒不如立刻拿下长筱城。城内守军只有火枪五百支，第一排射来也就五百发子弹，即便悉数射中我们的士兵，死伤也只不过五百人，如果第二排枪五百发子弹再射中，我们也只是再损失五百人。我们要以牺牲一千士兵的思想准备，接二连三地轮番冲锋，那我们就一定能拿下这座城市。只要攻下长筱城后返回甲州，就可保住我们的武名。"

然而武田胜赖还是不动声色，马场信房又说道：

"如果最终还是不想回国，那我们就像前面说的那样拿下长筱城后固守，逍遥玄阁下以及各位大将在城外设立主阵地，我等成为前锋，每天小规模战斗闹上数日。织田军队里多为河内、和泉一带的士兵，在外时间一长就会想家，无心恋战，最终多半不能忍受漫长的拉锯战而撤退。但作为上上策，我们最好是尽快回到自己领地。"

而后，武田胜赖的宠臣长坂钓闲与迹部大炊助上前主张：

"我们家族从新罗三郎义光开始到上代家祖武田信玄二十八代，没有遇上敌人就后退逃跑的先例。如果到武田胜赖阁下这代开始让敌人看我们背影目送我们逃回领地，那后人就会批判武田利剑是从武田胜赖这代开始卷曲，也将令我们耻辱。敌人进攻也好，我们进攻也好，胜败乃是天意。怎么可以做有辱家族的事呢？"

《修订版三河后风土记》里引用了《武边咄》书里的说法，说这两人如此主张，是由于织田信长的宿将佐久间信盛奉命贿赂他俩，要他俩一旦战斗打响就背叛，因此他俩想为织田信长立功，大力坚持主战论。但是总而言之，在武田胜赖看来，一直到武田信玄这代，武田军队史上都不曾有让敌人看自己背影的习惯，尤其"如果到武田胜赖阁下这代开始让敌人看我们背影目送我们逃回领地"的说法是最具刺激性的。

武田胜赖毅然决然地说：

"请出武田家族大旗和盔甲，我决定明天与敌一决雌雄。"

语气斩钉截铁。大旗是八幡太郎（本名源义家）的旗帜，盔甲是其父武田赖义从新罗三郎义光（本名源义光，是八幡太郎即原义家之弟，是武田家族的祖先）手上继承，武田家族为世代相传倾注全力。武田家族成员视这两件传家宝为最贵重神圣之物，只要家主说"请出武田家族大旗和盔甲"，意思是说议论到此结束。于是，各位将领立刻俯首叩拜，齐声说道：

"我当执行圣旨，明日鞍前马后，就是赴汤蹈火也在所不辞。"

说完，一起退下。

《保元故事》称，清和源氏有时代相传的八套盔甲，分"月数、日数、源太之产衣、八龙、泽泻，薄金，楯无、膝丸"八套。其中，楯无是源义朝所穿，八龙是源义朝长子恶源太义平所穿，泽泻是次子朝长所穿，源太之产衣是三子源赖朝所穿，出现在平治之乱战场，败北后在逃往东部地区途中，将其脱下扔在大雪纷飞的美浓山上。这是《源平盛衰记》里的记述。幸田露伴翁在其撰写的《赖朝》里说道：武田家族神宝性质的宝物"楯无"，是这一时期源义朝使用的盔甲。这是幸田露伴翁之说，我想可能有什么根据，但我持不同意见。

所谓"楯无"，是指连盾都不需要那般结实的盔甲意思，起初可能不是普通名词，因此我觉得并不局限于一种说法，大凡有多种说法。由此我想说的是，传到清和源氏嫡系家的"楯无"与传到武田家的"楯无"不是一回事。

且说那天夜晚，从武田胜赖跟前退出的老将们聚集一起。

"家主相信长坂与迹部等连战术规律都分辨不清的家伙，还丝毫不采纳我们的意见，如此下去，我们家族必然失败！延长已经无望的家族生命，目睹它走向灭亡则更加心烦，索性这回战斗打响时就堂堂正正战死算了，去黄泉下面报答先君的厚恩！"

约定后以水代酒对饮，相互交流到次日拂晓，回到各自阵地。

第二天即二十日，武田胜赖率领诸军渡过滝川，到达与有海之原西侧即设乐野接壤的地方，企图等到拂晓与织田德川联军决战。

德川织田联军也严阵以待，这天夜里出兵夜袭夺取了鸢之巢山。大久保彦左卫门直到老年也一直引以为豪的十六岁初战，就是这一时候。

十一

这次夜袭，是德川家族老资格家臣酒井忠次提出的方案。酒井忠次对德川家康说：

"是因为敌人让宗徒之侍大将等人镇守鸢之巢据点。如果阁下赐我军队，我则抄山路沿南侧迂回攻击这座据点，武田胜赖则首尾难顾，明天这仗我方必胜！"

德川家康说：

"说得在理，你去信长阁下那里把这情况说一下！"

于是，酒井忠次去了织田信长大本营。大本营里，诸将就座，正在举行军事会议。织田信长召酒井忠次进去。他提出了前面所述的战术，织田信长根本听不进去，满脸愠色，骂道：

"你是农村武士吧！如此大规模战斗还需要你说的那种小打小闹吗？闭嘴，闭嘴！"

酒井忠次面红耳赤，回到了自己阵营，没想到织田信长的心腹紧追着赶来了，要他立刻返回，说织田信长要见他。一到那里，织田信长已经把所有人赶走，独自一人待在空屋里等候，小声说道：

"你刚才说的计策妙极了！大庭广众中间恐有敌人奸细，于是我故意那么数落你，别见怪，希望快立大功。"

织田信长看似粗犷直率，大大咧咧，其实粗中有细，并且尤其关注政治。

酒井忠次兴高采烈，精神振奋。

"既然这样，请赐监督官给我。"

织田信长任命金森长近、佐藤则定、武藤弥次兵卫三人为监督官，配备火枪队长青木新七郎与加藤市左卫门，还赐给火枪五百支。

酒井忠次也用心良苦，觉得仅靠德川家康拨给的军队独占奇功有可能引起织田信长猜疑及其部下的妒忌，于是合上德川军队的三千士兵共三千五百人，由长筱城主奥平贞昌之父奥平贞能为向导。

时逢下起倾盆大雨，全军冒雨出发，途中分出五百人，命令他们在敌人退路的船着山脚樋田埋伏。

"如果夜袭成功，敌人败兵肯定路经樋田与其主力会师。如果出现，你们要杀得敌人一个不留。"

反复叮嘱后，酒井忠次率领主力继续前进。一进山路，前面便是陡峭的峻岭山脉，黑得伸手不见五指。雨还在下，骑兵下马徒步，脱去盔甲扛着行军。最峻险的地方由向导奥平贞能的家臣们率先攀登，在树与树之间连结绳索，将士们拽着绳索向上攀登。

终于到达菅沼山，将士们在这里穿上盔甲，分成三队。第一队开往鸢之巢的南中山据点，第二队直接去往鸢之巢据点。朝着中山据点前进的队伍一边放火呐喊，一边开始攻打，守军狼狈逃向鸢之巢据点。三队夹击攻打鸢之巢，杀死了守将武田信实（武田信玄之弟）。于是守军放火，分成两部分朝两个方向逃窜。可是逃向南方的败兵在樋田遇上伏兵全成了刀下鬼。这时正值拂晓之际。

武田方面的据点，除此以外在鸢之巢北侧与东北侧有两个，一个叫姥之怀，一个叫君之伏户。可这两个据点的守军都不战而逃。

登上鸢之巢山方面的将士喊声与燃烧的大火，成了设乐之原大会战的导火索。

武田胜赖看到属下将士脸上出现了恐怖神色，勃然大怒，向全军发布命令：

"冲锋！"

在武田胜赖看来，这种时候只有全力进攻，如果犹豫，全军将士的恐怖心理就会进一步加深，最终会带来不战而溃败的危险。战争就是这么回事，古今战史都这么形容。凡是正常人，都有恐惧心理。只要有人群的地方，其中就有狂人。民间有"不知恐怖的勇士"

以及"在娘胎里就忘了恐怖的勇士"之类的说法，可这些都只不过是文学修辞。人的勇敢与胆怯之别，只是能否通过自身的超常克制心理去控制万人都持有的恐怖心理。即便武名响彻天下并且当时最优秀的日本精锐武士即甲州武士，在远眺背后自己据点攻占，以及清楚见到正前方多于自己三倍的敌军时，自控心理的底线也会顷刻崩溃。这时，如果踌躇或者停止战斗，恐怖心理就会进一步加剧，最终溃败抱头逃窜是明摆着的。在这种关键时刻，只有进攻，其他无路可走。进攻，是会鼓起忘我之勇气的。

话虽这么说，但之所以说身陷唯进击一条路的窘境，是因为武田胜赖已经落在被敌人牵着鼻子走的处境。并且，进击目标那里也已经布下了可怕的天罗地网。可以说，胜负已经在这种时候明了。

酒井忠次的夜袭计谋，多半已经连这里如何灭敌也都周密布置好了吧？织田信长可能也考虑到了这里并接受了夜袭计划中在这里设下口袋的部署吧？

可我不是那么想的。我觉得，出其不意可以攻陷对手，同时这种战术也是激励自己一方的将士，似乎还可以从客观上挫敌人锐气。

总之，联军在这次战斗中是最幸运儿，而这幸运里最大亮点则是夜袭成功。不用说，联军的幸运则是武田胜赖的厄运。

十二

武田军队的右路军由穴山梅雪、马场信房、真田信纲及其弟昌辉、土屋昌次、一条信龟组成，总兵力约三千。中路军由武田信廉、内藤昌丰、原昌胤、安中景繁、和田业繁组成，加上西上州的各位武士，合起来兵力也约三千。左路军由武田信丰、山县昌景、小山田信茂、迹部胜资、甘利信康、小幡信贞及其弟武田信秀构成，兵力也约三千。武田胜赖在他们后面，也率领着约三千人马。

对此，联军一方由两方合起来的总兵力为三万多人。大致分兵分配情况如下：右路军为德川军队，左路军为织田军队。前面是连子川，内侧绑有木栅栏，对付其后方的，正如前面所说的那样，在面临开战之际，将大久保忠世与大久保忠佐兄弟俩的队伍调到了右翼尽头的栅栏那里，将佐久间信盛队伍调到了右翼尽头的栅栏外面布阵。联军这么做是为了诱敌深入。这对大久保兄弟是平助少年当时的两个兄长，平助少年上年龄后改名为彦左卫门老。

武田军队的左路军，由山县昌景与其同事们一起率领两千多将士发起冲锋。敌军右侧端部的连子桥南没有绑扎栅栏，指挥官心里盘算拟从那里迂回绕到敌人侧面。大队人马来到联军大久保忠世队伍南面的河边，可连子川在这一带也距离丰川合流点近，不但宽敞，而且两岸有高耸的峭壁，水量大，激流发出震耳响声奔腾向前。武田军队根本不能在敌人到达前顺利渡到河对岸。无可奈何，山县昌景命令部队朝着大久保队伍发起冲锋。

山县率领的队伍是清一色红装，头戴红盔，身着红甲。猛将山县则把今天视为生命最后的日子，在他"冲啊，冲啊，一步也不准后退"的狂妄命令下，全体身着红色盔甲的将士仿佛滚滚向前的火球蜂拥扑来。大久保兄弟不慌不忙，镇定自若，指挥火枪射击，立刻射倒了几十人，随后朝着畏缩不前的山县队伍发起了反冲锋，于是激烈的肉搏战开始了。

《大日本战史》称，"时而冲锋，时而撤退，敌我混淆，血肉横飞。"

《三河故事》是如此描述这时情况的。

织田信长从主阵地远眺，命令传令兵：

"德川军队开始与敌人展开肉搏，可那里出现了插有'金色风蝶旗帜'和插有'浅绿白姑鱼旗帜'的武士。看似敌人，却似我方将士，看似我方将士，却似敌人，快去问一下是敌人还是我军将士！"

传令兵去德川家康大本营询问，德川家康答道：

"不不，他们不是敌人，是我们家族的世袭家臣，插金色风蝶旗帜的叫大久保七郎左卫门，是弟弟；插浅绿色白姑鱼旗帜的是他哥哥，叫大久保治右卫门。"

传令兵迅速赶回向织田信长报告，织田信长说：

"看来这兄弟俩是德川家康拥有的得力干将，而我手下没有像他们那样的将领，他们都像上等膏药，粘得敌人难以逃脱！"

《三河故事》将彦佐卫门老的两兄长的战场表现描述得十分详细，文章写得非常精彩。

山县队终于败北，小山田队代其冲锋，但也败下阵来，山幡队换上冲锋，却也失败告终。在旧骑兵战术方面无敌于天下的甲州军队，面对着拥有大量新锐兵器的联军与打法只能留下难以匹敌的遗憾，犹如日本军队在第二次世界大战中与美国军队武力较量那般。

在宣扬精神万能的观点里，存在着猛将们与勇将们的致命弱点。精神力量重要这说法不容置疑，那是因为最充实的精神力量可以百分之百驱使包括肉体力量在内的物质力量，但是这里也有精神力量的底线。极端地说，如果物质力量处于劣势，就不存在取胜的道理。事实胜于雄辩，长篠之战就是证明。在第二次世界大战中的日本军事指挥，大概不了解这一道理。现在，我为了撰写这篇文章所用的参考书《大日本战史》就是旧参谋总部编撰的。不得不讽刺一下。

左路军开始与敌交战的同时，中路军与右路军的战斗也打响了。中路军径直朝着栅栏冲锋，担心栅栏导致冲锋受阻而焦急万分，各路军都受到了反复的猛烈射击，正当趑趄彷徨时被从各栅栏门那里冲出反冲锋的织田军队打得直往后退却。

右路军将领马场信房，攻打了把阵地布置在栅栏外面的佐久间队伍。佐久间且战且退，打算引诱马场信房队伍到火枪射程让其变成栅栏内火枪队的盘中餐。可是马场信房不上圈套，在佐久间队伍退却后只是占领那片阵地，鸣金收兵不再追赶。

"不愧是马场信房，不上圈套。"

从主阵地观看后，据说织田信长失望了。

马场信房有深入思索的习惯，反正全军败北在所难免，必须让武田胜赖这时撤退，可自己如果殿后没有死去，他觉得丢人。

他对同事真田和土屋说："我有事要再留一会儿，你俩先去立功吧！"

真田他俩非常清楚马场信房决心已定。

"那好，不陪你了。"

说完，他俩策马奋进，快速靠近栅栏。织田军队一齐猛烈开火，许多骑兵相继倒下，他俩率领着后续骑兵毫不胆怯地继续前进，嘴里发出"哎哎"的尖叫声，开始破坏栅栏。无论怎么射击，他们就是不后退。有的士兵紧挨着木栅栏死去，有的士兵尽管负伤仍企图破坏栅栏……极其悲壮，凄惨。

织田军队的柴田胜家、羽柴秀吉等人从北侧迂回而来，从侧面攻打武田军队。但是，甲州军队勇猛顽强的气概举世无双，视死如归，最终真田兄弟俩也战死了。

武田胜赖让身边紧跟着的主力三千士兵放开攻打，同时命令左路军与中路军冲锋，喊声震天，战马狂奔，甲州军队呈直线朝设乐野攻击。一看到长筱屏风图，甲方武士们将头盔倾斜，伏在马背上冲锋，背上的旗帜形成水平状。可以想像，他们是在雨点般飞来的枪林弹雨里如驱无人之境般飞驰。

山县昌景战死，据说就是这个时候。山县昌景身穿金梭穿缀的甲衣，头戴锻有金属大锹的头盔，悠闲地骑在马上与手下不畏敌军火枪继续前进。本多平八郎忠胜见状命令：

"那就是山县！射击！射击！"

于是，火枪手们将枪口朝着山县狙击。其中一发子弹从甲铠线孔间射入射穿了护胸板。山县把拿在手上的令旗衔在嘴上，两手按住马鞍前轮坚持了片刻，随即掉到马下，好在脑袋没有被敌人割下拿走，他的马弁打退了敌人。

山顶上甲州军队开始撤退，织田信长命令全军总攻，四周响起"冲啊"的喊声，各路军全部转入总攻。

与此同时，长筱城的奥平贞昌也发起了冲锋，从背后偷袭武田军队。

十三

筋疲力尽、步履蹒跚的武田军队顷刻瓦解了。在武田胜赖看来，这是他有生以来第一次失败。一个迄今始终处在顺境而没有遇到过逆境的人，此刻既非常强大又十分弱小。武田胜赖茫然不知所措，也许无法相信眼前的情景，片刻过后羞耻涌上全身，多半会产生不想活下去或者不愿意与一再劝说不要恋战的老臣们见面。马场信房驱赶人们催其撤退，可他不动弹。这也许就是上述原因吧。

《长筱之战故事》说，武田胜赖毫无撤退之意，斩钉截铁地说：

"我不撤退，我要战死在这里。"

这时穴山梅雪来了，说道：

"赶快撤退。"

可是武田胜赖听不进去，穴山梅雪怒吼：

"阁下这几天老说任性话，不听家臣们的劝告，才落到这种地步。现在这种时候还叱责别人！别再任性了！必须听从！"

他将刀鞘末端朝上翘起，朝武田胜赖跟前紧逼。穴山梅雪在武田家族里是与其最近的一族。他是武田信虎的弟弟武田信友与武田信玄的姐姐结合生下的儿子，其妻是武田胜赖的妹妹，对于武田胜赖来说既是堂兄弟又是妹夫，因而能如此严厉进谏。

然而，武田胜赖的保镖初鹿野传右卫门怒气冲冲，走到他俩之间，向上翘起刀鞘末端朝，制止梅雪的无礼举止。梅雪说：

"传右卫，我这么说是想让他撤退，快扶他上马！"

传右卫门突然醒悟了：

"对不起。"

道歉后对侍童们说：

"快快，把马牵来！"

他让人把马牵来，据说是把武田胜赖抱上马背撤退的。

在这次撤退过程中，甲州著名武将和勇士们众多，要是一一列出他们的姓名则很占篇幅，也就不赘述了。即便《修订版三河后风土记》里写到的人数，也有二十九人之多。这场败仗惨不忍睹。可以这么说，武田的精锐部队在这次战役中基本消失殆尽。

马场信房掩护败逃的武田胜赖，在保护和退却的过程中，卫队人数在乱箭中逐渐减少，一直等到写有武田胜赖字样的旗帜远去消失，他们才集中清点了一下兵力，约剩二十骑。他率领着这支骑兵返回到长筱城边。

他这天的打扮，身着印花（面为白色，里为黄绿色）串缀的铠甲，头戴有锹形锻打物的土红色星盔，被月毛马的血染成了朱红色。他骑在白覆轮黑色鞍上，把用白毛制作的令旗插在胸环上，把夹在腋下的枪紧紧放在马平颈上拿着。织田德川联军将士们虽因胜利春风得意，却畏其威风，不敢从两侧冲上前来。马场信房大声嚷道：

"我是武田家老臣马场美浓！你们都上来杀我可以扬我名！"

他大声嚷嚷，策马左冲右突杀了四五个骑兵，手也不放在刀柄上，喊道：

"来，砍呀！"

于是，织田的搞直政上前砍下他的脑袋交给了同事川井三十郎。据说马场信房当时六十二岁，是作为武士作为老臣尽忠武田家族而死于战场，这可说是值得钦佩的大丈夫最后时刻。

落败的武田胜赖军队是清一色武田家御林军，皆由非常优秀的武士组成的，不过一旦败北，便人心涣散，胆怯、疲惫。也不知什么时候，他们已经扔掉了武田家世代相传的大旗。本多忠胜的同党原田弥之助一拾起大旗，梶金平挥动旗帜弄出大的响声，大肆骂道：

"武田四郎，再怎么珍惜生命背朝着敌人逃跑，也不能把世代相传的旗帜丢给敌人！"

武田军队旗手听了这话后还嘴硬说：

"旗帜旧了，扔了。"

金平立刻顶撞：

"原来如此，原来如此。山县、内藤、马场等老臣都因为旧了才扔的吧！啊哈，啊哈哈。"

一阵哄笑。

武田胜赖及其手下装作耳聋离去了。

长筱之战，就是在这种状态下以武田胜赖惨败而告终。虽说这是武田胜赖的第一次败仗，但那是致命的失败，是损失惨重的败仗。

我曾也说过，联军方面在这场战役中从一开始就受到了幸运惠顾，最决定性的幸运是这气候。直到开战的前一天，这一带五月雨还在下个不停。夜袭鸢之巢山据点是冒着大雨进行的。开始当天偏偏又出梅了。如果还像之前那样下个不停，火枪的火绳会潮湿，火药也会潮湿。纵然织田信长选拔了几千名枪手以及配备了几千支火枪，也肯定发挥不出威力。织田信长最初迟迟不出阵，多半也把气候计算在内了。

十四

长筱之战以前的武田家族，曾是一流中的一流，可那之后跌落到二流甚至三流。如果武田胜赖谋求卷土重来，应该像受伤的猛兽潜伏在洞里舔伤口，等待痊愈，恢复元气，同时固守甲州。可是他不识时务，倔强的性格没让他这么做。

他频频进兵骏河，打算与不断在蚕食这一带的德川家康决战，力图恢复名誉。可是德川家康决不应战，只要一听说武田胜赖出兵，便带队伍离去，接着只要一听说武田胜赖离开，便再带队伍返回，不停地蚕食武田家族的领地。

天正七年九月即长筱之战后的第四年，德川家康与小田原的北条氏政修复了双边关系，氏政出阵到三岛，德川家康出兵骏河，把火一直烧到由井（也称由比）和仓泽一带。武田胜赖正在沼津建造据点，一听说德川家康军队到了，便派使者去三岛的氏政大本营：

"正如你早前说过的那样，德川家康出兵到了由井与仓泽，不停地放火，想必从你大本营那里也能看到那烟雾吧？！我与其单独迎战德川军，倒不如与贵军联合将其消灭。你看是你率部队渡过黄濑川后决一雌雄，还是由我打过河与其决一胜负？不管你是选择前者还是后者，只要你决定了，我马上行动。"

氏政派人传话：

"我是为保卫自己领地而出兵，没有打仗的计划。"

武田胜赖嘲笑：

"果然不出我所料，北条氏政软弱会吃亏的。"

于是他留下殿后军队，班师回朝后朝德川军队驻地挺进。这当儿，长坂与迹部说：

"长筱之战就是急急忙忙才导致大败的，今天应该住在浮岛之原，随后推进，缓缓进入才是！"

武田胜赖采纳了这一意见。在河成停顿的时候，上午下起了大雨，第二天时富士山的水量上涨。武田胜赖焦急不安，率先骑马蹚入漩涡渡河，于是一万二千将士也毫不犹豫地骑马步入漩涡。据说出现了不少溺水者。

德川家康立刻回师，武田胜赖到达那里时已经空无人影。武田胜赖流着泪说：

"应该进攻长筱时我们进攻了，这次应该谨慎偷袭时我们也谨慎了，却让德川家康逃之夭夭了。"

我非常清楚武田胜赖万分焦躁的情绪，也格外同情他，但是老于世故的德川家康与缺乏磨炼的武田胜赖之间，在这方面两人是不能相提并论的。

十五

武田胜赖的焦躁也表现在外交上。武田信玄在战争上是高手，在民政、外交上也是高手。他在决定做一件事之前，一定是在四面八方编织外交网，虚构最有效果的统一战线，使敌人迷惑而蜷缩不动，然后调兵遣将集中兵力攻克。简直是天衣无缝。

武田胜赖根本不这么思考，完全依赖自家的武力，但长筱战败后好像清醒了许多。那年的第二年，向北条氏提出要求娶氏政妹妹为自己妻子。第二年即天正五年正月，氏政妹妹被接到甲府为家主夫人，并且甲府又与本愿寺结成同盟。由于本愿寺门迹显如的妻子与亡父武田信玄的妻子是嫡亲姐妹（皆为三条公赖的女儿）关系，因此一直感情甚笃。在武田信玄与上杉谦信之间争斗激烈的年代，北陆地方的门徒经常从本愿寺接到指令进行暴动，不止一次两次地威逼上杉谦信，所以同盟关系立刻恢复如初。但是，该目的不在于越后，而是在于组成对织田信长的包围网。

这种包围态势几近天衣无缝，遥远的西侧由毛利氏控制，附近一带由大坂本愿寺控制，北侧由上杉谦信控制，东侧由武田胜赖控制，还有小田原北氏协助控制，以致织田信长处在几乎不能动弹的状态。

不用说，值得织田信长幸运的是，包围网的同盟中心是前将军足利义昭，虽同盟成员与足利义昭结合，但成员之间各自为阵。例如，上杉谦信与北条氏不友好，与武田胜赖也不能说友好。

尽管那样，织田信长还是在层层包围之中，处境痛苦。尽管长筱之战获得了狂胜，但织田信长没有指挥骑兵追赶武田胜赖攻打其最后老巢，可能就是上述原因。

可以说，武田胜赖到这一阶段的外交政策是很成功的。

天正五年十二月，也就是武田胜赖从小田原娶妻的那个年底，上杉谦信向所属领地发布动员公告，命令：

"明年三月十五日从春日出发，踏上讨伐织田信长征途，请各领主准备！"

武田胜赖算得上勇猛吧，但是上杉谦信的勇武更是天下皆知，盖世无双，可以与其匹敌的只有其亡父武田信玄。武田信玄死后，上杉谦信可谓天下第一武将，所以织田信长像担心武田信玄一样，也对上杉谦信忧心忡忡，丢尽了脸面，一直用奉承话讨好上杉谦信，以免其把矛头指向自己。既然上杉谦信已决意征战讨伐，那么织田信长必须举全领地力量防战是毫无疑问的。似乎，织田信长手下的精锐部队几乎全出动去了北陆路，美浓、尾张方面变成了没有兵力的空城。

"我从信州路朝东美浓进兵，完全可以像驱无人之境那般一路席卷，直至去京都竖起武田大旗。"

武田胜赖可能是这样想的。长篠败仗以来，这也许是他第一次忧愁释怀的心境。

可是，上杉谦信在出阵日即将来临之际，也就是三月九日，突如其来在厕所里突然中风倒下，持续昏睡不醒，于十三日与世长辞。他生前辛苦建立的一代功业付诸东流。

织田信长好运，上杉谦信厄运，也是武田胜赖厄运。

上杉谦信死后，上杉家族发生骚动。上杉谦信一生没有与女人结合，生前没有留下亲生子女，但有两个养子，一个是堂表哥即姐夫长尾政景的儿子景胜，一个是北条氏政弟景虎（最早是叫氏秀），上杉谦信喜欢他，将自己最早的名字赐予他，还打算过一段时间把分属的领地掰成两半赐予他俩，但情况突变，连写遗嘱的时间也没有就撒手西去了。

理所当然，这两个养子间发生了争当家主的恶斗。家臣们也袒护各自后台，争执不断升级，最终发展到火并。

景虎要求亲哥哥北条氏政派援军，北条氏政则托付武田胜赖实现景虎的这一要求，因为从关东出兵去后越很费时间，如果改为托付武田胜赖出兵，援军便可马上从信州方面启程。这时，正值武田胜赖娶氏政妹妹与北条结成同盟后过去一年多。

"好。"

应允后，武田胜赖派兵到信州，在信州饭山挑战景胜军队，击败了对方。

景虎势力从此壮大兴旺起来。

武田胜赖此举是正确的。不管怎么说，北条氏势力大，加强与该势力之间的团结，对于武田胜赖来说是头等大事，何况上杉家族的家主已经由景虎登基，倘若越后完全归集于景虎手中，也可形成与其之间的联盟。也就是说，从关东一带连接甲州、信州一直连接到越后、越中之间，理应可以组成纵贯日本的大同盟。与此同时，武田胜赖的地位理应变得最坚固。

偏偏武田胜赖在这里犯了错，不偏不倚地中了景胜的圈套。当时，景胜派使者去甲府要求：

"我想在阁下手下供职，作为归顺阁下的证据，我把东上州献给阁下。我还有一个请求，娶信玄公的女儿为妻。"

这时，景胜已经贿赂了武田胜赖的几个心腹重臣。在景胜看来，眼下是到了家族存亡的关键时刻，必须舍得财宝铺路。

　　武田胜赖同意了景胜的请求。不容置疑，接受了贿赂的迹部与长坂等人都已经做了大量铺垫式的说服工作。然而，武田胜赖要说的话多半是，"上杉家族与我已故父亲交战对峙数十年丝毫不让，而且我父亲也对该家族束手无策，如今也降伏于我了，还申请当我的家臣"。这，看来确实是难以抗拒的诱惑吧！

　　武田胜赖决定派遣妹妹阿菊担任使者，就是武田信玄生前与武田信长长子奇妙丸（武田信忠）缔结婚姻剩下的那个女儿。婚约也在两家断绝缘分的同时被毁了。景胜兴高采烈，送去书面誓言与东上野进上的证书，写道：

　　"成为家臣后将来永不背叛。"

　　并捎上口信说：

　　"这是承蒙认定亲戚的喜悦象征。"

　　献上越后布三千匹（每匹长约二丈七尺、宽九寸），并且还作为周旋费向长坂与迹部各赠予两千两黄金。

　　由此，在越后一带的景胜与景虎间的势力对比发生了逆转。景胜势力大幅度增加，景虎势力衰弱。不仅如此，武田胜赖甚至还派援军支持景胜偷袭景虎，终于把景虎逼到了不得不自杀的境地。

　　这一事实意味着武田胜赖单方面撕毁了与北条氏之间的同盟。北条氏政发怒，派使者去德川家康那里提出缔结同盟，还通过德川家康中介与织田信长结盟，与武田胜赖针锋相对。

　　听到这一报告，武田胜赖发表了豪言壮语：

　　"如果织田、德川、北条三家结成一伙攻打我方，那我方可能最终灭亡。但纵然灭亡，请御旗、楯无明鉴，我也决不会在织田信长面前俯首称臣。"

　　《修订版三河后风土记》里是这么说的，但是武田胜赖陷入如此境遇，归根结底是为了反抗亡父的名声。他也许不知不觉地意识到了吧？！

十六

了解到武田胜赖武力衰弱，是远州高天神城被德川家康攻占这一战事。武田胜赖把高天神城揽在手里是天正二年，这在前面叙述过。这座城市连武田信玄生前都不曾攻下，因此武田胜赖把它拿下后更加盲目自信自己的勇猛了。

那以后，这座城成了远州武田家族的基地，被武田家族夸耀为坚不可摧。德川家康派遣大须贺康高到附近的横须贺城，伺机攻打。从天正七年冬天开始正式包围攻打，武田胜赖欲解围而两次出兵，可都被拦截在途中无法解救。

到了天正八年秋天，高天神城开始缺乏粮食。城将们商量后联名上书给武田胜赖。

"最近德川军队攻城力度逐渐加强，我守城军队苦不堪言，倘若家主还不尽快带领援军解围，就会被攻占，将士们将被杀得一个不留。"

可是侦察官横田甚五郎是武田信玄麾下的猛将，还被誉为摩利支天再现的原虎胤的嫡亲儿子，后为横田家的养子，仅他一人与各位将军意见相左，派使者前来进谏：

"家主援助该城不会起到积极作用。其道理是，如果家主出马，德川方面就会邀请织田方面支援，就会燃起类似长筱战役的战火。北条家族则趁机出兵甲州或兵临上野，那就会使局势变得非常不利于我方。来到高天神城的武士们，从入城一开始就理应做好了为家主捐躯的精神准备。阁下出马肯定救不了高天神城，但是我一定在被攻克之际杀出重围回到家主身边。"

各书都记载说，武田胜赖的宠臣长坂与迹部在长篠战役后的进谏一直是持消极态度，因而错过了救援机会，但当前形势无疑正如横田甚五郎说的那样，已经无计可施。武田胜赖决定不派援军，但向来刚愎自用的他不管做什么都闷闷不乐。

他打算出兵东上野攻下两三座北条家族的城市进行自我安慰，恢复社会舆论。从甲府出发，巡视大胡、山上、膳之城等，并攻克了膳之城。以武田胜赖为首，各路军队皆不穿内衣内裤，只是举着小旗冲锋，即刻攻取。

以不穿内衣内裤进攻，充分展示了武田胜赖闷闷不乐和百无聊赖的心情。向天下炫耀"我务必勇敢强大"的这种做法也有策略上的宣传作用，但比起这，人们一般认为，他更痛恨被埋汰为"坏男人"的社会形象。

这种过分举止收获了意外效果，获得了社会好评：

"他父亲武田信玄就不用说了，连古时候的八幡太郎义家与新田义贞都不曾穿内衣内裤攻占过城市，武田胜赖公是史无前例的神将。"

《修订版三河后风土记》称，不仅东上州各城望风投降，而且伊豆德仓城也降了武田胜赖。德仓城太守是北条家重臣松田尾张太守宪秀长子笠原新六郎范秀。

但是，无论武田胜赖在北美东地区多么不可一世，德川家康依然不放松对高天神城的进攻力度。由于德川家康顽强进攻，持之以恒地推进滴水不漏围城攻城的步骤，到了新年即天正九年，守城军队已经无法坚持，于三月二十二日夜分兵两路出城突围，损失惨烈。

第二天城被攻陷，只有横田甚五郎像曾经向武田胜赖发誓的那样，杀出了敌人的重围，回到甲府，拜见了武田胜赖。武田胜赖非常喜欢他的顽强勇敢，说：

"正如你去年说的那样要杀许多敌人归来，神奇啊。"

赞扬后赐刀予横田甚五郎，可他拒绝领受：

"我那包括养父在内的祖祖辈辈，都在各地战斗中皆表现出了忠和义，为留下勇名而捐躯。我这次虽然是在敌军中间杀出重围而归，但说到底是败战之勇，如果领受这一褒赏，那将是我祖祖辈辈的耻辱。"

说完归还赐刀。这是《武田三代军记》里记载的，自始自终是一名无可挑剔的武士，似乎感到在流泪。

尽管有东上州的成功，可高天神城的沦陷使武田胜赖的社会评价直线下降。《信长公记》称：武田四郎害怕武田信长公的威武，不敢派援军去高天神城，对于笼城的甲斐、信浓、骏河三国赫赫有名的武士们多数饿死的状况见死不救，使他有失面子于天下。

如此变化，武田胜赖的自信也终于动摇了。从这年七月开始，他在甲府西北菲崎附近建造了新城，起名为新府，十二月时还没竣工却已经移居到这里。

总之，武田信玄这人没有一代居城。那是因为他致力于获得民心得到的自信吧。视整个甲州为城墙，自己的居住场所叫杜鹃花崎城，但那前面没有城墙，是有一条壕沟的临时寓所。武田胜赖觉得这儿不安全，开始建造居城。《甲阳军鉴》说那是穴山梅雪提议。然而无论是谁建议，听从这一建议的是武田胜赖，是显示他没有自信的证据。

主将武田胜赖的所作所为里，还有其他不自信的证据。织田信长的六子（实际上是五子）坊丸（织田胜长），在武田信玄时代作为人质被送到武田家监管。这人一直是作为武田胜赖堂弟武田信丰的养子。商谈后，于十一月份将这人送还给了织田府。对于这时武田胜赖的信，织田信长的回信语气极其强硬：

"我打算私下派人前往迎接，但最好是你主动送还。"

把收信人姓名写作"武田四郎"，而且写在日期下面。武田胜赖大怒：

"武田信玄生前，织田信长视武田信玄为大将军，不光送来人质，连写信是采用臣对于君主的语气措词。到了我这一代，直至天正五年长筱之战之前，也都是臣对于君主那样敬重我的语气措词。但是他这一次做法非常离谱。"

上述情况是《武田三代军记》里的记载。大怒又怎样呢？其实正是武田胜赖本身的自信大打折扣。

既然这样，武田家族所有将军的军心动摇在当时也是自然而然的。无论什么时代，心地好的人少。战国时代在道义上特别颓废，就连被称之为名将的武田信玄，除将家父逐出家门以外还实施了许多在道义上被视作问题的行为。受到武力威胁，只要武力方保证，服从可以保住既得利益，便一来顺从，二来效劳。可是当保证的既得利益失去了，背叛心情的形成是最自然而然的。

另外，武田胜赖与武田信玄不同，不仅一个劲儿地发动没有效果的战争，而且在民政上也根本不成功。为补充军费，总是横征暴敛。《信长公称记》称：

"近年来，武田四郎对领地的百姓时而实施新的课税，时而设置新的关税等，不仅百姓痛苦不堪，而且重罪犯如果厚以贿赂也可获得宽恕。甚至后来有将轻罪者绑缚柱子上处以死刑的现象，失去了赏罚分明的尺度，不论贫富贵贱都对武田胜赖避而远之，内心都希望尽快成为织田信长的领民。"

设立关税是为了多征税，宽恕重罪也是为了钱，都是为了补充没有止境的战争费用。这种行为是最有可能的。《信长公记》出自武田家族敌对方的织田家族，但我认为听来可信。因为武田家族众叛亲离，不仅有身份的武士们，还有平民百姓。

十七

距离长筱之战六年半后，天正九年冬天，织田信长开始准备征战武田胜赖。前一年，织田信长与本愿寺之间缔结了和约，本愿寺交出了一直让织田信长感到苦不堪言的大坂石山城，退到了纪州。同时，以丰臣秀吉为司令官的中部地区派遣军平定了丹波、但马，又平定了播磨，在山阳道降服了备前的宇多氏，在山阳道夺取了鸟取城，战事顺利，形势大好。北陆方面怎样呢？织田信长最惧怕的上杉谦信于三年前死了，上杉家族内部发生了争夺家主的内讧，最终胜利归集景胜，可是景胜获胜后家事忙得不可开交，成了令织田信长毫不惧怕的敌人。以柴田胜家为司令官的这支方面军一直攻打到越中，富山城落入他的手中。也就是说，织田信长乘坐在一帆风顺的船上，后顾之忧更不存在了。

另一方面，武田胜赖如前面章节叙述的那样丧失自信，人心背离的倾向十分明显。

"机会到了。"

织田信长理所当然察觉到了。

织田信长首先把八千包米送到远州，固守牧野原城（即现在的金谷町，最初叫谏访原城），不用说，是为了从这里发送的军粮。

　　同时，由美浓苗木城主远山友政说服木曾福岛城主木曾义昌加盟织田家族。义昌是木曾义仲的后裔，是木曾一带的领主。武田信玄时代是武田家族的臣属领地。武田信玄重视该门第，决定将女儿嫁到木曾家，升其门第一级。在武田信玄时代，武田家可谓威震天下，且武田信玄在统治上精益求精，所以众下属家主皆心悦诚服，尽忠效力。可是到了武田胜赖时代，下属家主们开始渐行渐远。武田家威势衰弱也是一个原因吧，也有武田胜赖统治手段拙劣的缘故。现代生活中，这种现象在我们的周围也是司空见惯。正因为第一代奋斗过，清楚人们内心深处的想法，将要做的事考虑得十分细微周到。可是第二代出生时就在权力宝座上，缺少奋斗，即便做同样事，做法也往往冷冷冰冰，不问青红皂白，多为强制性。类似木曾那样以名门为自豪的人，对于上述做法无疑恼怒，并且还没完没了地被摊派打仗任务，费用以及物资犹如流水，加上那样的战争毫无效果，忧心忡忡也不无道理。这与侵华战争和第二次世界大战中日本统帅宣传部无论怎么大肆宣传"战争胜利了，战争胜利了"，可民心还是逐渐厌恶战争，充满了与军部背道而驰的氛围。

　　义昌心理的这种变化，不知不觉地显露出来。也许这种征兆被织田信长的谍报网捕捉到了，推断出他应该有这样的心理变化，总之，织田信长把收编的魔爪伸向了义昌。

　　尽管那样，如果武田家的威势仍像过去那样，义昌多半不会动摇，实际上武田家族威势日趋下降，士心与民心都不断动摇、背离，反倒使织田信长方处在旭日东升的态势。

　　"现在是下决心的时候了。"

　　思考后，义昌认为自己见风转舵也是情有可原的。

经过了数次秘密交涉，天正十年正月底他们谈判成功。该报告是二月一日到达岐阜的织田信忠那里，他立刻派人向安土的织田信长紧急报告。织田信长决定在义昌将其弟弟上松藏作为人质送到安土后出马。

木曾叛变的报告于正月末到达新府胜赖跟前。自武田信玄以来，武田家一直以夫人随从的名义，把茅村、马场、荻原等武田家的世袭武士送到木曾那里担任监查。这其中一个叫茅村左京进的监察从木曾那里逃出，快马回到甲州报告。

武田胜赖也吃了一惊。

"无法无天！"

他立刻着手出兵。武田胜赖的堂兄武田信丰、山县三郎兵卫尉、今福筑前太守、横田十郎兵卫从甲州的府中（现在的松本）一带向木曾进兵，胜赖的弟弟仁科信盛、诹访越中太守同伊豆太守从上伊奈口朝那里出兵。二月二日，武田胜赖与其子武田信胜从新府出发，在诹访摆开阵地。

可是，木曾非常强大。《甲乱记》称，"那山谷是国内盖世无双的重要要塞，系一夫当关万夫莫开之地。"还称，"彼时残雪尚未消融，马无法通过。"木曾手下的山里武士们借助这片艰难险阻的地势，轻装上阵，像猴子那般自由出没，把对这一带不熟悉的武田军队打得狼狈不堪。

尽管那样，如果再给些时间，武田军队也许还是能够获取胜利。但是织田信长援军出兵迅速，武田军队没有给予木曾以致命打击，因为接下来还必须迎战织田信长的援军。织田信长在武田胜赖从新府出兵第二天的二月三日，就同时向德川家族与北条家族发布了攻打武田军队的命令，说：

"我从木曾口、伊奈口、飞弹口攻击，请德川阁下从骏河口攻击，请北条阁下从关东口攻入。"

并且当天，织田军队的先头部队已经出发。六日那天，伊奈口的滝之泽据点的主将下条信氏的家臣下条某将主将下条信氏逐出城外，举旗投降。十四日，小笠原信岭交出守卫的松尾城降伏于织田信长。附近的饭田城觉得难以守住，守城将士们趁夜晚天黑扔下城市逃走了，逃到了高远城。

这还好。镇守大岛城的武田信纲僧侣逍遥轩是武田信玄的弟弟，可他也扔下守卫的城市，而且根本不与来到诹访的武田胜赖打招呼就逃到了甲州领地。这一带早就没了防守军队。

木曾口那里，今福筑前太守镇守在薮原，将先头部队派到鸟居山顶，可是木曾义仓军队与苗木乃兵卫军队联合攻打，击破了守军防线，夺取了山顶。织田长益（织田信长之弟，即后来的有乐斋）与丹羽氏次们到达那里，守卫这座山顶，与马场昌房镇守的深志城（松本）遥望对峙。

德川家康将目光转向骏河路，于二月十八日从浜松出发，于二十一日进入骏府。这时骏河方面由穴山梅雪担任骏河行政长官管辖江城，但是德川家康在进兵骏河之前企图以离间计将其拉到自己这方。

担任这一说客的，是长坂血枪九郎信政。穴山梅雪本与武田胜赖关系密切。德川家康打听到穴山梅雪痛恨武田胜赖违反其女与穴山梅雪之子的婚约、将其女嫁给武田信丰之子一事，遂策划离间计。不愧是穴山梅雪，没有马上接话。

血枪九郎在江尻城逗留七天之多，拼命劝说，穴山梅雪也终于见风使舵了。

穴山梅雪的妻子作为人质早已送往甲府，故而首先必须把他们带回来。于是，穴山梅雪派人于二月二十五日晚上趁风雨交加之时把她们带回了家。

这对于武田胜赖来说是非常打击。

"没想到梅雪这秃头！"

也许是失望，他早早离开诹访回到新府。或许他一直非常信赖穴山梅雪，如今内心受到了强烈打击。

关东方面，北条军队也于二十八日攻取了伊豆的德仓城，兵临兴国寺城（根小屋）。

眼下，武田胜赖成了瓮中之鳖。

十八

信州路上武田第一线的各路军队都逃走了，以致从伊奈口入侵的织田忠信于三月一日兵临高远城下。高远城由武田胜赖之弟武田仁科五郎信盛守备，在一族与老臣们不争气相继逃跑的颓势中只留下他一人，他做好了战死的准备。

织田信忠于前一天，派人送来命令投降的书面通知，可武田信盛拒绝投降。

《甲乱记》上说，武田信盛将回信交给来使，如下：

"芳函拜阅。自武田信玄以来，本家族与织田信长之间遗恨重叠。我决心等到残雪消融之时率领军队前往尾、浓之间消除积怨。本城守军将士都认为从你们那里出发是最佳路线，都已经做好把生命献给武田胜赖感谢家主隆恩的思想准备。我们这里没有一个是不忠不义的懦夫。你们应该尽快攻打，我们要让你们亲眼目睹武田信

207

玄以来经过训练的武田勇武。"

三月二日拂晓织田军队开始发起攻击。武田信盛当年二十六岁，身披仁科家世代相传的挂有桐叶的头盔铠甲，头盔上镶有龙头，佩带以信浓藤四郎命名的三尺七寸大刀，率领将士冲锋，驰骋纵横战场，使入侵之敌束手无策。接着他又迅速回城，命令火枪队手持火枪狂射。攻城部队损失惨重，攻击受阻。

《武田三代军记》称：

"由于墙一般的敌军被当作箭靶射击，箭无虚发，由强壮勇士组成的织田信忠禁卫军被悉数射倒。"

《军记》称，织田信忠让人在箭上绑信件射入城里，说武田胜赖于二月二十八日在甲府旧邸自杀，你们再怎么抵抗都不起作用，要么武田家族全员殉死，要么投降。我打算要求织田信长阁下同意领地继续由阁下管理。希望赶快投降。

可是武田信盛绝不屈服。

织田信忠为了激励畏缩不前的军队冲锋，亲自提枪飞赶到围墙边上，摧毁栅栏，站在围墙上命令：

"冲啊！冲啊！一口气拿下！"

大将如此勇敢，将士们都奋勇向前，不甘示弱，强行闯入，血花四溅。《信长公记》称，"守城军队倾巢出动，连小孩都奋勇上前杀敌"。其实，与其说是守城方杀敌，倒不如说是攻城方连妇女小孩也杀，草菅人命，惨不忍睹。

"诹访左卫门的老婆拔出长柄宽刃大刀英勇砍杀，这种情景前所未闻。"

"十五六岁美女手持弓箭，在厨房边不停地射杀，箭射完后拔刀砍杀，直至战死。"

凡会射箭舞刀弄枪的，都在浴血奋战。

《武隐丛话》书上有如下记载：

"织田信忠站在围墙上，左手抓住生长在围墙上的桐枝，右手摇动令旗指挥的时候，武田信盛与小山田备中朝着他砍啊刺的达七八次，刀砍痕迹与枪刺痕迹没有间隙地留在了桐树主干上。"

最后退到大客厅里死守，顽强抵抗，于是森长可（兰丸的兄长）的士兵们爬上屋顶将屋顶翻起，从那里射击。武田信盛走到壁龛剖腹，抓住肠子投向隔扇移门死去。书上说，武田信盛年龄十九岁，还是未成年的美少年。《武甲三代军记》称"武田信盛时年三十四岁"。这两者说的年龄都错。武田信盛世袭仁科家姓是永禄四年，当年五岁，当时实际上是二十六岁。总而言之，最后为武田家族装饰门面的唯一男性是武田信盛。

第二天，也就是三日，织田信忠进兵上诹访。今福昌兹（筑前太守昌弘之子）一直驻守高岛城，已经打开城门撤退。高岛城被占领了。这天，从木曾口进入的织田长益军队也由于镇守深志城的马场昌房打开城门撤退而进城占领了。

在骏河方面，德川家康军队一座接一座地攻占了骏河路武田方面的城市，穴山梅雪担任向导，沿着富士川朝前挺进。

这些战败的噩耗接二连三地到达在新府的武田胜赖。只有到生命的重要时刻，才最清晰看到人的真伪。武田家族最后时刻的惨景，在历史上类似的情况不多，一族成员以及许多将领纷纷背道而驰。

《武田三代军记》称：

"武士大将们争先恐后打退堂鼓，以逍遥轩（武田信纲，即武田信玄之弟）、一条右卫门太夫、武田上野介及其子左卫门太夫、武田信丰（武田胜赖的堂兄弟）及其子次郎和三郎等为首，将许多怨恨写成书简形式送往家主府，随后分道扬镳。最后，武田胜赖的两万多大军只剩下不到三千人的御林军。"

如此变化，无论武田胜赖怎么要强也无可奈何，集合仅剩下的干部举行军事会议。

武田胜赖的嫡亲儿子武田信胜主张：

"到了这种时刻犹豫不决有失体统，在新府城坚守到战死。"

新府城尚未竣工。打仗总有一死，要是太脆弱，那将关系到武门名声。当时的武士将顽强抵抗、临危不惧的勇武之死精神视作武士的面子。

真田昌幸发言说：

"请到我管辖的其中一座城市上州岩柜城避一下。那一带是天然要害，城市坚固，五六千御林军到那里养个三五年，没有任何困难，在岩柜韬光养晦，必定还有收复甲州的机会。"

武田胜赖赞同这一建议，打算这么做，命令他赶快去上州准备。

真田昌幸领回曾经作为人质送到武田府的自己妻子回到上州。如果纵观他的整个生涯，尽管颇有智慧，但不能说是性格诚实人。这时他似乎是打算真心为武田家族尽力。当时他寄给家臣矢泽纲赖的信如今完好保存着，信上说"把犯人招来，人数就不会不够"。

作为武田胜赖，如果按照昌幸的计策去上州，或许时来运转，可是片刻后小山田信茂说：

"我的居城也就是郡内岩殿城，也是要害坚固，请去我那里。"

这是奠定败局的判断。小山田信茂说真田聪明，也许看到他巧于钻营领着人质回去的背影，察觉到"啊，还有这妙招"！数日后，小山田信茂卑鄙地背叛了武田家族。当时，武田胜赖的宠臣长坂钓闲又说道：

"真田昌幸是自一德斋（幸隆）以来只经过三代的家臣，过于信赖会怎样呢？小山田信茂是世袭家臣，只有他的郡内城才可去。"

霉运接踵而来时总是回天乏术。武田胜赖的心猛地一百八十度转弯，决定去郡内城。

武田胜赖好运气以前也曾有过。这战役开始，上杉景胜派使者提出是否要派军队，偏偏武田胜赖答道"不要"，打肿脸充胖子装硬汉。也许可以说，他无论做什么都这么好强，把自己逼到了山穷水尽的地步。

十九

武田胜赖对小山田信茂说。

"那好，你在郡内城准备好中途来接我！"

他让小山田回去。第二天，即三月三日，武田胜赖火烧了尚未竣工的新府城，向郡内城出发。

《甲乱记》叙述了这一撤退情景：武田军队一路上将各种兵器丢得满地都是。许多十字路口上，女人与丈夫失散，幼小的孩子与父母失散，茫然不知所措，伤心地嚎啕大哭。难以言喻的悲惨情景比比皆是。由于听说敌人已从后面追来，一行人跌跌撞撞，大声哭泣着来到龙地之原，回头朝后眺望，城里早已一片火海，坚固排列在一起的宫殿楼阁不停地燃烧着。

武田胜赖带着夫人北条氏等人，混乱与悲哀越发加剧。

此时，跟着武田胜赖的军队只有七百人。昨天还是三千人的军队，今天已经是如此剧烈减少。夜晚，行军途中又逃走了一些。

郡内城是现在大月市附近一带的名称。从新府经过甲州，要行走十四里左右。黄昏之际，他们终于到达胜沼东面的柏尾。计算下来，一天走近八里路。可见有多急。

从这里到郡内城笹子岭避难所还有六里路要走，如今走了一半以上，大家放下心来，可是出现了令人不能放心的迹象。在新府武田胜赖命令小山田回郡内城时，曾约定他在半路上前来迎接，可一直没有他的影子。

尽管如此，武田胜赖还是在附近寺庙主佛如来佛像前彻夜祈祷。那天夜晚他们所住村庄发生了火灾，突然草木皆兵的可怕氛围在迄今一直跟随撤退的武士们中间蔓延，许多武士纷纷开起了小差。武田胜赖不安起来，喊道：

"有人吗？"

一时没人回答。

"没有人吗？"

他再次喊道，出来的是土屋惣藏，双手触地。武田胜赖放下心来问道：

"谁在外面？"

"不知什么时候看不见人影了。"

"出什么事了？"

"也不知从什么时候起看不清楚周围了。"

人们心中不安。《理庆尼记述》这么说，理庆尼是武田一族胜沼氏的女人，当时也在这逃难人群中间。

敌人在身后不断逼近，此处不能久留。次日拂晓大家继续行进，到达笹子岭山顶下面的驹饲，但这天的情景比昨天的还要悲惨。昨天夫人们有马，可昨晚逃走的武士们偷马骑走了，她们不得不徒步行走。

那天晚上在驹饲住宿，武田胜赖派使者去郡内城联系。他肯定越发不安了，将小山田的老母亲当作人质留在跟前。

他想："小山田决不会把老母亲扔在这里见死不救吧？"

小山田的使者隔了一天于六日姗姗来到，武田胜赖让土屋惣藏代替自己接待，来者作了如下叙述：

"没想到阁下住在这个地方，我们马上在岩殿山举行迎接仪式。小山田母亲阁下也到这里了，我们也想安排她老人家住所，希望赐我们见一下老夫人。"

武田胜赖虽然怀疑小山田使者的这一要求，但觉得不要损伤小山田的心情，便同意使者与老夫人会面。《理庆尼记述》记述的是"无论如何同意见面"，我觉得多半可以解释为"无可奈何同意见面"。正因为那天有在场人物的手记，确实清晰地记载了接踵而来的厄运使得一心要强的武田胜赖变得如此怯懦。

次日晚上，小山田的使者将小山田母亲抢走了。尽管如此，武田胜赖还是等待小山田前来迎接。与其说他糊涂愚蠢，倒不如说令人痛心。逆境使人心回到愚昧。他派出使者前往联系，小山田手下的许多将士固守着笹子岭山顶，挡住他们不许进入。《武田三代军记》说，小山田军队还用火枪射击，武田胜赖的士兵又逃散了，只剩下四十三人。

"这家伙讲话不守信用！"

武田胜赖怒斥，可是已经上天无路入地无门。这时，传来迹部大炊与长坂钓闲逃走这一无情的消息。武田胜赖怒而命令道：

"其他人逃走不无道理。可是迹部与长坂逃走我不能容忍，追上去射死他俩！"

土屋惣藏与安西平左卫门把箭搭在弓上追赶。已经黄昏时分，迹部骑在月毛马上，将马灯系在马鞍前凸上，一目了然。土屋惣藏一跑到射程，便拉满弦将箭射出。箭不偏不倚地从迹部的无袖披肩的开叉处射穿他的腹部，他倒栽葱似地落于马下。长坂没有使用马灯，趁着黑暗终于逃走了。土屋惣藏把迹部的首级带回报告，武田胜赖无限感慨，吩咐把脑袋拿给迹部的妻子等人看，说明理由后砍下了她们的脑袋。《武田三代军记》是这样记述的："迹部扔下作为人质的妻子单身逃走，品德极其恶劣。"

杀死迹部，也许是武田胜赖频频收到失败消息后多少得到点安慰的开心事。然而这是多么无望的开心事啊！

他转道改为天目山方向，在途中田野上的平房周围绑扎栅栏，当成临时阵地休息。身边是清一色的女人，皆把武田胜赖一人当作了主心骨。《信长公记》说，武田胜赖除了不知所措，还是不知所措。我想是那么回事。

《理庆尼记述》说，这时武田胜赖夫人唉声叹气地说道：

"要知道是如此变化，我们应该待在新府。"

武田胜赖说：

"我先也是这么想的，可是从郡内城翻越一座山脉就是相州了。我也想过打算把你送回娘家，结果上当受骗陷入困境。"

夫人哭着说：

"我丝毫没想过回娘家，我是认定与夫君同生同死。"

武田胜赖一行从九日晚上等到十一日，由于这天织田军队进攻到了跟前，于是命令手下杀了五十个随姓女孩后出阵迎战，四十一个武士最终一个不剩全都战死。武田胜赖三十七岁，夫人北条氏十九岁，亲生儿子武田信胜十六岁。

武田信胜的母亲即武田胜赖的前妻，是织田信长的侄女，以织田信长的养女身份嫁给武田胜赖做妻子的。武田信胜的身上也流淌着织田家族的血。作为两家的和睦象征而来到这世上的人，偏偏也不得不死于非命。悲哀！

织田信长于三月九日进入甲州，除最初投降的木曾与穴山两人以外，武田家族的所有重臣都没有得到宽恕，全部被杀。他属于刚烈正义派，忘了计算他的死亡时间。

十四日，织田信长在浪合验证了武田胜赖父子的首级。

《三河故事》说："日本武士中著名的箭术高手，气数已尽是刚愎自用的缘故吧？"此说最值得信赖。

江户时代出版的书籍里有如此记述："彦左卫门老此时随军，织田信长破口大骂，德川家康彬彬有礼地说'武田胜赖因年轻而缺乏深思熟虑'。"该记述为颂德川家康仁慈而虚构。

德川家康

一

　　上州新田一族是德川家族的先祖，长期居住在该地新田郡世良田村的德川冲，新田氏被足利尊氏消灭后离开原籍到处流浪；还有说是足利幕府第四代将军足利义持在位时，关东地区发生了上杉禅秀之乱，于是足利家族开始严查和讨伐新田一族，使其终于在德川无法居住，背井离乡到各领地流浪，最后走进藤泽的游行寺当上时宗法师，号长阿弥。此外还有许多说法，但都没有确凿证据而不可信。

　　确实的说法是，十五世纪中叶，长河弥之子取名德阿弥，是时宗游行寺的法师，流浪到西三河的坂井乡（也称酒井乡），在村上庄屋五郎左卫门家逗留过程当上了这家女婿，生有一子，他后来成了酒井家的祖先。后来，他去了同领地松平乡庄屋家又成了他家的上门女婿，也在这里生有一子，这人后来成了德川家族的祖先。此说实在。其他说法，只能说后来德川家族从小到大发展过程被人为地进行了各种各样的修饰。

　　《修订版三河后风土记》说，"成为坂井家的上门女婿也好，成为松平家的上门女婿也罢，都是先后应这两丈人家的主动请求，当上了这两个家庭女儿的丈夫，两家住宅都在同一领地。"

其实，两家的女儿都是与丈夫生死分别的遗孀，家里没了丈夫，空荡荡的。他可能是在举行佛式葬礼以及为遗孀张罗其他事情的过程中，因三寸不烂之舌能说会道而先后成了两家上门女婿的吧？即便今天，游民进入遗孀家庭后成为阔气家主的现象也不足为奇。

德阿弥这个叫花子和尚，是德川家族的祖先，本来就让人觉得不是什么贫民。时宗（净土宗派，文永十一年为一遍智真所创，又称时众、时众宗、游行众或游行宗。总本山位于神奈川县藤泽市清净光寺，也称游行寺）开祖是一遍智真，嗜好各地漫游，所到之处边跳舞边念经，是向信徒传授犹如今天跳舞宗教的法师。该宗教在镰仓中期到末期极其盛行。据说，最盛期时跟着一遍智真漫游跳舞的信徒超过千人。在这些信徒中间，多为叫花子与平民，其中多为以艺能为职业的平民，因为这是跳舞宗教。

总之，日本除朝廷所属乐师以外，从事演艺职业的信徒几乎都是清一色平民。虽然盛行于王朝时代的傀儡是其代表人物，但如果是五十岁以上年龄的人，可能还保留着四五十年前世间蔑称演员为河原叫花子的记忆吧。在江户初期以前，能乐剧演员一直被视为平民。出于德川第五代将军德川纲吉嗜好同性恋，遂将能乐剧演员招至大本营与武士同住。

"与平民同住绝对不行。"

遭到同住武士们的拒绝，据说好像触怒了德川纲吉。

使能乐大获成功的观世元清自称世阿弥，由此也可推断出时宗常用称呼阿弥号与能乐之间的关系，进可以推测演艺平民与世阿弥之间的渊源关系。

德川氏的先祖德阿弥也不只称作时宗游行僧，也多半是以传教那样的谣曲周游各领地乞讨行游的平民和尚。这样的怀疑极其浓厚。

且说德阿弥，《修订版三河后风土记》说他是松平乡的庄屋家上门女婿，后来还俗起名为太郎左卫门亲氏。但因为是哄骗两家遗孀并一手掌握两家财产那样的人物，所以在三河一带的偏僻乡村算是富有智慧的人。亲戚以及姻亲就不用说了，连百姓的心都被他花言巧语地收买了。他组建军队，频频侵略周边领地，一跃成为富豪族。

《修订版三河后风土记》说：在三州一带，直至岩津（冈崎之兆）、竹之谷（蒲郡市西南、旧盐津村）、形原（宝饭郡、蒲郡西南）大给、御油、丰川西南、深沟（额田郡幸田的一部分）、能见（冈崎的一部分）、冈崎边，都顺从于他。我想请各位阅读《黑田如水传》，那里面写的"黑田家"，从一介旅行者摇身成为地方豪族。德川家也是从一介旅人扶摇直上的。

从松平亲氏开始的七八十年里，经过六代传递直至松平清康。这期间，松平家族也经历了盛衰阶段，其门族在国内蔓延，领地也有过遍及到整个三河的情况。但是松平清康的父亲松平信忠这一代，鉴于性格狂妄属于暴君类人物，又沉湎于酒色，导致领地百姓产生了离反之心。东侧多属于骏河的今川家族的人，西侧多属于尾张织田家族的人，亲戚与一族成员也都分道扬镳，终于沦落成仅留下安祥城无依无靠的状态。

松平清康继承了这一小小家业，十三岁成为年少家主，可他是个天才武将，数年里收复了西三河的大部分领地，向尾张派兵，频频攻打该城，却死于非命。

天文四年十二月初，松平清康离开应该攻打织田信秀（织田信长之父）弟弟织田信光居城的尾张森山的冈崎，来到了森山。

那里有松平清康叔父即居住樱井的松平内膳正信定，他憎恨松平清康而装病拒绝出征。松平清康在出发前大怒：

"岂有此理！你一定是藏有篡夺家主地位的野心，先踏平他斩首以其血祭军魂！"

众老臣极力劝说：

"要把讨伐尾州大事放在前面，不可在一族内引发事端。"

他打消了念头。可是这氛围无形中无疑在军营里蒙上了不安定阴影，不可思议的传说开始在军队内部不胫而走。当时，传说松平清康家臣中最受信任、被誉为第一调停人的阿部大藏定吉与内膳正信定合谋私通织田家族。人们心里感到不安，一有机会就交头结耳、窃窃私语。这流言蜚语也传到清康的耳朵里，但他根本没当一回事：

"这是反间计，织田一方企图离间我方君臣关系而造谣生事！"

这种见识确实在理，也确实是织田方面散布谣言的离间策略。可是松平清康太不把它当一回事是祸之根源。也许在他看来，像大藏定吉那样的大臣即便不对他们解释也应清楚自己的想法，因此什么也没对阿部大藏定吉说。但是，在阿部大藏定吉看来自己不可能安心，他感到恐惧。阿部大藏定吉的儿子阿部弥七郎，同样感到不放心。

"请小心。"他对父亲说。

十二月五日清晨，战马在松平清康一住所狂奔，使得军营里氛围变得极度恐慌。他亲自到达现场大声指挥：

"钉上木门，别把它放跑了！"

刚睡醒的阿部弥七郎，一听到这叫声便慌慌张张地起床，心想父亲即将遇难！于是明目张胆地操起刀跑了出去，举起刀从正站在沿廊吩咐武士们抓马的松平清康背后砍去。这刀从右肩砍到左腋，松平清康顿时气绝身亡，年仅二十五岁。这时阿部弥七郎使用的刀名叫千子村正，"村正刀"使德川家族遭殃。

捧着松平清康佩刀侍奉的植村新六郎当时十六岁，在现场杀了阿部弥七郎，愤怒的人们将阿部弥七郎尸体剁成碎块扔在小便壶里，还涌入阿部大藏定吉寓所兴师问罪。阿部大藏定吉对于儿子的行为既怒又悲，说：

"鄙人一点也不知。"

他还说，昨晚喊来阿部弥七郎对他说按照现在的形势，自己有可能因冤枉遭诛杀，我训示他说决不可憎恨主君，还写了书面誓言交给他。于是大家在阿部弥七郎的衣服里搜查，找到了那份书面誓言。

"总之先把他绑起来。"

人们将阿部大藏定吉绑起来，立刻押回冈崎。

由于这一突变，导致好不容易朝着复兴之路发展的松平家族的锐利势头受到严重挫伤。

松平清康之子叫松平广忠，虚岁仅十岁。正在大家都格外觉得心里没底的时候，也就是快要过去两个月的天文五年二月初，织田信秀率领八千大军朝着冈崎涌来。

而松平军队仅八百余人，松平清康的两个弟弟为大将，哭别少年君主松平广忠，分成两路，倾巢出动，在冈崎的郊外井田与敌血战，干净利索地击退了敌人。

在这样的形势下，开始了松平广忠时代。可是东西侧皆有隔壁领地的强大军事威胁，内有一族成员松平内膳正信定有阴谋篡夺家主宝座的企图，处在身居领地也无法保证安全。

绑起来的阿部大藏定吉被带回本领地，经过当时还在世的松平广忠的曾祖父长亲法师道阅的仲裁，认定他没有谋杀企图，不仅获救，还由于智勇双全被任命为心腹大臣，责成他护送松平广忠逃离冈崎，在松平清康之妹婿东条（也称吉良）持广的帮助下去了伊势神户。在神户好像只是住了数月，这期间给松平广忠举行成人仪式，正式起名为松平广忠。

可是不久后，东条持广病死，其养子义安继位后随即与织田家暗中勾结，开始策划交出松平广忠的阴谋。

此时此刻，阿部大藏定吉岂止树荫漏雨，而是心急如焚就连身上衣物都会着火，手忙脚乱地陪着松平广忠离开伊势漂泊，先来到三河长筱一带的山村，说服村民划船载他们去远江叫作挂塚的地方。据说他们到了那里后寄身于当地的锻冶五郎家中。

《修订版三河后风土记》说，"这期间的苦难罄竹难书。"阿部大藏定吉保护着还是少年的松平广忠，再说当时的农村铁匠生活也多半不富裕，故而劳苦程度完全可以想象。阿部大藏定吉似乎天性就忠诚厚道，当然可能也有替儿子赎弥天大罪的歉疚在起作用。

在这苦难持续的过程中，阿部大藏定吉继续致力于聚集家主家族的成员伙伴，可进展不顺利，于是只身一人去了骏河请求今川家族援助。

今村义元觉得可怜：

"值得同情，再说松平家曾与我家关系和睦，前些年东条持广主动求过我，你最好把仙千代带到这里来，我收下他可以让他高高兴兴地回到自己领地。"

大藏定吉迅速回到远州，着手陪松平广忠去骏河的准备工作，同时弟弟大藏四郎兵卫定次和其他志同道合的伙伴去三河说服了与松平家族有缘的豪族以及旧臣们结成联盟。大藏定吉拥戴着松平广忠去了骏河，可今村义元将他们留在身边一段期间后说：

"你们把这里作为立脚点，恢复三河故地。"

他将松平广忠交给今川家管辖的远州牟吕城，还下令远州归顺今川方的豪族们援助。于是，松平家族的旧臣们也怀着复国志向来到这里听从指挥。这是《修订版三河后风土记》里的记载，可是《德川实记》里的记述要比这简单许多，只记载大藏定吉让松平广忠隐居在挂塚的锻冶家，随后去今川家要求援助复国，今川义元表示同意，将牟吕城给了他们。牟吕，在现今的丰桥西侧海边。

《德川实记》的记述里没有明确记载广忠到达骏河是否见到今川义元，但不能说《修订版三河后风土记》虚构了这一情节，是多半根据其他资料对《德川实记》的记述作了补充说明。

且说今川义元偏袒松平广忠到这种程度，当然不是出于单纯的侠义感。这是战国时代，没有免费帮助别人的高尚风气，并且今川家族是足利一族，是当时社会上人称"如果京城足利将军家族断了血统，则应该由三州吉人良家进京继承；如果吉良家没人，则应该由骏河的今川家进京继承"那样的门第。此时此刻又正值足利将军家族衰退的时期，今川家族对于继承京城大将军宝座不可能没有野心。为了开拓向西扩展之路而尽可能提供方便，明摆着是希望松平广忠与其家臣们收复三河。这情节在德川家族方面的记载里没有，可视为松平家（德川）从这时开始归顺于今川家族。这时，松平广忠十一岁，时值天文五年九月。

松平广忠在今川军队的援助下与家臣们一起为收复三河拉开了战争序幕。首先他讨伐吉良氏迫其投降，于是跟着内膳正信定的许多旧臣暗中投降，在他们的内应下几乎没什么抵抗就收复了冈崎，松平广忠一行进城。那是进入牟吕城后的第八个月，天文六年六月二十五日，广忠虚岁十二。

松平广忠准备攻打内膳正信定时，内膳正信定见势不妙，向道阅法师投降。对于道阅法师来说，信定是儿子，松平广忠是曾孙。

"我希望家族成员和睦相处，我也知道你满腹不快，但希望你看我曾祖父的面子饶了内膳正信定。"

道阅法师调停，松平广忠顶撞道：

"虽然是曾祖父说情，然而前些年的森山崩溃以及那以后的家族衰退，都是内膳正信定的阴谋引起。如果宽恕他这些恶行，与政治之道全然不相吻合。

道阅法师固执己见：

"当然，当然，你这么一说，我什么也不说了。但是，我托长寿之福健在之际，目睹儿子被砍脑袋实在是痛苦不堪。你如果坚持要杀，那就先杀我再杀内膳正信定吧！"

道阅法师伤心地哭着说这番话，松平广忠也不得不改口不杀内膳正信定。这年的第二年冬天，内膳正信定病死了。

各书都说，内膳正信定的"病死"是松平广忠所为。可我觉得十二岁的少年不会优秀到那种程度，这把松平广忠塑造得太过于完美了。阿部大藏定吉以及其他各位老臣在松平广忠的麾下大凡得到妥善安置了吧？！

二

就这样，松平广忠一收复三河，那些因松平清康死后保住家族安全归顺于织田家族的三河武士也就回到了松平广忠身边。即便不是这样，作为松平广忠，为了今川家也必须入侵织田家族的地盘。总之，松平广忠对于织田家族来说是一种威胁。从此，两家之间开始结下了无法解开的战争状态。

天文十年正月，松平广忠十六岁，娶三河刘屋（刘谷）城主水野忠政的女儿御大为妻，次年十二月二十六日，御大生了一个男孩，取名为竹千代，这就是后来的德川家康。

竹千代茁壮成长，可是天文十三年，也就是他三岁时不得不与母亲告别。御大离婚走了。御大兄长水野信元在父亲死后归属于织田家族，因此作为松平广忠来说，如继续与该家族保持婚姻关系，将引起今川家族的猜疑而对松平广忠家族不利。这就是弱小附庸领地的痛苦。

这时流传这样的说法。不久，御大在阿部定次、金田正裕一行五十名武士护卫下离开冈崎来到刘屋边界，她随即把人们召集在身边，一脸想不开的表情说道：

"尽管是主君命令，但我累了，还有要考虑的事，你们就在这里把我扔下尽快回冈崎吧！"

人们惊讶，说道：

"阁下为什么那么说呢？我们必须根据家主命令把阁下送到刘屋城里。"

御大摇摇头说：

"兄长下野大守信元是不顾别人感受且脾气暴躁的硬汉，如果你们去刘屋，多半不是一个个被砍下脑袋扔到荒野，就是被剃光头发赶回冈崎。虽说我是离婚被送回娘家之身，可我与竹千代阁下是真正的母子关系，我的兄长也是与他连着血脉的舅舅，我相信两家总有一天会和睦。但如果现在由着兄长鼠目寸光做傻事，就有可能阻碍将来的和睦。总而言之，你们把我扔在这里尽快回去。"

她一边流泪一边再三恳求。

送行的武士们对于御大的深思熟虑感激涕零，答应御大的要求，喊来当地农民请他们把这轿子送到刈屋城里。他们向御大告别后一度离去，可还是不放心，便一直埋伏在道路两侧的山林里。当地农民抬轿行走片刻，约三十个骑兵就从刈屋方向飞奔而来，从马上跳下跪在轿前大声问道：

"送阁下来这里的冈崎家伙们不在吗？"

"冈崎的人把轿子交给百姓后就走了，多半已经回到冈崎了。"

"那就无可奈何了！主公说了，要我们把护送的冈崎武士们全杀掉。"

一边说一边脱下冒充外套的和服，其实里面都穿着铠甲。

这情节过分修饰，不能相信，但这里有御大，也有可能不是编造。御大的姐姐与松平一族的三河形原的纪伊守家广还持续着婚姻关系，既然妹妹御大已经与松平家族上面的主家结束了姻缘关系，自己也不可不离。但她与松平家脱离婚姻关系后被送还刈屋城时，那随行护送的十五个武士一个不剩地被水野信元杀害了。

御大后来与尾张知多郡阿古屋即现今知多郡阿久比的领主久松定俊再婚，但竹千代即德川家康对于母亲再婚后的子女的挚爱一生不变。这可能是幼时与母亲分开形成的恋母情结驱使他那样做的。

松平广忠遇上奇祸是天文十四年三月。家臣片目八弥本名岩松八弥，由于瞎了一只眼睛，所以世人喊他独眼八弥，于是他打算改名，既然那么叫我，就索性把名字改为独眼吧。还有传说他把名字改成"蜂屋某"。可这家伙上朝时，一走到松平广忠跟前就冷不丁地拔出腰刀朝松平广忠腹部刺去，但刺伤的部位是大腿。

"岂有此理！"

松平广忠拔出刀追赶撒腿逃走的八弥追到城门外，正巧这时植村新六郎因为上朝赶来了：

"你这粗野的家伙，别跑！"

两人扭打在一起滚落到空壕里，一个骑在上面，一个垫底。松平藏人信孝拿着枪跑来，欲从壕沟上面刺，然而他俩扭作一团，动作激烈，难以分辨。他焦急嚷道：

"植村新六郎，离开！离开！"

植村新六郎答道，这么重要的敌人，我们一起将他刺死。

他俩互不松手，依然扭打在一起。

这过程中，松平藏人信孝瞅准机会刺去，植村新六郎使劲把岩松八弥顶了回去，就势割下了他的首级。

在森山时，植村新六郎当场没有离去，而是割下了杀害清康的阿部弥七郎脑袋，现在又取下了岩松八弥的性命。

"报了两代主君之仇，确实是非常走运的武士。"

人们大肆赞赏，当时岩松八弥刺杀松平广忠的刀又是"村正"刀。这回，村正刀再次作祟。

为什么岩松八弥如此无法无天？理由不清楚。有说他疯了，有说他酩酊大醉，有说他被织田家族收买，有说女人指使。

据说岩松八弥这天在菩提寺的大树寺庙供奉祖先，喝得醉醺醺地进城。就在这四五天前，他杀害了两个家丁，还打算杀害妻子，但妻子逃跑成功才没有丧命。这在《修订版三河后风土记》里有记载。可能是家丁阻止他杀害妻子吧？为什么如此粗暴？《修订版三河后风土记》说，"岩松八弥歇斯底里"。也许妻子的行为使他不得不发疯、举止过激吧？也就是说，发生了松平广忠抢夺其妻的事实。如果事实与推断吻合，那么岩松八弥在大树寺为祭祀祖先举行道场仪式，以及喝得酩酊大醉而问罪妻子的行为也就合乎逻辑。由于资料不足，因而不能确切回答，但是笔者凭作家特有的感觉可以这么断定。总之，松平广忠既不像父亲，也不像儿子，更不像什么贤人。

一方面，松平广忠夺别人之妻；另一方面，松平广忠与织田家族不断交战。天文十六年，松平广忠将竹千代即德川家康作为人质派遣到今川家。当时，竹千代六岁。

以石川数正为首的二十八名武士，还有其他兵种的五十余名士兵作为陪同竹千代玩耍的伙伴，六岁的阿部德千代也作为陪同玩耍的伙伴，从冈崎出发。三河田原城主户田康光在途中迎接。松平广忠后妻是户田康光的女儿，对于竹千代来说，户田康光是继外祖父。

户田康光说：

"陆上敌人多而危险，我用船水路相送。"

从西郡（即现在的蒲郡）乘船出发。《修订版三河后风土记》说，户田康光先带竹千代一行去了吉田（即现今的丰桥）。《三河故事》（大久保彦左卫门著）则说，户田康光先带竹千代一行去了田原。户田康光有野心，早就暗中与织田家族往来。说是送到骏河，其实是让竹千代乘船在大海上行驶，到达的的目的地是尾张热田。

"正如早就密告三河冈崎的松平广忠要把时年六岁的亲生儿子竹千代送到今川家当人质那样，我们途中把竹千代给夺下了。把竹千代作为人质召到织田家里，我想松平广忠过不了多久因对孩子的爱而必然会归顺于阁下。"

据说织田信秀不仅高兴，还奖给了户田政直（户田康光之子）一百贯青铜。这是《修订版三河后风土记》的记述。但是《三河故事》里说，户田政直是以一千文永乐铜币的价格将竹千代阁下卖给了织田信秀。

也许是百贯文，或许是千贯文，这不重要，但不能把它定为赐给的赏钱，应该是直截了当地写成"把竹千代阁下卖了"。

这酷似记述人彦左卫门的直率性格。这表述里也有怒火中烧的情绪。文章里也有语法误用。虽然必须写成"把竹千代阁下卖了"，"竹千代阁下被卖了"，但如果是那么说，《三河故事》就无法解读，别字、漏字、语法误用的现象不胜枚举。由此，反而使三河武士的丰神朦胧见影。文章妙哉。

那些出乎意料被带到尾张，跟随竹千代的陪同人员肯定吃惊、愤怒，多少也反抗过吧？总之，该记述写成"陪同人员就这样保住了性命，除了不知所措还是不知所措"。由此，也足以折射出当时的情形。尽管如此，说没察觉到来到连方向完全相反的热田，那是绕弯子的表述方法。还有不熟悉海上的人辨不清方向的现象也常发生，因为当时人们外出旅游也不多。该书里"不知所措"的说法很有可能。

织田信秀把竹千代放在热田平民加藤盛家里，派使者去冈崎。不用说，是去威胁：

"希望归顺我，不然的话，你可以想一下，竹千代阁下的一条命就没有了。"

对此，松平广忠答道：

"因挚爱一个孩子而改变与今川氏之间的多年友谊，不是武士之道。犬子的存亡你看着办吧。"

德川家族方面的书籍都赞赏松平广忠当时的道义之心，可多半不只是出于忠义吧，而是即便扔掉孩子也要继续与今川家之间联合是谋求家族利益吧。这是被夹在两块强大领地之间弱小领地的痛苦。

收到大义凛然的答复，织田信秀大怒，可转而一想，如果杀了竹千代那就等于毁了将来的希望。不能杀，便将竹千代转移到织田家菩提寺庙，即名古屋的万松寺塔头天王坊软禁。

竹千代即德川家康被留在尾张期间从六岁到八岁，满两年。这期间正是织田信长十四岁到十六岁期间。不久成为英雄的两个少年，这期间是否见过面的情节，在织田方面与德川方面的记载里都没有出现。可我认为，多半会见过。因为，织田信长从少年开始的整个人生对事物一直持有强烈的好奇心。此外，他还是一个对礼貌和习惯等都不放在眼里的人。无疑，他会怀着像观赏稀世动物那样的心境去万松寺庙窥探竹千代，至少从门缝里窥探过。如果织田信长从外面朝里面瞧，那竹千代也多半从里面朝外瞧。理所当然。如果其中一方微笑招呼，那么另外一方也会微笑回礼。他俩之间，大凡有过少年那般无言的快乐交流。但是，如果在这里这么写则成小说了。

竹千代被骗到尾张后，松平广忠没有平安过。在那起事件稍后，先是发生了今川家与织田家之间有小豆坂之战，他奉命前往配合作战；这场交战刚结束，手下一族成员相继离反，他又处在必须率兵前往镇压的状态。等到好不容易平定了，家族命运一个劲地走下坡路。也许是身心疲惫，他刚得病便逐渐加重，于天文十八年三月初英年早逝，死时才二十四岁。

这稍后，今川家与织田家之间又发生了战争，冈崎部队作为先头部队攻打织田方拥有的安祥城，已经攻下第三城堡，将织田信广追赶到了企图自杀的境地。

这时，也是这年的三月初，尾张那里织田信秀死了，织田信长继承家主宝座，为了支援安祥，他亲自率领军队来到鸣海。

当时今川家里有一个叫太原雪斋的人物，是今川义元的叔父，也是临济禅的法师，擅长战术，传说今川家的武威靠他的力量保持。他与织田方挂上钩，要求将信广与竹千代交换。由于交涉进行得顺利，竹千代回到了冈崎。

天文十八年十一月一日，竹千代回到冈崎，时年八岁。停留下仅十二天后，又成为人质被带回到骏河。

那以后，冈崎城由今川家派来代理太守管理，领地由太守管理。在分配领地和奉禄上让家臣感到不痛快。《修订版三河后风土记》称，每次交战，今川都让冈崎军队为先头部队，冈崎军队的著名将领也战死过半。每次交战，他都把松平家的武士派往最难打的战场。

松平家臣的中间也有离开三河去其他领地供职的人，但据说大部分都停留在三河，一边干百姓活一边维持短暂的生命。这时的竹千代已经相当懂事了，也不知是什么机会，他当时喊来正在田间除草浑身是泥的近藤登之助世袭家丁，流着泪说：

"让你受苦了。"

据说近藤听了这话嚎啕大哭，随从们也都哭了。当时三河武士的刚强忠诚令人感叹，可这是当时苦难铸就的吧？

三

竹千代在骏府的住所，被规定为宫崎（这是《武德编年集成》的记载，可是《德川实纪》里记载的是少将宫町。也许同一地点），生活费用被规定为一千石。竹千代的随从还有酒井重忠、高力清长、平岩亲吉、天野康景等一百多号人。不用说，一千石费用是不够的。幸亏鸟居忠吉奉今川家族之命担任冈崎行政官掌管租税，骗过今川家族的眼睛给竹千代送衣送食，这才终于能使随从们过上温饱生活。此外，再婚出嫁给久松家的生母御大常常派人从尾张阿古屋送来衣服、鱼类等。御大的母亲，也就是竹千代的外祖母大河内氏御富，也特地从尾张来到骏府，在今川家重臣们面前流泪，住在骏府照顾竹千代。

前往安倍川原观看孩子们扔石头打仗游戏，竹千代预测人数少的一方获胜，结果言中了。这一有名的佳话也是出自这个期间。

曾流传过这样的故事。竹千代稍稍长大后喜欢上鹰猎，经常出门。有一天他那只放出去的鹰与鸟纠缠一起掉到某家院子。那是今川家丁孕石主水的家。竹千代进入那幢住宅拾鹰，可是主水不停地絮叨着骂道：

"三河小混蛋讨厌透顶！"

那以后一说到这事，他就说竹千代的不是。在骏府，今川家丁们用什么样的眼光看待竹千代，其境遇如何通过这件事就能一目了然。

在今川家里也不是没有为竹千代境遇感到可怜而表示同情友好的人。大河内源三郎就是这样的人物，《修订版三河后风土记》称，"经常照顾他看望他，这在他幼小的心里留下的印象极其深刻。"

竹千代不忘上述两起恩怨。几十年后，这两人归顺武田胜赖，为武田氏保卫远州高天神城。德川家康（即竹千代）攻占了这座城市，俘虏了全部守军，对孕石主水说："你早就说过讨厌我，对我来说是个无用者，你就剖腹自杀吧！"

据说德川家康说完后命令他剖腹自杀。大河内源三郎也是这时被俘虏的，可是德川家康说：

"过去在骏府你待我不错，直到现在我都觉得愉快！"

据说德川家康赐给他许多物品。如此对于恩怨的执着，也许对成为领袖人物的人来说是必要的素质。

从《野史》里查到的逸史这本书称，竹千代在这样的境遇里也十分致力于作为武将的修炼，跟着太原雪斋学习兵法。对于后来的他，有人见到后说他是书呆子，与时代不相吻合。这话可信。

弘治二年正月十五日，竹千代身着成人服，头戴成人帽，起名为二郎三郎元信。"元"是蒙受今川义元赐予的字。乌帽父亲是今川义元，理发师是今川家一族的关口亲永。那天晚上他娶关口亲永的女儿为妻。《玉与记》称，关口亲永（该书里称氏缘）是今川义元的表兄弟，其女成了今川义元的养女，嫁给元信（德川家康）为妻。元信（即德川家康））这时年龄十五岁，新娘年龄是根据已故三田村鸢鱼氏的考证是二十五岁，是年长元信十岁的大娘子。

这年，元信为了扫墓与举行祭祀先祖仪式，向今川义元申请去了冈崎，回到领地。这是八岁离开冈崎七年后的第一次回家。这时，冈崎行政官鸟忠居吉已经八十多岁。他把元信带到自己家让他看堆满了大米的仓库与堆得高高的铜钱：

"我希望阁下长大后把它们当作军粮军费。这是我躲过骏河派来的代理太守的视线积攒起来的，希望你不久后成为大领主用它召募士兵。"

说完老泪纵横。元信也跟着流泪。这是《实记》的记载。

元信没有立刻回到骏府，在冈崎停留了一段时间。他对来自今川家的代理太守山田新左卫们说：

"我们是年轻人，还是像以前一样您住主城，我等住城外的第二城堡，一切听您的吩咐。"

由于不住主城，因而今川义元听了报告后放下心来。元信（即竹千代）格外谨慎，是他后来变得更加强大的潜质。他年轻时就这么小心翼翼。

元信（即德川家康）于第三年春回到骏府，不久改名藏人元康，是因仰慕祖父清康的缘故。

弘治四年改年号后成为永禄元年，时年藏人元康十七岁。这年春天，他再次得到今川义元许可回到冈崎。不多久，他率领军队消灭了成为三河几个暗中与织田家族勾结的数氏等豪族，皆获全胜。这是藏人元康初次上阵指挥打仗，对于他的用兵之妙，众家臣佩服不已。今川义元也得知了胜利捷报。据说，他归还了松平家旧领地的三百贯山中地带，赠送了军刀。

他这次回国不是暂时，而是获得了批准一直留在冈崎，于是冈崎的老臣们去骏府提出请求：

"既然藏人元康（即德川家康）已经回国，那就应该归还原来领地，也应该撤走今川家族派出的官员。当然冈崎家臣们也要停止派遣人质，不能还是像以前那样。"

但是今川义元不想交出人质。

"我这些年来计划进军尾州，领地事宜要到划定领界后归还，你们就等到那时候吧。"

由于如此答复，老臣们无言以对。《实记》称，家臣们抑制忧愁悲伤的情绪度日。

如果太原雪斋还活着，不会让今川义元坚持如此耍赖的举止。应归还的东西抓紧归还，来维系冈崎人的心。可雪斋于三年前的弘治元年去世，今川家就是从那时起开始心术不正的。

不久，今川家与德川家康亲生母亲御大之兄水野信元之间的战争爆发。正如前面提及的那样，水野信元在御大还在松平家时就已经归顺织田家族，这也成了御大离婚的原因，可他水野信元对松平家根本就没有仇怨。归顺于织田家族，是因为要保护家族平安而不得已。被夹在强大领地之间的弱小领地不能按照自己想法选择保存自己之路，与松平家族保持着以往的关系。因而，这两家不得不战的理由不在于他俩自身的原因，而是在于其背后强大势力的逼迫。这是不容置疑的。

当时，水野信元为织田家族镇守尾张知多郡的石箇濑，故而藏人元康（德川家康）打算攻占那里而出兵。接到报告后，水野信元说：

"元康年轻，我也记不得他是什么时候成为打仗高手。说起他，身上还流着我们家的血，论辈分还是我的外甥。如果我关紧城门固守不战，别人知道后也会怀疑我。"

《修订版三河后风土记》称，水野信元说完离开应该与元康迎战的城市，把阵地设在地形有利的地方。水野信元说的"知道后也会怀疑我"这番话，我们应该用心读解。"别人"是指"织田家族"，应该理解为"会受到织田家族怀疑"的意思吧。

不久，冈崎军队蜂拥而至。

水野信元根本瞧不起藏人元康（即德川家康）。

"有什么大不了的！"

水野信元率领三百余骑兵径直冲锋，企图从冈崎军队的中间突破撕开口子。藏人元康命令步兵以跪姿迎敌，摆出用枪尖一齐刺向敌人的姿势。等到信元骑兵们到达这里，藏人元康士兵们突然站起，手中的枪尖齐唰唰地刺向战马的腹部、胸部、颈部。信元骑兵队伍的前锋战马狂颠后即刻倒下，后续涌上的战马被前面倒下的战马绊倒，骑兵也从马上滚落。战马倒下后怎么也站不起来，然而藏人元康士兵的枪尖还是不停刺来。就在敌军一片混乱之际，在后面阵地等候的冈崎骑兵队持续扑来，水野信元军队瞬间土崩瓦解，士气大跌，留下七十余具尸体，屁滚尿流地逃回城里。

这之后，藏人元康（德川家康）率领数量不多的军队频频攻打织田家族麾下的豪族，俗话说"屈服于强势是弱势群体的常态"，知多郡的豪族们大部分归顺于今川一方。

织田信长觉得不安稳，为挽回劣势，认为有必要以闪电式战术给敌对者以最残酷最彻底的制裁。于是派出千余士兵去元康一族松平勘四郎信一守护的尾张春日井郡品野城，面对面地建立据点，不分昼夜连续猛攻了三天。他想在瞬间攻下后将全部守军杀死割下所有脑袋示众，但是守城军队顽强防守，打退了三天猛攻。

于是，织田军队稍稍后退将该城围住。

数日后的一个风雨夜晚，守城军队派侦察兵进入攻城敌军建造的正面据点放火，同时派出二百五十将士呐喊着闯入该据点。敌军由于麻痹大意，溃不成军，逃离据点。

总之，这样的战况对于今川家族来说，以藏人元康主将率领的三河武士为征西前锋，无疑最最有利。

四

今川义元进京统治天下的志向可能由来已久，着手实施是永禄二年。他先在尾州的笠寺、鸣海以及其他数地建造城寨，派军队固守那里。今川家族与织田家族之间反复进行了多达数十年之久的战争。今川入京，意味着织田信长家族的不久灭亡，织田信长不可能坐视不管。于是他也在鸣海附近数个地方建造城寨以对抗。两军设立城寨的地方是在今天名古屋市东南侧相邻地带，当时山雨欲来风满楼。

且说今川一方的城寨里，有突入敌营纵深处的大高城，城东左右两侧好像是织田手下鹫津与丸根两城的左右门，是兵法书上所说的死角。该城守军向今川义元诉说军粮已尽，镇守极其困难。今川家族里没有能担当该重任的将领，这重任像以往一样落到了藏人元康的肩上。

"接受命令，是给年轻人锻炼机会。"

藏人元康（即德川家康）爽朗地接受命令后回到冈崎，派侦察兵潜入，了解敌情后开始先发制人，放火烧毁敌军的寺部与梅坪两城所属村庄。着火后，鹫津与丸根的守城将士以为寺部与梅坪两城被今川军队攻占而士气大落，趁敌军惊慌失措之际，藏人元康军队迅速把军粮运入大高城。

"送军粮到大高城"的说法，当时广为流传，成了德川家康（即藏人元康）一代人的自豪。德川家康时年才十八岁。

今川义元踏上征西之路是第二年的五月十日，总兵力为四万大军。

这场战争的过程已经在《织田信长传》里叙述过了，因此我只想在这里叙述关于藏人元康（德川家康）的情况。

藏人元康奉今川义元之命于十九日攻占了丸根城，随即被命令进入大高城与城将鹈殿长持（照）换防。鹈殿不仅是今川一族，还长期孤立驻守在敌军深处的大高城，艰苦卓绝，今川义元同情他。

发生桶狭间之战以及今川义元战死的事件，是这一天的下午。但是，藏人元康这天也不知道这一突变，直到第二天傍晚前还蒙在鼓里。他当时正在大高城休息，傍晚时才传来今川义元已于昨日在田乐狭间（也称桶狭间）遭到织田信长奇袭而战死，骏河大军败北，各城寨将士纷纷逃离的消息。藏人元康感到震惊，家臣们更感到震惊。

"织田信长必定集合守卫所有城寨的将士攻打我们这座城。这城不仅孤立在敌方中间，而且军粮储备也缺乏根本守不住，最好趁尚未被敌军切断后路之际撤回冈崎。"

众家臣纷纷提出，但德川家康（即藏人元康）不为所动，说：

"谣言是战术不可缺少的，这谣言多半是敌人为使诡计得逞而散布。作为我方，在尚未摸清敌情之前就稀里糊涂撤走是武士的耻辱。总之，要在摸清敌情之后制定对策。如果撤退迟了，遇流浪武士、村民暴动挡路，那我们就赶跑他们通过，这没什么大不了。如果织田信长军队先于我们撤退赶到这里，那是天命，我们就实施为今川复仇之战，一直战斗到痛痛快快地死在战场上。"

在这个过程中，水野信元派出叫浅井道忠的使者前来通报田乐狭间之战军情，捎话说：

"骏河军队已经全部败北，你应该趁道路没有堵住前撤回冈崎。要是趁早于黄昏前撤退，那我就让浅井给你做向导。"

水野信元出于家族安全归顺于织田家族，并与德川家康频频交战到现在，但那不是出于本意。通过这件事得知，有血缘关系的舅舅十分担心家康的安危而特地派人捎话。此举感人。

说德川家康也正决定撤军，是《修订版三河后风土记》里的记述。可《落穗集》还是怀疑说：

"那种时代，即便亲人也不能信赖。"

德川家康执拗，准备继续固守。鸟居忠吉从冈崎派来急使捎话说快快撤回时，德川家康这才决定撤退。从德川家康小心谨慎的性格分析，他的这个决定可能是真实的。

即便决定撤退，德川家康也没有手忙脚乱。

"道路暗得看不见啊，等到月亮出来再行动！"

等到二十日晚上月亮挂上天空便在城内挂起少量旗帜，燃烧篝火，装作持续固守城池的假相，沿途小心翼翼，于第二天不损一兵一卒地回到了冈崎。

《三河故事》称，德川家康进入大树寺，是因为冈崎城当时由今川家族的人守卫。骏河人士由于瞬间吓破了胆，都想尽快回到自己领地，派出使者到德川家康跟前捎话：

"这里也是你原来的城寨，快回来！我们想回自己领地。"

但是德川家康毫不动摇，答道：

"只要没有今川氏真的吩咐，我就不能自作主张。"

骏河的守城将士等不及了，扔下城市逃回去了。

"如果是扔下的城市，那就捡起来。"

说完，德川家康这才进入冈崎城。那天是永禄三年五月二十三日，距离他六岁那年作为人质先去尾张后去骏河已经辗转了十三年，如今终于登上冈崎城主交椅。也许彼时彼刻的他感慨无限吧？那年他十九岁。

根据德川家康在桶狭间之战当时的行动，足以证明他小心谨慎，思虑周到。虽说是谨慎地叩桥渡河，但他只叩一次石桥是决不渡河的。他一定是要叩两三次后才肯。由于出生在弱小领主家族且性格尚未形成之际就不得不作为人质被送去强国，于是成了如此谨慎的性格吧，这成了他人生特性的原因吧。

在这场战争的途中，德川家康在尾张知多郡的阿古屋拜访了母亲御大。

御大的丈夫久松定俊是御大兄长水野信元的御林军武士，当然归顺于织田家族。德川家康并不想与久松定俊见面，派出使者捎话说只想与母亲见面。御大也很想见儿子一面，遂将这情况与丈夫说了。久松定俊表示理解：

"也许有大事吧？家主下野太守水野信元阁下是你的兄长，也是德川家康的舅舅。总之我会留神信元动向的。"

御大兴高采烈，立刻给儿子回话：

"虽然舅舅与外甥成为敌对双方，但也是时势造就，而非本意有心敌对。高兴啊，务请儿子光临，我发自内心地恭候。"

自三岁时分别，时隔十六年后与母亲零距离面对面。在德川家康的脑海里可能已经没有母亲面庞的记忆了，但是不容置疑，难受的恋母情结经常让他无时不刻地想像她的面容。御大的内心也时常做种种想像：那张幼小时的脸现在变得怎么样了？

母子重逢是在眼泪中开始的，往事说不完。不一会儿，德川家康问起母亲身边的三个少年和一个幼女是谁，御大回答说自己改嫁到这里生的。问名字后，得知大弟叫三郎大郎康元，二弟叫源三郎康俊，三弟叫长福定胜。德川家康说：

"你们都是我的弟弟吧！我一点都不觉得生疏，请把这三个弟弟交给我，作为我的弟弟，我来给他们起名字。"

据说，三个弟弟都交给了德川家康。而德川家康直到临终前对这三个异父同母的兄弟的情感都始终不变，多半是幼时与母亲分别的恋母情怀让他那样做的。他的恋母情怀还表现在其他方面，对于他的命运也有负面影响。

五

进入冈崎城的德川家康从思想上认识到织田军队很有可能兵临城下，为此积极备战。但是织田信长谨言慎行，没有出兵。

"既然这样，那就清除本领地内织田信长的残余。"

德川家康不仅把三河领地内属于织田的城市一座一座攻下，还给予尾张沉重的打击。另一方面，他派出使者到骏府要求：

"主君应该尽快拉开报父仇之战的序幕，我担当先锋，以报答先主之恩。"

可是今川义元之子今川氏真贪于享受，做事磨磨蹭蹭，态度暧昧，傻乎乎的。

织田信长欣赏德川家康。他的战略目标是朝西，企图把旗帜插到京都，需要使东部安全。他请水野信元作为中间人与德川家康缔结了攻守同盟。这情况我已经在《织田信长传》里叙述过了，就不在这里赘述了。但是我只想说一个情况。自从这时与织田缔结同盟以后，二十二年来一直到织田信长在本能寺自杀，都始终坚守这一同盟，决不违约。不仅如此，那以后还帮助织田信雄与丰臣秀吉交战。他虽不是信义之人，却人品厚道；虽不忘利欲，却不沉湎蝇头小利。这种举止，大体与信义一致。

"他是靠得住的男子汉，是值得信赖的武士。"

对德川家康如此定义，不只停留在信义上吧！

关于他与织田信长缔结攻守同盟，家臣中间也有反对的声音。是因为除长子德川信康成为人质被迫居住在骏府外，重臣们的孩子也成为人质与德川家康夫人一起。德川家康无视这些异议与之缔结了同盟，当然对于骏府绝对保密。

但是纸包不住火。消息不久传到氏真的耳朵里，便派出使者问道：

"我是来了解情况的，会根据回答的情况进行判断。"

德川家康本人没有出面，而是让老臣酒井正亲接待，并让他这

么回答:

"非常清楚您来访意图。自去年五月今川义元遇不测以来,在强我十倍的敌军面前以及在看不到友军援助的情况下,我们孤军奋战,没有让一座城寨被敌人攻占,相反竭尽全力攻占了数座被敌人劫持的城寨。接下来我们打算立刻进兵尾州为战死的先主举行复仇之战,由我部担任先锋。我们从去年就多次提出这一要求,阁下却没有丝毫开展的迹象,我等甚感遗憾。织田信长领地强大,兵力强大,日夜鬼蜮伎俩,妄图攻可三河占为己有。他的这一野心,人人皆知。我们虽以少胜多取得暂时胜利,但最终筋疲力尽败北是必然的。为此,我想在织田信长军队讨伐之时到来之前避其锋芒,与其保持和睦。如果主君决意立刻举行复仇之战,那我部主动承担前锋重任。"

接着,德川家康又派成濑藤五郎作为使者去骏府讨好氏真的宠臣三浦右卫门佐义忠,让他们说服今川氏真:

"德川家康与织田信长和睦是权宜之计,但他把妻子作为人质放在这里,决不会有二心。"

与人为善的今川氏真相信这一说法。

"冈崎方的解释合情合理,像他们那样的实力也不可能与织田长时间对抗,按理也不会有让我们杀了他妻子的过分行为。"

《修订版三河后风土记》称,那以后今川氏真也就丝毫不怀疑了。

德川家康继续讨伐领地内不服从统治的豪族们,逐渐扩大了版图。到了永禄五年的春天,攻打上乡城(是《实记》里说的西乡城。在蒲郡市神乡,与蒲郡稍有点距离的山村)的鹈殿长持,攻占后杀了鹈殿长持,俘虏了鹈殿长持之子鹈殿藤太郎和鹈殿藤三郎二人。

鹈殿长持是今川家一族。由于德川家康攻占了该城杀了鹈殿长持，今川氏真大怒，扬言杀了冈崎的全部人质。可德川家康之妻是其一族关口亲家的女儿，也是今川义元的养女，即她是今川氏真的义妹，她生下的儿子是关口关家的外孙，今川氏真也不可能杀她。就这样过了数日，消息传到了冈崎那里，石川伯耆太守义愤填膺，下决心说：

"如果公子在骏府被害连一个殉葬者也没有，是德川家族的耻辱。好，好，我去陪伴他切腹。"

石川伯耆留下遗嘱后去骏府陪伴公子。石川伯耆不仅勇敢忠诚，而且富有智慧。不久，他打听到今川氏真非常担心鹈殿长持的两个儿子在冈崎当俘虏的情况，他向亲永提出交换鹈殿兄弟与德川家康的妻儿如何？亲永请示家主，今川氏真高兴地答应了。没想到绝路逢生，石川伯耆快速返回冈崎告诉德川家康，德川家康也兴高采烈，最终成功进行了交换。彦左卫门老说：

"当时石川伯耆非常高兴，让公子骑在马上，自己则骑在后面快速护送到念子原（也写作念石原或根石原，冈崎市若宫町与投町之间，冈崎城东侧一里路一带，当时是原野）的忠义之举，无论怎么看，这是最忠诚的表现。"

当时，德川家康的公子信康虚年龄三岁，冈崎老臣们送到今川那里的人质，当时不住在骏府，而是由三汉田的小原肥前太守镇美在该居城看管，觉得不可能遭到杀害。德川家康通知今川氏真断绝两家关系后，今川氏真激怒了，不仅命令关口亲永剖腹自杀，还命令小原肥前在吉田城外的龙念寺口将看管的十一个人质一一杀死。事到如今让关口剖腹自杀和将人质杀害还有什么意义呢？看来只要手中有权，即便与人为善的傻瓜也会如此残酷。

藏人元康改名为德川家康，也是这时候的事情，《修改版后风土记》说，在永禄四年十一月一日他署名的文书上是藏人元康，但永禄五年八月二十一日文书上的署名是德川家康。看来是这一期间的某个时候改的名。这时，德川家康二十一岁。

就连妻子被监管在骏府之时，德川家康也照样攻打今川家族的属城。交换回妻子后，他又公开断绝与主家的关系，既然作为人质的家臣们亲属被今川氏真所杀，那也许就不再有什么顾忌了吧，于是就一个劲儿的占领。现在，今川家族对于德川家康来说只是一块肥肉而已。

六

德川家康在其漫长的一生里遭遇了四次大难。第一次是被户田康光卖给织田家族；第二次是三河的一向暴动；第三次是三方之原败仗；第四次是本能寺事变时去视察的返回之路遭到拦截。其中，第二次最为危险。我举出的三河一向宗众僧人暴动，是永禄六年九月发生的事。德川家康当时在距离冈崎西南一里路的天作川西岸的佐崎村（即现在的佐佐木）建造了城寨，命令酒井正亲朝那里调拨固守所需的军粮。于是，正亲便让菅沼定显带兵在附近的所有村庄征粮。这佐崎村里有个叫上宫寺的一向宗大寺院，是一座与针崎的胜鬘寺、野寺的本证寺合称为三河一向宗三大寺院的寺庙。凑巧这寺庙里晒有大量稻谷，菅沼便以种种缘由让部队士兵以借粮食的借口去那里，他还没等对方回答就指挥士兵以迅雷不及掩耳的速度运走了粮食。这是《修订版三河后风土记》的记述，但这好像是掩饰，可能一进去就是抢粮。总之，这是起因。

众僧人大发雷霆，怒火中烧，胜曼寺与本证寺就不用说了，他们还与土吕的善秀寺取得了联系。

"本领地的三家寺院自宗祖亲鸾圣人开始，就是不可擅自进入受保护的仙地，现受到野蛮践踏，我们不能沉默。"

于是他们向领地内的信徒们发出号召。当时，对于一向宗信仰的热烈程度超出现在人们的想像。大家争先恐后涌来，瞬间达到一千四百余人。

"好，全体出动！"

人人手上提着扁担和棍棒潮水般涌向菅治定显的住地。

凑巧当时菅治定显到冈崎上朝去了，家中的女孩子一个劲哭叫，年轻家丁出来阻拦，可来者人数目不暇接，大刀腰刀被打落，人被打得半死。暴徒们闯入住宅，粮食就不用说了，还夺走了家具和衣服，运到了上宫寺。

菅沼向酒井正亲报告，正亲派出使者送交质问函：

"由于菅沼不知道贵寺系保护禁入重地，征收了粮食，这当然不好。可是僧侣们无视官家，召集许多人采取突然直接行动抢夺财宝又是怎么回事？回答后我方视情况处置。"

和尚们更恼火了，说不用回答，便将使者赶了回去。

这情况被报告到德川家康那里，德川家康也怒气冲冲，才二十二岁的年轻人，即便格外谨慎，也会暴跳如雷吧？又或许对于一向宗的力量当时凌驾于领主权力的蛮横举止，他早就感到不安。

"严格取缔。"

德川家康命令。

这消息传到寺庙那里，一向宗的和尚们受不了了，瞬间发动了起义。德川家康的家臣里也有许多热衷于一向宗的信徒，他们也加入到暴动队伍里。即便不是信徒，喜好混乱的浪人与无赖也迅速加入进来。也有被武力压制的旧豪族、曾经不满德川家康的松平一族成员加入起义队伍。最让德川家康难以忍受的是，三河太守大领主的吉良一族也起来反抗。正因为吉良一族是原统治者，人们相比之下自然怀念过去。不用说，吉良一族与旧豪族们、德川家康的敌国今川家族取得联络。但是对于德川家康来说，幸亏今川氏真还是像以前那样蹒跚什么，没有参与反对同盟。但总的说来，事态变得非常糟糕。《改正后风土记》说，上宫寺、本证寺、胜鬘寺、善秀寺等原来是大寺庙，并且是福地，就连武器装备、军粮、子弹药品都储备充分。

起义队伍的盔甲正面竖有写着"前进者在极乐世界转世，后退者坠落于无间地狱"的牌子，唱着六字佛号"南无阿弥陀佛"冲锋陷阵。

总之，这些寺庙的所在地皆在冈崎的近郊。近的不到一里，远的也不过二里半，并且起义军队非常强大。构成起义军队主力的是德川家康的家臣伙伴，本来就已经勇敢且富有耐力的三河武士对于信仰十分执着，因此德川家康的命令吓不倒他们。

德川家康对于镇压他们确实感到棘手，于次年三月达成和解协议，最终平息了这起事件。

和解的条件如下：

一、起义成员继续持原领地；

二、所有僧人回到原来寺庙；

三、起义军队头目应该赦免。

最初提出这条件时，德川家康承认前两条，说最后一条不能同意。可是大久保忠胜的父亲忠俊僧侣进谏，织田信长也派滝川一益作为使者向德川家康提出忠告，要求宽恕暴动罪行，让他们担任先锋攻下远州。水野信元也屡屡以相同内容进言，最终德川家康让步，达成和解。和解日是永禄七年二月二十八日，内乱持续了约六个月。

这和解条件实际履行的只是第一条。所谓被德川家康视为暴动首领的人都从三河逃之夭夭。其中一人是本多弥八郎，后来回归后当上了德川家康的谋臣，他就是本多佐渡守正信的前身，当时身份极低，有说他是驯鹰师，根据《三河故事》的说法，衣食困难，穷得常来大久保家接受救助，但是他非常聪明，野心勃勃成了暴动队伍中最有影响力的领袖之一。传说他逃到京都寄身于松永久秀家，进而去北陆领导加贺那里的一向宗暴动队伍。由此，第三条没有履行。

至于第二条，《参州一向宗暴动宗乱记》称，德川家康下令拆除一向宗的所有寺庙，可是遭到众僧侣的反对：

"阁下这样做是违反和解协议的，协议里说过应该保证所有寺庙像以前一样。"

德川家康说：

"当然，古时候寺庙都在原野上，所以要拆除城里的所有寺庙，按古时候那样建造在原野上。"

态度强硬得将三河城里的一向宗寺庙全拆了。后来恢复三河城里一向宗教寺庙，是三十年以后遵循石川日向太守家成之母的请愿。

石川家成的母亲是本多正信的姐姐，是个热衷于一向宗教的信徒，因此向德川家康请愿。她昔日在德川家康作为人质被骏府看押期间，一直陪伴在德川家康的身边照看，二人结下了深厚的友谊。所以，德川家康没有拒绝，批准了她的请求。德川家康擅长玩弄违反和解协议的诡辩术，暴动队伍的团结一旦被他瓦解，就再也凝聚不成以前的力量，只能忍气吞声任其宰割。暴动队伍的首领们，包括本多弥八郎在内都逃离了所在领地，也是因为看到德川家康强行违约，感到危险距离自身越来越近。

德川家康讲信义只是在对手强大的时候，一旦看到对方弱小，便极其随意地撕毁已经达成的协议。他在关之原战后对于毛利家族的态度，以及对于晚年丰臣秀吉的态度都是如此。可能乱世英雄都是这样的吧！

德川家康艰难地平息了暴动，但这之后反而引出了好的结果。从某种意义上说，一，为三河人根除了仰慕宗教权威的旧太守家吉良氏的势力；二，把包括寄身于今川家族脚踩两头船的松平一族在内的豪族们一扫而光；三，自然而然地形成了以德川家康为中心的强大的三河同盟。

上述内乱过程中也有使我们心情愉快的故事有如下几则：

其一

蜂屋半之丞作为德川家康麾下的勇将闻名天下，可他是一向宗教的痴迷信徒，因而加入到了暴动队伍里。

德川家康在小豆坂镇压暴动队伍期间，弟弟藤十郎忠重与兄长水野信元不和而离开了刘屋到处流浪。但是一听发生暴动，立马回到德川家康身边参加了这次战斗，见到蜂屋半之丞被打得狼狈不堪撤退的模样，持枪追了上去：

"站住！回来！"

蜂屋半之丞不停地嘟哝着：

"你这毛头小子，竟敢持枪与我过招，可笑！"

说着立刻骑马回杀过来。

蜂屋半之丞毕竟是久经沙场的勇将，藤十郎忠重是年轻武士，刹那间蜂屋半之丞的枪使劲摁住藤十郎忠重的枪，紧接着迅速举枪刺向藤十郎忠重，就在这千钧一发之时，德川家康驱马赶到：

"半之丞你这家伙，休想逃命！"

举枪朝蜂屋半之丞刺去。刹那间，刚才还是鬼神般勇猛的蜂屋半之丞慌忙收起枪逃窜。

见状，松平金助大声吼道：

"你这肮脏的家伙，给我回来！"

松平金助追了上去，蜂屋半之丞立刻折回：

"是因为家主驾到我才逃走的。我在你们面前为什么要逃跑呀！"

他企图一枪直取松平金助的脑袋，说时迟那时快，德川家康又策马赶到了。

"你这可恨的家伙！"

据说蜂屋半之丞又仓皇逃窜。

上述例子还有许多。由此可见，痴迷信仰的武士尚未失去对于德川家康的赤胆忠心。更由此可见，三河武士与家主经过数十年磨砺、相互依赖、相互安慰形成的君主情感何等深厚。应该解说为，他们加入暴动队伍不是对于家主的忠诚度减弱，而是对于信仰的痴迷程度更为强烈吧！

现代日本人的宗教信仰浅薄，可我认为这不是日本人的本质。分析这个时代一向宗暴动与江户时代初期天主教的殉教情况，可以得知日本人当时对于信仰的狂热发展到了令人吃惊的程度。民族的成长也与个人成长相同，犹如个人在成长过程与之相应的年龄段分别对于食物、恋爱、知识、名誉、财宝的狂热程度那样，民族的成长过程里也有时间段，也许当时是日本人的宗教狂热期。

其二

浪切孙七郎也是德川家康麾下的勇士，但也参加了暴动。德川家康在小豆坂镇压暴动队伍时，浪切孙七郎见德川家康发起冲锋赶紧着手后退。由于非常清楚与对手是君主关系，但又感到仓皇逃窜举止可耻，于是师兄弟三人举止慢腾，且战且退。德川家康军队追来将他们围在中间攻打。浪切孙七郎一人杀出重围迅速逃跑，可德川家康紧追不舍，甚至追赶途中连刺两枪，然而浪切孙七郎决不反抗，只是挥鞭策马一个劲地逃跑，最终溜之大吉。

达成和解后，浪切孙七郎也回来了。有一天，德川家康提起当时情况对浪切孙七郎说：

"当时交战，我追你逃时连刺你两枪，你好像受了轻伤吧？"

浪切孙七郎答道：

"我一生不曾背部受伤，阁下在那次交战刺中的是其他人吧？"

德川家康火了，说：

"我刺的是这里与那里，脱光上身给我看！"

果然，浪切孙七郎脸红了，但仍然坚持说道：

"我的身上确实有两处枪伤，可这是为别人所伤。"

"你不是说背后没伤吗？傻瓜！不会撒谎别学着撒谎。"

德川家康笑了，在座的将领们也随之大声笑了。

君与臣的性格都刚强执拗，尤其持有对于交战情况不问清楚誓不罢休的特性。这便是当时的武士风范。

七

暴动平息后，德川家康策马来到东三河，攻占了今川方各城，最终攻下了吉田城。由于吉田是今川家族在东三河的基地，从而东三河也就完全归于德川家康囊中。加之西三河已经在他手中，也就是说整个三河都归属了德川家康。当时是永禄七年六月，德川家康二十三岁。

那以后至天正十年织田信长自杀死于本能寺的十八年里，德川家康与武田信玄一起消灭了今川家族，分割了今川家族的领地，在江州姊川帮助织田信长击破了浅井朝仓联军，但在三方之原惨败给了武田信玄。不过后来与织田信长联袂攻打，在长筱使武田胜赖遭到毁灭性打击，攻下骏河后他又与织田信长一起将武田胜赖赶到天目山并迫其自杀，彻底消灭了武田家族。这段情节在前面撰写的《织田信长传》与《武田信玄传》里作了大致阐述。那后来的重要情节让给了《前田利家传》与《石田三成传》，故而这里只写他与织田信长结盟期间发生的筑山殿事件。

在这里，阐述一下德川家康的改姓为德川的经纬。正如本文开头写的那样，所谓德川，是旧上州新田郡世良田村的冲名。松平家族的始祖德阿弥的父亲长阿弥是在这里出身。德阿弥进松平家做了上门女婿后逐渐得势，发展到相当程度便拼凑了如下说法吧？

"写什么呢？我是上州新田家一族，如果寻找遥远的祖先，当然是八幡太郎义家呀！"

总之，外出周游以说大话维系短暂生命的男子，肯定能说会道。在炉边折树枝，边喝涩茶边跟村民们以及家族成员聊天的过程中，故事也就逐渐变得滴水不漏了吧。即便编造的内容，经过长日累月的频频复述，就连说话人自己也信以为真了。只要本人觉得真实，那就过关了。家族也信，村民也信，后代也信，世世代代就那样传承到现在了吧？！

松平家族原本是在这一带受到尊崇的贺茂明神的后代，自称贺茂氏。以贺茂明神的神纹葵花为家徽，也是取决于这一理由，所以到了德川家康时代，本姓也是用贺茂朝臣。可是后来到了该势力扩大，当上三河与远江的太守时，来自庄屋时代的姓氏就不适合使用了，开始觉得还是自称被视为日本武门的武士栋梁、几百年间半神英雄的八幡太郎义家的后裔合适，遂采用清和源氏为姓氏，采用德川为家系。这是我的推断。

已故田中义成博士认为，正如《北条早云传》说的那样，根据源平交代的信仰思想，说德川家康也是清和源氏的后代。但是如果思考德川家康的当时身价，难以置信该情况也与北条早云相同。

德川家康改姓，通过将军足利义昭上奏，由朝廷恩准赐封。当时，是永禄十二年十二月九日，德川家康二十八岁。

德川家康移居到浜松城，是元龟元年的正月，他把长子信康放在冈崎让他担任太守。他移居松浜时没有带上妻子，把妻子与信康一起放在冈崎。母子俩的居所在筑山，于是信康开始被称为筑山阁下。

德川家康对于妻子的爱情，好像是桶狭间之战后急剧冷却的。结婚当初，有人认为他们之间的爱情如胶似漆。《幕府祚胤传》说，婚后第三年即永禄二年三月七日，生下的德川信康，第二年的三月十八日生下龟姬。这两年里没有闰月，只间隔了一年零十一天。算起来，妻子生下信康没多久就又怀孕了。如果夫妻感情冷淡是不可能的。

筑山是比德川家康大十岁的大娘子。对于应该还是少年的德川家康来说，相反是魅力吧？男性在少年期长至青年期的成长过程中往往受到大龄女人吸引。尤其德川家康三岁时就与母亲分别，或许这是德川家康渴望般的恋母情结。孩子之间相差不到一岁，妻子妊娠无法相隔一定时间。

但是，人的爱好不可能永远相同。一旦厌烦，大十岁年龄的妻子就失去了魅力。再者，筑山对于德川家康来说，是他最恐惧的今川家下属的一族。夫妻的爱情甜蜜期间，多半是在潜在的压迫观念下形成。可是，心情一旦发生变化，多半也就难以忍受。

桶狭间之战后，德川家康从今川家族中完全独立出来，也就有了从筑山篱下获得新生的感觉。毋庸质疑，他不再去骏河也没了重逢机会。如果这时眼帘里映入年轻美貌女子，内心难免就会产生远离筑山的逆反心理。

尽管如此，德川家康两年后与今川家之间妥协，将筑山与信康一起领回了冈崎。当时多少还有点爱吧，总之不争不吵是年龄差所致。当时，德川家康还年轻才二十一岁，可筑山已经三十一岁。肯定寂寞。

有说法称，筑山怒气冲冲地离开了冈崎，某时期来到越前成了朝仓义景的妾，后来还成了神宫御师的妾。对此，信康在逐渐成人的过程中觉得母亲可怜，便把她接回冈崎。从年龄来看，这说法不可信。当时三十一岁的女人失去了姿色。三十一岁从骏府回到冈崎，这离家出走的时间最早也应该是三年以后。当时她已经是中年妇女，朝仓义景再怎么喜欢也不可能把她当妾。因此，说她一直在冈崎生活是符合逻辑的。

正如前面叙述的那样，德川家康二十九岁移至浜松的时候让筑山住在冈崎。当时筑山三十九岁，这种年龄的女人从本性上多半持有母爱。俗话说大娘子溺爱小丈夫。无疑，筑山也是非常非常爱德川家康的。可德川家康不理会，不仅让她一直住在冈崎，自己在浜松还肆意爱上许多女子。终于，这举止在某日构成了筑山的怨恨吧？可以这么解释的举止在筑山的身上出现。

《修订版三河后风土记》的记述称，筑山首先在儿子德川信康夫妇之间离间（信康之妻是织田信长之女德姬）。这德姬接连生下两个女儿，于是筑山对信康说：

"武将生男孩靠得住，光生女儿有何价值啊。堂堂的大领主不能只守着一个妻子。最好尽可能生许多男孩。"

这是母亲身上常发生的歇斯底里性的虐待。筑山非常嫉妒儿子媳妇间如胶似漆的感情。

德川信康这时二十岁，是血气方刚的年龄，分析其在战场上的勇猛表现，一般认为他的体格十分强壮。可是，他听母亲那么说居然无可奈何。这时，筑山听说甲州那里的某妾被赶出家门来到了冈崎，还听说这女子非常漂亮，便把她买下劝德川信康纳妾，德川信康只好收下。这件事被德姬知道了，接下来发展到德姬嫉妒的阶段。

另一方面，筑山那里经常出现身处这种境遇的女性而一直心情不佳，一会说这里不舒服，一会儿说那里不舒服，时而让人喊来医生诊断，时而让人喊来僧侣与神主念经祈祷。这当儿，有一个中国医生来到了冈崎，传说他的治疗非常灵验。

"把他喊来！"

喊来治疗后，效果很好。

这名叫减敬的中国医生来自甲州，被认为可能是武田家族派来的间谍。不知这说法出自何处，还说筑山通过他做联络员，将合谋内容捎至武田胜赖那里。这捎去的合谋条件令人感到有趣。

1. 阁下如果按照我制定的步骤，必定让织田信长与德川家康灭亡。

2. 德川信康是我的儿子，我肯定你能被说服他站在我们这边，事成后德川家族的原领地务必原封不动地赐给德川信康管辖。

3. 我希望成为直属家臣中相当有权力家臣的妻子。

第三条确实有趣。筑山这时四十五六岁。假设德川家族方面流传的各种记录属实，那么，我不得不说这是一种可怕的盲目固执。但是，也有说女人性欲一直存在到身体变成灰的时候，也许这说法是最恰当的。只是作为大领主的正宗夫人，她的自豪感与庄重外表几乎全无。但是，当时的上层妇女，在这方面与江户时代中期以后的女性不同，其本身的特有本性实际上非常强烈。这也许是理所当然的。

据说武田家族方面立刻回复，不用说，接受了筑山提出的全部要求。回信里说，筑山将来的丈夫，决定由郡内的大身价家臣小山田兵卫担任，他去年妻子去世成了丧偶男子。

筑山知道后心情飘飘然起来，就在不久将去甲州进行准备时，被信康夫人知道了这一秘密。

德姬主动通知了织田信长，在信函里不仅写到了筑山的阴谋，还写到了筑山离间他们小两口感情的事，详细罗列了筑山与信康的举止等等。

不用说，织田信长被激怒了。凑巧这时德川家康为送名马给织田信长派老臣酒井忠次去了安土。织田信长邀请酒井忠次进入客厅：

"信康武略超人，可其暴劣性格不适合保卫大领地。"

说完把来自德姬的信上内容一一读给他听。

"你们那里知道他的情况吗？"

织田信长问道，酒井忠次答道：

"都听说了，证据确凿。"

《修订版三河后风土记》与《三河故事》都将酒井忠次的当时态度写得非常愤怒。

《武德编年集成》写道：酒井忠次为了一个叫作御风的美女得罪了信康，对于信康又怕又恨，把这视作机会企图灭了信康。但他本身是什么样的人呢？《修订版三河后风土记》只写道："酒井忠次早就痛恨侍奉信康君。"大多老臣与年轻君主不和的现象由来已久。正由于信康作风勇猛，酒井忠次更害怕将来遭到不测吧？！

织田信长说道：

"既然老臣也这么评价信康，那就真的无药可救了。你告诉德川家康，迅速把他做掉。"

酒井忠次答应后离开了。

酒井忠次径直通过冈崎直接去了浜松将详细情况告诉了德川家康。德川家康深思熟虑了几天，将信康从冈崎移到大浜，再由大浜移到远州堀，进而移到该领地二股城，交给该城太守大久保忠世看管。对德川家康而言，他多半希望大久保忠世放了信康。可大久保忠世严密监视多日没有将他放跑。《修订版三河后风土记》称，反倒激发了信康的愤怒情绪，说"大久保忠世装聋作哑"。由此可以推理出，信康与老臣们之间关系不佳。

另一方面，筑山命令家丁野中三五郎重政引诱大久保忠世到浜松附近小薮村将其斩首。

野中三五郎重政回来后报告了这一情况，德川家康随即说道：

"让她当尼姑或者杀了吧！"

听德川家康这么说，野中三五郎重政害怕得躲到居住地远州堀江村闭门不出。

终于，德川家康不得不杀信康了，他派出天方山城太守通径与服部半藏正成两人去二股传达自杀命令。信康说道：

"我根本就没有与武田胜赖结成同盟，我死后你们仔细跟我父亲说说。"

说完，他漂亮地握刀剖腹，又说：

"半藏，你跟我熟悉，割脑袋的事就拜托你了。"

半藏站起来，不忍心斩首，只是一个劲地抽泣，这时天方站起来说：

"浪费时间会更痛苦，对不起了，我来吧！"

说完将信康尸体斩首。德川信康死时二十一岁，是天正七年九月十五日。

传说天方使用的刀是千子村正。这是村正刀第三次作祟。

村正作祟在关之原战役时也有过。德川家康获得特大胜利后，各位领主前来大本营祝贺时，听说织田有乐斋之子河内太守长孝举枪刺敌，刺穿了对方的铠甲，让他拿那支枪来进行查验的当儿，没想到掉下伤了手指。德川家康问：

"这是村正吧？"

回答说："是的。"

"村正一直在我家作祟。"德川家康说。

关于这一情况，刀剑研究家岩崎航介氏是这么说的。村正在伊势桑名在的铁匠中间非常有名，那时代附近领地的武士们多使用村正刀剑是自然而然，没什么不可思议。可以说这是最明快的解释，说村正是妖刀不太可能。

德川家康好像对儿子德川信康之死非常伤心，后来有一次与服部半藏说起当时情景：

"你外号叫服部鬼半藏，斩过年轻主君脑袋的吧？"

天方山城太守通径害怕得到处逃亡，躲在高野山里不敢出来，好多年后才去越前家族供职。

多年以后，德川家康观看幸若舞蹈《满仲》，里面有满仲死党仲光受满仲之命杀害年轻君主美女丸的情节。这被杀的美女丸与自己儿子信康的年龄相同。看到这里，德川家康边流泪边对大久保忠世说：

"你要好好地看哟，你要好好地看哟。"

酒井忠次为自己儿子的事拜托德川家康的时候，德川家康这么说道：

"你儿子也可爱吗？"

酒井忠次汗流浃背。

很多书籍都说到德川家康的悲伤非常之深，他不是社会上流传的的那种冷血汉子。

德川家康的妻子筑山死后，丰臣秀吉将其妹朝日御前送到德川府当了德川家康的填房。从天正十四年四月到十八年正月朝日御前去世之前，德川家康立其为正室，在她死后再也没有设正室。也许吃尽了高门第出生的正室苦头吧！那以前，那期间，那以后，他宠爱的妾们尽是低身份的女人。其中，有的是领主家族已经灭亡的家臣与神主的女儿，有的甚至是百姓的遗孀。他信奉实用且性格固执，这很有可能是尝尽了原先喜欢高身份女人而吃尽了苦头的缘故吧！再者幼时起就饱尝了人生的心酸，从而养成了决不再重复同样错误的小心翼翼的谨慎性格。

八

德川家康是日本英雄中评价最坏的一个，但只要稍稍详细地查阅有关他传记的人，都最终会变成他的追星族。可以说他是外行不喜欢内行喜欢的人物，是值得研究的深邃人物。

他获得不良评价，是因为维新行动打的是反德川家族旗号。

其一，经过明治时代后，社会视他为逆贼德川第一代将军；

其二，一直把江户时代近三百年间视为神化反作用；

其三，《难波战记》说书是以大阪为素材，加之坚持的是大阪立场与观点，从而不恰当地损害了德川家康的名声。由立川文库《难波战记》派生出来，大肆炒作"反德川家康热"。

我认为，上述三条是他不受人欢迎的主要原因，可这些都不是他应该承担的责任，唯有一项责任他是应该承担的。为了打倒丰臣家族，他实施了过分强迫的举措。关于大佛的吊钟问题等，无论谁思考都是各抒己见。

他绝不是一个过分的男子。分析一下他对于织田信长始终不变的信义以及他在丰臣秀吉生前持有的恭敬，也可清楚对他的评价。他不是屈服于武力而归顺丰臣秀吉的。尽管归属于丰臣秀吉，他还是天下特大领主的身份没有任何变化；尽管实力远远强大于其他大领主，但他还是恭恭敬敬。

他是天下最大的实力者，全天下在丰臣秀吉死后归于他之手是最自然而然的事。传说关之原战役时期一旦知道他从关东折回，西军的大领主们顿时大惊失色。这可以想像他当时的强大实力。

他通过关之原战役夺取天下的行动毫无过分之处。虽可谓"我已夺得百分之三十天下了",但要是到了七十岁衰老高龄后,大阪那里还有丰臣家族保持着潜在的实力……他不得不为后代心焦而手法过激。这虽是过分举止,但从上述角度思考,也许不是他的责任。

织田信长是闪电战天才,丰臣秀吉是阳光式大才,他俩在魅力上都得满分。假设他们必须在同一时代生活,那我实难接受德川家康与他俩近距离相处这一事实。织田信长歇斯底里的感情变化非常可怕,丰臣秀吉的习惯性豪言壮语肯定让别人受不了。就这一点,我总觉得德川家康的真实与厚重酿成了他的坚韧不拔性格。回归于太平的天下落入他的囊中,是最自然的结局。

前田利家

前田家族自称菅原家族。

《宽政重修诸家谱》称，查阅宽永年间前田家族向幕府提交的家谱说，菅原道真被流放到筑紫后生有两子，长子叫前田，次子叫原田，长子前田有后代时起迁移到了尾张。但此说不可信。九州的原田家族来自王朝时代的豪门望族，自称汉朝孝灵帝后代阿智使主的幺子，是汉氏后裔。新井白石在《藩翰谱》里提出疑问：前田家族不是藤原家族。

在各地天满宫的别当寺和安乐寺的领民，都是以梅钵为家徽，称自己是菅公的后裔。我也认为，前田家族是这么回事。但尾张前田家族是持有相当名望的家族。名古屋市中川区有叫荒子的街道，因附近有前田村而得其名。《本朝武林传》还说，荒子定为居城前，前田家族在这里住过，辖有这片土地。

天文、弘治、永禄时期，前田家族里有叫藏人利昌的人物（也称利春），第一次把城建在荒子，据说所持领地的收入为两千贯文。

前田利家是利昌的四子，天文七年出生，乳名犬千代。天文七年是戊戌年，是根据出生年月起名的。他长大后，改名为孙四郎，接着又更名为又左卫门。

《加贺藩》收录的《亚相公御夜话》篇称，前田利家十四岁时第一次去织田信长手下侍候，那年八月第一次穿上头盔铠甲，不久第一次上阵便建立功勋。接着从十五岁开始，《亚相公御夜话》说，织田信长精心培养，前田利家贴身侍奉主公。

只要有人吃鹤汤，前田利家就常常腹痛。曾经有人问过为什么会发生这种情况。这是怎么回事。织田信长阁下在安土城款待各领主，菜谱以鹤汤为主，织田信长阁下在此基础上亲自烹制菜肴和点心，热情款待各位。主客柴田胜家开始品尝，织田信长阁下当着柴田胜家的面说：

"你与在座各位英勇作战杀敌立功，成就我今天夺取了天下，我非常满意你与大家的表现。"

说着，他不断让人端来亲自特制菜肴与点心。这时，他走到前田利家身旁，一边笑一边说：

"这家伙孩提时代时，我让他睡在我的边上，确实是我的得意门生。"

当时，前田利家一脸胡须，织田信长阁下抓住他的胡须表扬说：

"稻生之战，我二十一岁，他十六七岁，居然刺杀了敌勇将宫井勘兵卫取来了脑袋。我在马上举起那颗首级嚷道，这个犬千代尽管还是个小家伙，却立下了这样的大功。说什么'瞧我手上的首级！各位武士，都别害怕，要拼命杀敌！'我挥动令旗，我方将士勇气似乎增加了百倍。我方仅七八百人，敌军是三四千人，我们拼命进攻打得敌人丢盔弃甲。各位都像他那样立下了战功，才形成了我今天的地位。"

这时，将士们就不用说了，连御林军将士们也嚷道：

"啊呀呀呀，这可能是八幡大神在保佑武士好运，羡慕他啊！"

大家争先恐后喝鹤汤，利家也高兴得不知喝了多少碗，结果喝伤了身体。

利家说，那以后一喝鹤汤就会闹肚子疼。

织田信长阁下听后笑了。

这情况，丰臣秀吉太阁也常常提起，金森法印与羽柴下总殿也常常在利家面前说起。

这情节有趣，可见前田利家孩提时是织田信长的宠儿毋庸质疑。

稻生之战，其实是织田信长与自己的弟弟武藏守信行之间的交战，源于兄弟不和的原因在《织田信长传》里有。

《藩翰谱》与《宽政重修诸家谱》都没有说到"稻生之战"，只是介绍前田利家十七岁时的情况会提及。但是《亚相公御夜话》说的情况与前面说的情况有所出入，写成了十六岁时。武藏守信行手下的侍童武士队长宫井勘兵卫用弓箭射前田利家，射中他的右眼下面。前田利家没有拔去射入眼睛下面的箭，而是策马跑到勘兵卫跟前，用枪将他刺倒在地，砍下他的首级，交给织田信长查验。《重修诸家谱》称，织田信长赞其勇敢，加授了百贯文领地。

但是这两书也都陈述了前田利家当时触怒过织田信长，如下：

织田信长的朋友中间有一个叫十阿弥的人。这朋友在江户时代开始做和尚，是城里的侍者，身份极低。十阿弥盗窃了前田利家的刀鞘附件，该附件可用来梳理头发，不用时插在佩剑上，可以用来掏耳朵搔头皮，是采用金银雕刻的镶嵌品。这家伙身份低下且品行下等，最终动了盗窃的心思，前田利家发怒欲将其斩首。

这件事的经纬在《亚相公御夜话》里有详细叙述。

前田利家打算向织田信长报告获得批准可再行刑，可是一直偏爱十阿弥的内藏成助等前来调停求情：

"能否请前田阁下原谅他一回啊？今后决不让他这么做。"

"不，不，偷盗之心多为与生俱来。要是我们身边常有那样的人，为了社稷的将来还是斩首的好。"前田利家根本不采纳。

之后织田信长曾问及此事，因为他也喜欢十阿弥，便说：

"这次就原谅他吧！"

前田利家不得不赦免，可这事后没隔几天而曾向他道过歉的十阿弥却在背后笑话他。

"作为武士，既然对外说了斩首，那么无论他的上司说了什么，都不可以收回决定。如果中途改变想法，那就最好别先说出去。总之，前田利家是个说话没准星的家伙！"

前田利家发脾气了，趁织田信长去第二城堡塔楼时，在其下面的路上杀了十阿弥。

发生在自己眼前的事，激怒了织田信长。

"我的这条走狗，竟然阳奉阴违，我要宰了他。"

吼道，抓住刀站起来正要冲上前去，被柴田胜家与森三左卫门拦住。他们代替织田信长数落了前田利家，使织田信长放弃了杀前田利家的念头，但是他给了前田利家"反省长假"，前田利家不得不在牢里熬过一段日子。那是桶狭间之战前一年的事，前田利家时年二十二岁。

后来，前田利家是这么对家臣们叙述牢中生活的。该内容刊登在《亚相公御夜话》里。

"人必须经历厄运，人必须清楚朋友善恶，否则无法了解自己。我年轻时因将十阿弥斩首而坐牢时，那些曾经亲如兄弟的朋友们几乎都不来探望。只有森三左卫门与柴田胜家二人，还有两三个侍童常来看我。许多年后，在小田原阵地惹怒丰臣秀吉太阁阁下时，许多平时常到这里来的人都在织田信长殿下面前一个劲地说我坏话啊！平日里我对待木村常陆介等人像兄弟那样亲密，可他也在诋毁我。据说，还是蒲生飞（氏乡）浅野弹正（长政）他俩在织田信长殿下面前做了种种调停。不坠入厄运也就无法测出人心如何，实在是很少有人在这种时候从各个角度帮助自己，只有那样的人才靠得住啊！人在遭遇厄运时心理是扭曲的，处境是非常可怜的。"

除此以外，也就没有其他写他牢中生活的书了。根据他的如是说能知道个大概吧？前田利家的释怀，对于今天的人也能引以为鉴。

第二年夏天的桶狭间之战，他尽管是囚犯却驰骋战场，最先斩下敌人首级来到织田信长边上让其验明正身。御林军的人见到这一情况说：

"前田孙四郎提着敌人首级来了。"

可织田信长头也不回冷冰冰地说：

"做好你们的侍卫，他斩首有什么稀罕的。"

前田利家把提着的首级扔到水田里，再次径直朝着敌人冲去。

御林军侍卫们说：

"前田孙四郎负了轻伤，这次看得出是准备死在战场上的。"

织田信长赶紧命令：

"立即拦住他！"

于是侍卫们赶上前把他截了回来，但织田信长还是没说赦免他。

《重修诸家谱》称，虽然再次冲向敌群斩下首级后表功，可织田信长还是没有只言片语宽恕。

其实，织田信长已经从心里原谅了利家，只是没有在嘴上说而已。前田利家没有察觉到这一情况，为自己如此拼命没有得到宽恕而感到遗憾，甚至还出现了这样的想法，"好呀，那我就去死吧！

希望自己死后能得到织田信长阁下的理解！”

他俩之间持有特别的君主关系。这时，织田信长对于前田利家的感情大致可以视为溺爱。

前田利家获得正式赦免是第二年五月，时值美浓的长井甲斐与织田信长之间的森部之战。前田利家率先冲入敌群，斩下两颗敌军首级献给织田信长验明正身，织田信长这才说道：

“立功了哟！”

将他喊到跟前态度温和地说了许多话，从第一次受到责备已经过去大约三年时间。

《重修诸家谱》说，织田信长加授领地于前田利家，由此使前田利家上升到合约四百五十贯文的身价，继续允许他全年使用红色盔甲——这是只有获得武术界认可的人才能获得到的殊荣。前田利家说：

“太感谢了，可我还年轻，我希望让给别人。”

“你虽年轻，但武功老辣，不可以推辞。”

织田信长强行让前田利家接受。那时前田利家仅二十四岁，这对于当时的武士来说，无疑非一般荣誉。

二

年轻时期的前田利家，被赞誉为百里挑一的勇士，无论什么时候总是能立下让人赞不绝口的战功事例不胜枚举。

永禄十二年十月，前田利家三十二岁，此前，他已经晋升为织田信长麾下老资格的中队长级别的将领。这时，在他身上发生了巨大变化。

他是前田家的四子，因离开家独立开创才成就了现在的身价。这时，织田信长对继承前田家主地位、获得祖传二千贯文领地的前田利久即前田利家的兄长说：

"我命令你把前田家业让给前田利家继承。"

前田利久是平庸之辈，而前田利家武艺超群，这是第一理由。但是，织田信长还有其他动机。

前田利久的妻子是织田家族家中滝川仪太夫之妻身边的人，是肚子里怀着滝川仪太夫嫁给前田利久的。这可能是前田利久的后妻，年轻，也许相貌也美，总之利久爱她，尽管知道她腹中的是滝川仪太夫的孩子，可还是把孩子当作接班人。

这孩子后来成长为庆次郎利太的好汉，但这是题外话也就不涉及了。

这是织田信长的借口。他早就感到不耐烦了，心想要是把那么大的家产让前田利家持有，不仅理所当然，而且能够让前田利家更加效忠自己，遂立刻命令前田利久：

"你有聪明的弟弟，你却把没有血缘关系的儿子立为接班人，岂有此理！快让给前田利家！"

前田本家虽说现在成了织田家族的家臣级豪族，但过去与织田家都是同级小豪族，二千贯的领地并不是织田家族给的，家产的传承问题由织田家族说三道四并不合情理，但是织田信长如今已经在京都竖起大旗，成了事实上的天下领袖，他的命令是不能拒绝的。前田利久尽管极不情愿，还是服从了命令。

《亚相公御夜话》记载当时的情况，如下：

前田利久的妻子发怒，在缴出城市离开时说了许多诅咒的话：

"人住这城市会有灾难，人用这移门会成瘸腿，人被这屏风围起会患麻风病。"

城市就不用说了，就连所有用具都诅咒得非常刻薄。

在战国时代，男人中间有许多人固执己见，女人中间也有很多这样的人。那是男人女人完全放弃通过学养陶冶品性的时代，以致男女都变得十分任性而且非常执拗。

《大友宗麟传》说，发生欺负继子这一真实故事最多的时代，就是这时候。女人重感情，对于爱与恨大多为所欲为。一般认为前田利久的妻子也是这种人，但同时也可以说，妻子的内心也就是丈夫前田利久的内心。

由于织田信长不许可前田家主转给他人继位事，于是前田利家与前田利久之间出现了不和。这当儿，前田利家与柴田胜家、佐久间信盛、森山左卫门、佐佐成政等人聚集一堂时，说到了利家家主继位的话题。人们相互说道："阁下勇敢超群，屡建武功，成为前田家家主理所当然。"

说到这里，前田利久也成了话题之一。有人说他的武功不严谨。由于当前正是前田利家与前田利久不和的时候，虽然前田利家的内心可能高兴，但他郑重地向在座各位鞠躬，斩钉截铁地说：

"由于前田利久兄长毫无道理的安排，扔下同胞弟弟，让他人后代继位，于是，织田信长阁下决定前田家族的财产与家主由鄙人继承。不过，关于前田利久兄长的武术，大家也有很多批评，但请在我面前就此结束。"

大家答道："言之有理。"

那以后，有关前田利久武术不佳之类的话题，再也不在前田利家面前提半个字。

大家都佩服前田利家的这种态度：

"前田利家品格高尚。"

织田信长听说后也为之感动。

书籍《亚相公御夜话》是前田利家的言行录，是他的家臣们记录的，没有记载有损前田利家名声的事，读来可亲，听来可信。相当值得信赖。总之，前田利家是重感情且诚实的人。

接下来要说这时代的前田利家的怪癖，他喜欢不同风味，小气，粗暴，爱吵架，喜欢手拿着火枪行走，生性特别喜欢武器，从远处望去就可看到"前田利家阁下的手又在持枪"，让人们胆战心惊，纷纷避开作风粗俗的前田利家。

前田利家老年后也常这么说：

"年轻时常常好说大话，由于担心大话可能失言，于是也很想立功。一旦立下两三次功劳，也就渐渐不说大话了。"

之后步入老年，他仍然喜欢略带些与众不同模样且心怀大志的年轻人。

之所以说前田利家憨厚却也喜欢标新立异嗜好雄心大志，是因为按照现代人的观念，难以形成综合性的印象。可是现实人物的性格必将复杂多样，类似小说里出现的单一性格，实际上是没有的，犹如迄今各种人物传记里记载的那样。何况战国末期时代是流行别出心裁风气的时代，有怪癖的人身上多染有上述嗜好。

成为前田家族的家主后，前田利家继承了先祖传下的两千贯，合上自己辛苦赚来的四百贯总共为两千四百贯，同时晋升为织田信长手下大队长级别的将校。但比起将领的指挥才能，还是一般武将的作用受到关注。

作为一般武将最引人注目的，是前田利家在织田信长攻打大坂石山本愿寺时发挥的作用。某日，城里守军离开据点来到庄稼地割稻，织田信长立刻命令士兵攻击，可这是城里守军故意装出请君入瓮的破绽。割稻的士兵们隐蔽了大量武器，等到织田军队一进入口袋，便抓住有利时机瞄准射击。结果，攻城先头部队的许多将士冷不防被箭射倒，织田军队溃不成军。前田利家独自一人殿后掩护撤退，举枪与冲上来的敌人奋战，可敌军人多势众蜂拥而上，这时的利家做好了战死准备，一步也不后退，奋力杀敌。这时家臣村进又兵卫驱马赶来，冒着生命危险从危难中掩护前田利家杀出重围回到阵营。

前田利家独自奋战，终于止住溃败。对此，织田信长说：

"前田利家手上握的是日本盖世无双的铁枪。"

"日本第一""天下第一""日本无双"等表扬话是织田信长与丰臣秀吉的口头禅，同时已经有好多人受到上述赞誉。总之，前田利家在当时获得崇高评价。

《藩翰谱》说，前田利家被赐封了许多领地，合起来为一万石。据说有如下规定，规定持有一万石领地的人是将军贴身侍从。规定一万石以上领地的人为领主。规定持有一万石以下领地的人为御林军武士。虽说这时代尚未确立上述规定，但已大致有类似观点。没有那种社会观念的形态，到了江户时代突然制度化令人难以想象。总之，前田利家从这时开始当上了大领主。

长筱之战是距这五年后的天正三年。这场战役中织田信长采用新式武器用火枪威力痛击武田军队。这是在日本战史上开创了新纪元的战争。当时，武田军队与越后上杉军队被誉为日本国土上最强的军队。织田信长预见到如果战斗打响最终也难以克敌制胜，于是打算用火枪击败对手，创造无敌于天下的神话，为此绞尽脑汁潜心研究。他出阵前让士兵们每人带上竹木与绳索，一到达战场便把带来的竹木绑扎三道栅栏，在栅栏背后，将从一万名狙击手中挑选出来的三千名狙击手配备在栅栏背后，命令士兵不间断地以每次千发火药弹射击。甲州军队以精锐自称盖世无双以排山倒海之势奋勇冲锋，冲到栅栏前徘徊，于是织田军队的狙击手们便可像射击网中小鸟那样弹无虚发，打得甲州军队几乎全军覆没。《信长公记》说，狙击手队伍的五个首领中有前田利家。

由于这支火枪队发挥作用，使这场战役取得大胜。他们立下很大战功。《重修诸家谱》称，前田利家与敌军首领交战时连右脚也负伤了。三四月后，在越前被赐予三万三千三百石领地，从荒子移居到此。

越前，自织田信长于两年前消灭了朝仓氏以后成了织田领地。织田信长将这片领地让曾经是朝仓氏旧臣，也就是早就与织田信长里应外合的武士们管辖。可是这年初，他们中间发生内讧，领地大乱，许多一向宗信徒发生了暴动，将他们杀死的杀死赶走的赶走，于是这里成了一向宗信徒的天下。

织田信长对于一向宗门徒感到棘手。与大坂石山寺的本愿寺之间交战，伊势长岛暴动。上述尽是苦涩的经历。织田信长觉得越前之乱不易对付，亲自率领军队征服骚乱。当时织田信长率领的将领们以佐久间、柴田、滝川、羽柴为首，几乎倾巢出动。目睹这一阵容，也可得知织田信长非常重视镇压这场骚乱。交战从八月半开始，于月底结束，这是举整个家族力量进行的讨伐。织田信长多半还考虑了战后的管理事宜，从家臣中选择第一长老柴田胜家为主帅，配备了五名武将，即将八郡交给柴田胜家打理，让其移到北之庄（福井），以那里为居城。同时，将大野郡交给金森五郎八和原彦次郎；将南条与丹生两郡交给不波彦三、佐佐成政、前田利家三人。最后的三人还在府中（现在的武生）建造了新城，以共同所有的形式守卫这两座郡城。

与越前相同，加贺也好，能登也好，都是一向宗兴旺之地。长享二年从镰昌时代开始，攻打杀害了这片领地的行政长官富樫氏。那以后，这片领地全归于本愿寺领地长达八十多年。织田信长以踏平越前的威武之师攻陷能登那片土地，但那只是临时占领，使其荒芜后班师回朝，接下来再攻打一向宗领地。

被织田大军征服，接着能登也被平定。织田信长将加贺交给佐久间玄蕃信政掌管，让他移居到尾山（金泽），将能登交给利家。前田利家坐镇羽咋郡的饭山城，接着移居到同郡——羽咋郡的菅原。最后，前田利家定七尾为居城。

这时，织田信长的势力也延伸到了越中。越中也是一向宗盛行的地方。小豪族藩镇割据，没有大领主。可这些小豪族与沉湎宗教的当地民众团结一心，要想从其他地方来征服这片土地十分困难。上杉谦信的父亲长尾为景是一个了不起的豪杰，来到这片土地后与以一向宗教徒为班底的小豪族联合军队交战频频取胜，不过最后中了暴动队伍非常奇怪的战术圈套而死在战场。暴动队伍在战场上挖掘了几十个大陷阱，假装败走致使长尾为景跌入陷阱被杀。上杉谦信伤心之极频频攻打。即便以他的勇武完全征服那里也长达二十年之久。可见那是一片多么难以征服的土地。

上杉谦信死后，上杉家族发生了争夺家主的骚乱，上杉谦信的两个养子景胜与景虎之间发生了相争。这场争斗用了几个月的时间平息，上杉家族迫于领地内部整顿，不得不把越中搁在一边。

织田信长抓住这一机会，将佐佐内藏成助配备给数年前被上杉谦信赶出能登来到京都投身于自己的这片领地的豪族神保氏春，将他们从西边送到这里，同时以斋藤新五郎（斋藤道三的三子、信长之妻归蝶之弟，请参照《斋藤道三传》）为主将，让他率领美浓与飞驒的将士们从飞驒路、从神通川的峡谷地带攻打。赶走上杉家族的守军后，他又让神保担任领主守卫旧城富山，让佐佐内藏成助担任监察守卫高冈附近的守山城。这是天正八年加贺平定能登稍后发生的事。

然而，领地内部整顿暂时结束后，上杉家族是不可能沉默退让的，等待收复失地的机会。第二年即天正九年之春，织田信长在京都举行盛大阅兵仪式，佐佐、神保、柴田都上京出席。瞅准这空档，越中的地方武士们来到越后，力说一定要抓住眼下的收复良机。于是，景胜派兵收复了鱼津与松仓两城。那以后，越中分两半，成了上杉家族与织田家族两大家族对峙的场所。

上杉织田两大家族之间频频交战。虽然佐佐是非常勇敢的猛将，但与上杉谦信以来具有武勇传统的上杉将士难以一对一对抗。每次交战，织田信长的北陆方面军司令官柴田胜家就不用说了，骁将前田利家与佐久间信政等各将领也常来越中反复与上杉将士交战，无论哪次交战，前田利家都立下了战功。

天正十年春天，织田信长派出军队对甲州武田军队实施最后打击力图灭其家族，在天目山迫使武田胜赖自杀，如愿以偿了。可是越中那里的武田军队凭借天险积极防御，导致织田军队陷入苦战，还流传着织田信长父子战死的谣言。

被织田军队压服的一向宗教徒们喜出望外：

"好啊，敌人被诅咒了呀！我们要抓住这一机会赶走右大臣官府派来的官僚再建家族。"

不多久，小豪族们迅速集合了信徒和旧领民攻打富山城，把城主神保氏春赶到主城，暴动军队还占领了两三座卫星城。

得知这一紧急事态的守卫山城的佐佐内藏成助立刻出兵，赶到富山城。由于机动部队迅速出动，暴动军队尚未聚集许多人马。佐佐不费吹灰之力将敌军击败，成功救出了神保。可听到越中这一传言，上杉景胜亲自率领大军赶来了。

上杉景胜把主阵地设立在鱼津城东北方五六公里的天神山，增添了鱼津城与松仓城的气势，使之威风凛凛。织田军队像往常一样，由柴田胜家等率领军队赶来救援，形成双方对垒态势。

其间，上杉景胜不仅得知织田信长父子战死的传言是谣言，还从关东传来下列情报：被织田信长任命担任关东军司令官居住在上州厩桥（前桥）的滝川一益，已经从关东越过三国岭伺机攻打越后；当上信州川中岛领主的森三左卫门，沿着北国街道大兵压境准备攻打春日山。

主领地危险，上杉景胜赶紧带领大军撤回固守主领地，松仓、鱼津两城心惊胆战，松仓守城军队逃至鱼津城。

"幸运啊！"没多久，织田军队蜂拥而至鱼津城。佐佐内藏成助骑马来到正门前大声嚷嚷：

"喂，喂，城里的弟兄们，知道上杉景胜阁下心急火燎地返回大本营是为什么吗？他的老巢危在旦夕，你们与其固守这样的卫星城战斗到底，倒不如出城回自己领地。在这座城里卖命，是作为武士的你们的夙愿吗？我发誓保你们性命无忧，希望迅速打开城门。"

不用说，守军没有立即听从，但由于城外反复强调，于是守城军队心动了，说：

"要让我们按照你们说的做，那你们先把人质送来。"

于是织田军队立即送去两名人质，一个是佐佐木一族成员，一个是柴田一族成员。

守城军队打开主城，来到城外的第二城。可是城外的织田军队以为这是机会，率领火枪队与弓弩队占领了主城，佐佐木接着举起令旗挥舞，火枪队与弓弩队齐刷刷地把弓弩与枪伸向射孔，朝着第二卫星城的守城军队猛射，伺机等候在城外的将士大声呐喊发起冲锋。守军遭到内外夹击，捶胸顿足：

"上当受骗了！"

他们刺死了两个人质后浴血奋战，最后有的自杀有的被杀。

这太残酷了。这种不讲信义的事，丰臣秀吉没有做过。这一点，柴田胜家与佐佐内藏成助劣于丰臣秀吉。无论什么战国乱离之世，用这种欺骗手段都得不到人心，也就成不了大业。事实上，如此不信不义从这时开始，埋下了后来他俩遭难的伏笔。

这策略多半是柴田胜家与佐佐内藏成助两人决定的。前田利家的做法，从后来的进程分析，可能与上述事件无关。

这是六月二日发生的事。这天拂晓，织田信长在本能寺自杀，然而还不知道这一突发事态的柴田胜家与佐佐内藏成助已经验完敌军首级，为报告战绩而填写好了首级登记簿，正要派人送往安土时接到了本能寺事变的讣报。

各位将领目瞪口呆，商量后一致认为关键是尽快赶回京都复仇。报复明智光秀不信不义之举止的行动很快兑现了。

正因为明智光秀刚围杀织田信长稍后不久，上杉景胜无法像丰臣秀吉在与毛利家和睦后闪电般从高松城挥师歼灭明智光秀那样，对于背信弃义恨之入骨的柴田胜家与佐佐内藏成助而穷追猛打。

佐佐内藏成助以及直属诸将为阻挡追兵而停留在原地，仅胜家返回京都。胜家离开越中在北之庄做好了出发准备，行军到近江与越前的交界处柳之濑时却接到了丰臣秀吉在山崎之战消灭了明智光秀的报告。上面说，这是六月十六日发生的事。晚于山崎之战仅三天。不难想象胜家内心的遗憾。这三天是对于胜家以及佐佐木二人不仁不义的报复。

前田利家在柴田出发前后回到了能登七尾，织田信长的死亡讣告让能登发生动乱。旧豪族的温井和三宅等人迅速起义，与石动山的众信徒密谋，将山寨与荒尾山连起来，四千多人聚集在一起表示反抗。这对于前田利家来说是有生以来最大的灾难。他干净利索地平息了暴动。这时，他四十五岁，在当时已是老人，亲自站在前沿阵地上挥枪奋战，非常英勇。可见利家是身体力行的将领。他平定了暴动后又镇压石动山的僧侣信徒，消灭他们后将砍下的一千颗首级摆放在石动山门的左右侧。

他决不是如此残酷的人，也许当时是不得已而为之吧。

三

发生贱之岳之战，是第二年的四月。前田利家作为柴田军队的组成部分出阵。他是既与柴田胜家友好，也与丰臣秀吉和睦，处在非常痛苦的中间立场。但这数年他成了柴田胜家的左臂右膀，加之自己领地又在北国，难以拒绝胜家的邀请。

《角川太阁记》称，战争开始的前天晚上，丰臣秀吉让当地人担任向导，派使者带信送到利家阵地。那封信上说：

"明天交战，希望你站在柴田胜家的对立面，但按阁下的性格，多半不会这么做。既然这样，我想请你明天保持中立。你只要中立，我在这里致谢。"

前田利家是这样回答的：

"背叛，我是不会的，我可以像阁下吩咐的那样不介入双方交战。"

也许有了这样的约定，或许为了顾及和丰臣秀吉的友情，那次交战时，前田利家真的基本上没有参加。

由于全军溃败，前田利家率领自己的军队回到府中，柴田胜家也随即回来。我是综合《莆庵太阁记》与《亚相公御夜话》撰写这一情况的。

柴田胜家率领八名骑士与步兵，手持断柄枪来到府中城边。前田利家的家臣村井又兵卫产生了某种想法，于是与前田利家交头结耳：

"柴田胜家阁下来到我们身边，手上兵力不足，如果趁这机会取下他的脑袋，就可向丰臣秀吉表示忠心。"

前田利家怒斥：

"岂有此理，你不知道武士的基本行为准则吗？"

而后出城与柴田胜家会面。

柴田胜家说：

"又败给左大臣丰臣秀吉，耻辱啊！"

前田利家劝道：

"交战惯例，不容选择。我固守本地备战，阁下应该赶紧回北之庄聚集人马再决雌雄。"

柴田胜家对于前田利家一直以来的友情致谢，要求说：

"请给我泡饭吃。"

他平静地吃完后说：

"还有一个要求，马累了，请挑一匹马赐我。"

柴田胜家骑上要来的马走了，行走了数步后喊前田利家到跟前说：

"我知道阁下早就与丰臣秀吉是至交，因此今后请扔掉与我之间的情谊，谋求家族安泰。"

前田利家无意与丰臣秀吉交战，可是对于战国时代的武士恶习，他必须小心提防，遂命令长子前田礼长在城墙上配备火枪，小心翼翼地等待来敌。

丰臣秀吉于柴田胜家到访前田利家的第二天到达前田府，可是守军向其率领的军队发射火枪。丰臣秀吉见状说道：

"别射击，全部人马稍稍后退。"

他不仅命令属下军队后退三百多米，还不让摆出战斗队形：

"都休息，坐下，坐下。"

他手攥马鞭先走了十多米，连马夫也没有带上，只身一骑靠近城边，从腰里抽出令旗朝城里挥舞着大喊：

"你们也认识我吧，我是筑前太守丰臣秀吉，别放枪！"

他一边呼叫一边让守军停止射击，然后骑到门前。

《川角太阁记》称，由于丰臣秀吉方主动射击，城里守军也被动射击。不久，丰臣秀吉让堀久太郎作为中间人派到城里开始和谈，谈判差不多的时候，丰臣秀吉亲自骑马入城签订和议。

《亚相公御夜话》说，柴田胜家到来的第二天，丰臣秀吉便着侍童来到城的正门口大声呼叫：

"左官，左官，丰臣秀吉来这里了，要求当面说说。"

于是前田利家露面了，说：

"无脸见您，马上自尽。"

"不，不，我来没有这个意思。你与我是多年至交，你要那么考虑就见外了。武士惯例，有时成为敌人，有时成为自己人，那是身不由己。可是，我也没有恨过你，我也根本没有恨你的地方。消灭柴田胜家是为了天下太平。我希望你担任我的天下政治咨询专家，现在拜托你带我去北之庄。"

丰臣秀吉态度非常坦诚，前田利家也十分感激，决定和好。

《贱之岳之战记》称，不管怎么说，双方从一开始就没有火药味，所以交谈极其顺利，很快达成一致。

《川角太阁记》称，丰臣秀吉这时拜托前田利家之妻御松即后来的芳春院说：

"如果有冷饭给我盛点。"

他吃完冷饭说道：

"前田利长守着母亲留在这城里，左将军前田利家是战争高手和功勋卓著者，因此请他跟我一起上路。由于军务繁忙，趁这空闲休息休息，难得回到兵营，请允许我在那里逗留四到五天。"

正要离去的时候，御松对前田利长说：

"你也跟着去！这一带也没有敌人，我也不需要带路。"

据说御松也吩咐前田利长跟着丰臣秀吉去了。

无疑，御松是贤惠夫人，多半觉得自己要站在不让丰臣秀吉抱有丝毫疑心的立场，并且也多半觉得丰臣秀吉已经打败了柴田胜家，坐镇天下已经是明摆着的，受到丰臣秀吉充分信赖是家族安泰的保证。

柴田胜家在被大火包围的北之庄城天守阁上，与妻子御市一起自杀。这是四月二十日下午四时发生的。就在这座城被攻占之际，御市带来的前夫孩子、即浅井长政的三个女儿被带出城外保住了命，其中的长女就是后来的淀殿。

柴田胜家灭亡，北陆地带织田信长的遗留领地都成了丰臣秀吉的领地。丰臣秀吉将加贺的石川与河北两郡都赐予利家。前田利家以尾山城作为居城。

尾山，从本来的意思说应该写作御山，一向宗信徒消灭了领主富樫政亲，这里就是一向宗寺的发祥地，作为居城治理周围地域。把持这片领地的一向宗信徒被织田军队踏平后，这座寺城也被佐久间玄蕃攻占，以后便成了佐久间的居城。可是，佐久间玄蕃在贱之岳被丰臣秀吉捕获带到京都斩首。之后，前田利家成了那里的城主。这尾山就是后来的金泽。

这时候前田利家四十六岁。

分析贱之岳之战之际的利家，我们首先感觉到的是前田利家受到了来自柴田胜家以及来自丰臣秀吉的好感，受到他们的感谢。我视作这是他耿直、诚实性格带来的收获。由于他平时一贯耿直和诚实，丝毫没有轻薄和贪得无厌的地方。因此我认为，丰臣秀吉与柴田胜家都谅解了他。

四

佐佐内藏成助讨厌丰臣秀吉，他是柴田胜家家族里最有实力的成员。可是在贱之岳之战中也没能离开越中。那是因为担心背后上杉景胜的动向。由于《景胜年谱》里出现了丰臣秀吉与上杉景胜握手言和并要求如果柴田胜家出兵就请其出兵扰乱柴田胜家后方的信函，因此佐佐内藏成助没能出兵的第一理由无疑是这原因。但即便没有丰臣秀吉的托付，一旦越中兵力空虚，上杉景胜肯定偷袭越中。上杉景胜对于佐佐内藏成助与柴田胜家不信不义举止的憎恨理应刻骨铭心。

总之，佐佐内藏成助驻守越中，自喻武勇盖世无双。渴望出人头地的他，不能加入可谓千载难逢的紧要关头之战，无疑遗憾之至。如果他加入到这战争里，也就不知道谁胜谁败谁成为幸运儿了。鉴于他没有参加贱之岳战，丰臣秀吉接受其降服，保证该领地继续由他治理。

虽然佐佐木通过向丰臣秀吉称臣而保住了自己领地，但遗憾心理渗透到了骨髓。他本来就讨厌丰臣秀吉，作为尾州春日井郡平之城主的儿子（春日井郡没有叫作平之的土地，有叫比良的土地，可能是这吧）来到这世上。这是《甫庵太阁记》里的记载，因此与原本连姓也没有的草名之子丰臣秀吉有悬殊之差。据说从少年时代开始侍奉织田信长，年龄比丰臣秀吉小二三岁。所以在丰臣秀吉作为草鞋侍童侍奉织田信长之际，他肯定已经作为年轻将校威风凛凛不可一世。由于他本质上心地不善良，欺负丰臣秀吉无疑有过之而无不及。偏偏那个丰臣秀吉开始一点点崭露头角，不久又超越了自己。他刚意识到，转眼间与丰臣秀吉之间的距离拉得越来越大。在丰臣秀吉当上中部地区方面军司令官时，他只是北陆方面军司令官柴田胜家手下旅长级别的军官。

"这猴头！他善于拍马，运气又好，所以出人头地了。"

也许是憎恶与嫉妒令他智昏。

贱之岳之战后，两人间差距拉得更大，仿佛天地之差。与拉大距离在朝着统治天下之路阔步行走的丰臣秀吉相反，则处在节衣缩食、死乞白赖才勉强保住自己领地的境遇。

正因为心地不善，加之脾性固执，极不愿意顺应潮流甘于现状。"走着瞧！"他心里的憎恨与嫉妒越来越深。

贼之岳之战的第二年春天，织田信雄以讨伐丰臣秀吉不像臣子的名义团结德川家康举兵。不用说，他也派出使者与佐佐联系。

佐佐手舞足蹈，兴高采烈，肯定这样思考过：

"三介（织田信雄）是一个与右府（织田信长）迥然不同的傻瓜蛋，但有德川阁下的加盟，那就完全可以与丰臣秀吉较量。"

"我很高兴结盟。"

答道，将使者送回。

丰臣秀吉与织田信雄、德川家康联军之间拉开战争序幕是三月中旬，战场在尾张与北伊势。先有若干前哨战，而后发展到所谓的小牧长久手之战。通过这场全局战争，武力交战得分在联军方面。信雄军队数量不怎么样，但德川军队屡屡先发制人压着丰臣秀吉军队打。就长久手奇袭之战来说，德川军队快速痛击秀吉军队。丰臣秀吉感到后悔，为了恢复名誉不断挑战，可德川家康固守不与之交战。

战线陷入胶着状态，尽是在各地持续小摩擦消磨着时光。佐佐内藏成助在越中起义是九月。虽然非常迟缓，但上杉景胜在其东侧，利家在其西侧，处境尴尬，难以起义。他只能一边准备一边等待时机。

《亚相公御夜话》称，在常常出现在前田利家跟前的京都油商人中间有叫小金的人。佐佐内藏成助命令同族家臣佐佐平左卫门，让他去小金那里交谈。佐佐木平左卫门说：

"家主佐佐内藏成助的孩子尽是女儿，没有男孩。我领地与前田利家领地接壤，希望长期友好，想让前田利家公子前田利长阁下做女婿，不久想认他为养子担任接班人。这可以吗？"

前田利家与佐佐内藏成助原本就关系不佳。前田利家到老年后说，年轻时因杀了盗贼十阿弥而与佐佐内藏成助结下了梁子。这话记载在《夜话》里。而小金觉得这是为熟悉的老主顾出力，还觉得这事如成既能得到佐佐内藏成助的庇护，同时也能为自己谋利，立刻应允下来。他把这话告诉了前田利家的老臣村井丰后（也称又兵卫），村井丰后向前田利家转达，前田利家同意了——是耿直正直的前田利家相信了这番话吧，而不是某些书上说的将计就计那样的说法。

村井丰后向小金传达了这一决定，小金通知了平左卫门。

勿容置疑，佐佐内藏成助的这一姻亲战术是让前田利家放松警惕赢取时间的权宜之计。

"这傻瓜上我的当了。"

佐佐内藏成助心中窃喜，派平左卫门带上多得数不清的贡品去了加贺。前田利家与其面对面交谈后正式确定了这门亲事。"受到公子能乐剧款待，还赠送给平左卫门刀、短刀与马匹等，然后回去了。"书上如是记载。

很快，前田利家派使者去富山询问：

"为了答谢，我想派村井丰后去贵处拜访，何时拜访好呢？"

佐佐木那方答道：

"七八月是婚礼月，那就九月天气转凉后欢迎光临，如何呀？答谢仪式由我方选择日期后通知你们。"

前田利家这方接受了。

八月中旬，佐佐内藏成助使唤的茶和尚叫容权的人来到加贺玩。这人与老臣村井丰后的家丁小林弥六左卫门是知心朋友，村井丰后喊来容权茶和尚见面，茶和尚说：

"我觉得佐佐内藏成助家主多半是在谋反，夜晚把各家臣召集到碉堡好像在商量什么。"

他照实口述看到的现象。按理不会这么说家主，多半是村井丰后不经意地问：

"佐佐内藏成助家主最近怎样生活？"

"是呀，早晨忙忙碌碌，中午忙忙碌碌，晚上忙忙碌碌，每天夜晚把各家臣召集到南碉堡商谈到半夜三更，大多是议论武功。"

这样的回答让村井丰后顿感焦急。

村井丰后迅速把这情况报告了前田利家，前田惊讶不已：

"啊呀呀呀，天助我也！"

高兴地赏给茶和尚两枚金子，这时茶和尚说：

"如果不久越中将派许多人出来，那我在一两天前通知阁下。"

说完回到越中。

"前田利家阁下，您对这情报怎么想的？如果这情报得到证实，那就是说我们过去判断有误。既然这样，我们应该提防。"

前田利家听了这话还是半信半疑：

"虽然真假可疑，但如果是事实而我们不防备而粗心大意，那将来贻笑天下。"

为防万一，前田利家在金泽东北侧十二公里的加与越边界附近的朝日山上建造城寨，命令村井丰后为大将固守。这一带位于医王山与俱利伽罗山之间的中间地带，山势低，有数条连着加越之间的路。前田利家命令弟弟秀继父子坚守朝日山的西北侧八公里的津幡，让他们守备。进而还在其东北的鸟越建造城寨，派许多将士固守。在能登方面也没有懈怠守备，派奥村助右卫门永福乃其以下大富豪十人左右派到羽咋郡的森城驻守。末森城位于金泽北侧三十二公里的能登西海岸。

佐佐内藏成助于八月二十八日派出许多将士攻打朝日山上的城寨。凑巧这时，前田利家的御林军阿波加五郎右卫门与江见藤十郎来朝日山进行阵地巡查。村井丰后接到整队整队的敌军正向利家阵地涌来的报告，委托他俩去报告前田利家，但他们斩钉截铁：

"知道敌军涌来后，作为武士不可能离去，你就安排别人送信报告吧！"

二人不愿意离开。

"派送信人怎样？你俩也请回去。"

可他俩听不进去。村井丰后又生一计：

"途中有可能会出现暴动，务请赶快回去报告。"

村井丰后说道，暗示路上万一出现暴动可能回不去。这两人一听火了，终于答应了：

"我们不怕，必须赶紧回去报告前田利家阁下。"

这是当时武士的有趣之处。

村井丰后在他俩骑马时说道：

"请告诉家主阁下，如果听说我又兵卫战死，那我的尸体就必定在城寨外面。"

这意思是说，他若死一定是在城外战死。

他俩流泪告别。

听完他俩的报告，前田利家说：

"又兵卫即便不告诉我，我也不用担心。"

他尽管这么说，还是亲自前往救援。

但是片刻后下起了大雨，越中军队撤退了。

从这时开始虽不停地发生小规模激烈的战斗，十多天后即九月十一日，佐佐内藏成助率领一万五千人马出其不意地向末森城杀来。

佐佐内藏成助一方面率领佐佐平左卫门以下三十名部将以及八千多人马展开攻击，另一方面命令神保氏春的儿子清十郎为大将率领四千人马在加贺来的路上河尻的土地上快速建造城寨，让他们在那里做好准备等待，自己则在距离末森二里左右边上的壶井山上设主阵地督战。这是猛将佐佐做好充分准备展开的攻击，非常激烈壮观。可奥村积极防御，丝毫不屈服。

《甫庵太阁记》记载了奥村之妻的佳话，如下：

奥村之妻平生一贯老实巴交，对于盔甲之类的东西莫名害怕，几乎被嘲笑为青柳丝的纤弱女子，可是她当时却带着两三个勇敢坚强的夫人，提着长柄宽刃大刀昼夜在城内巡逻，时而赞扬士兵们的敬业，时而批评士兵们的懒散。她熬粥，烫酒，亲自端给士兵们喝。

"很快，金泽后面将有敌军围上来，再坚持一下。"

她鼓舞士兵们。

紧急报告到达金泽是那天中午刚过时分。前田利家除了让兄长前田利久（这时回到弟弟跟前，受到过弟弟前田利家照顾）留守金泽外，还留下许多人马，自己则已经在做出发准备。当时长子前田利长居住在松任，因此派出使者前往传信：

"我去支援末森，你也快快出发。"

又对等候在能登各地的武士们发出公告：

"除前田五郎兵卫留守七尾外，其他全部去末森参战。"

正在进行各种布置的过程中，时间到了下午三点。前田利家身边的卫士人数也少，不停地东奔西走，一到达距离金泽十六公里的津幡，居住于城边的津幡守将舍弟右近秀继出城迎接：

"阁下应该先进城，等到稍聚拢点人马后出城。"

在城里等待的过程中，前田利长也赶到了。

前田利家父子召集重臣们商议。当时是这么说的：

"我与佐佐内藏成助从年轻时开始就频频在相同战场上大显身手，可一次都没有超过我。这家伙意气用事，对于弱敌可以发挥出超常的力量，可对于我则束手无策，尤其是我这半夜带领援兵赶到的。尽管我们人数少，但能出其不意制胜，这是我意料中的事。"

见前田利家这么说，大家的心像拂晓那样豁然开朗起来。这是《末森记》里的记述。

一个名叫寺西次兵卫的人与右近秀继等人商量说：

"末森城也许已经被敌军攻占？！如果神保率领四千人马在途中的河尻那里伏击我们，那我们很难前往支援。既然这样，我认为应该舍弃末森城，坚守这座城市，赶快报告丰臣秀吉阁下，等待丰臣援军是万全之策。"

前田利家脸色骤变，大怒：

"你这胆怯建议将削弱士气，这不是重臣应该说的话。人活一辈子，名字将传到末代。把奥村等将士扔在那里见死不救，让敌军践踏我们领地将贻笑天下。就是当上这样的天下领袖又有何意。纵然佐佐内藏成助军队数万，我仅手下这些人也能稳操胜券！"

一旦决定出发，前田利家快速吃完泡饭。这当儿右近荐言：

"有一个算命高手修行者，喊他来算一下如何？"

"好呀，喊来！"

是位年龄约五十岁的僧侣。

"算命高手是你吗？"

"是的。"

僧侣一边说一边从怀里取出一本书。

"我将披卦上阵，你准确地算一下。"

前田利家大声说道。

于是，僧侣把刚才一度拿出的书塞到怀里。

"时间也好，运气也好，都不错。"

僧侣说道。

"哈哈，真是个高手啊！如果获得大胜一定重奖。"

说完站起身来。这话记述在《末森记》与《夜话》里。

前田利家击溃了神保清十郎在河尻摆出的坚固防线，径直去了末森。村井丰后骑马来到利家跟前进言：

"佐佐内藏成助把主阵地设立在壶井山，一定是大意了，还是直扑他的御林军决一胜负。"

前田利家拒绝了。

"这也是一计，但佐佐内藏成助肯定观察到了立脚点有利地形才建立阵地的。从后面包围末森实施里应外合使敌方着急是安全前提下的胜利之路。"

这时又兵卫痛苦地晃动身体怒气冲冲地说：

"阁下的计策只是安全而已，如果采用鄙人计策，也许可以拿下敌军大将的首级。"

前田利家发火了，叱责道：

"这次交战按照我下达的命令打！"

虽说是激战，但前田击败了佐佐内藏成助军队，成功地割开了包围网。这时，末森城的第二卫星城被敌军攻占，敌军退守到了主城。

佐佐内藏成助听到战败的报告，率领御林军蜂拥而至。前田利家重新摆开架势迎战。两军对峙还没有拉开战场序幕的时候，长九郎左卫门率领千骑从能登赶到，佐佐内藏成助不敢大意，前田利家也没有强行开战。结果双方没有交战，佐佐内藏成助退回到自己领地。《末森记》称，根据佐佐内藏成助命令，将士们轻轻松松地离去退回守备。许多人夸奖佐佐内藏成助不愧是大将，称他撤退时阵脚不乱。

这是《末森城》的后卷，成了日本战史上的有名话题，也成了前田利家本人引以为自豪的资本。

后来虽有小的激烈争夺，但佐佐内藏成助也害怕利家攻打自己，而前田利家也不踏上越中土地攻打。丰臣秀吉本人也要求别主动出击，他心里在反复思考不战而打开局面的方针。

丰臣秀吉清楚，不宜用武力与德川家康较量。

"与德川家康为敌倒不如结盟。战局一旦复杂恶化，也不至于使自己遭到致命伤。"

深思熟虑后，他先笼络织田信雄，反反复复地好言相劝。织田信雄本人是这次争斗的发起人，偏也不与德川家康商量而是擅自与丰臣秀吉和睦了。

德川家康觉得没面子，但若无其事，凑巧这时接到来自织田信雄与丰臣秀吉和睦的通知便说：

"瞎折腾。"

他虽苦笑，但也派出祝贺使节。

"为了天下太平我非常高兴。"

于是也派人去丰臣秀吉那里祝贺。不知道德川家康葫芦里卖的是什么药。

丰臣秀吉继续努力，主动拉德川家康结盟，把织田信雄作为中间人，将德川家康的次子收为养子。

佐佐内藏成助一直在越中固守，根本不知道外面形势变化，却推断为自己与前田利家可能是处在胶着状态。决心改变这种状态，为此采取了孤注一掷的方法，计划横穿北阿尔卑斯山到信州，从那里南下到达浜松。这条是畅通但危险之路。这条险道沿着越中常愿寺川的山峡往上攀登，穿越立山连峰与鹫岳净土之间鞍状盘岭，经过针之木谷，翻越针之木岳与莲花寺之间的针之木岭，再通过雪溪来到信州仁科（现在的大町）。他选拔百名勇士执行自己的命令，从富山出发是十一月二十三日。当时正值严寒之际，群山被雪封住，行军的艰苦程度无言以表。但是，憎恶与野心会使男人发狂而不顾一切。

十二月四日佐佐内藏成助到达浜松，可形势却朝着出乎他意料的方向变化。他好说歹说，说与丰臣秀吉和睦必将成为将来的祸根，建议继续交战，可是德川家康决定长期忍耐。

"我原本与丰臣秀吉也无什么恩怨，是应织田信雄阁下的邀请才做好舍命陪君子的准备结盟，可是现在这织田信雄已经跟丰臣秀吉和好，也没说继续交战。当然，你下决心打，我非常乐意加盟。"

佐佐内藏成助斗志昂扬：

"德川阁下以三河、远州、骏河、甲州、信州五个地方为领地，具有成倍于曾经的武田信玄威势。我以越中为领地，与当年的上杉谦信相似。过去如果武田信玄与上杉谦信拧成一股绳，按理说是天下无敌手。现在阁下与我结盟则势力倍增将横行于天下无敌于天下。"

说完他去了清州，说服织田信雄，可是织田信雄已经再也不想参于战争了，说话不得要领，故意岔开他的话题。

佐佐内藏成助大失所望，经浜松快速回到越中。据说他出发时随从五百人，一路平安无事，回到越中的人仅剩十多个。

世道瞬间全变样，

不知银白雪花降。

这是佐佐内藏成助当时清楚自己眼下在这世上的沉沦处境而吟诵的诗歌。

但是，他无法打开当前的局面。这种时候的归顺申请，通常拜托邻近的领主调停。可他既出卖了上杉景胜也出卖了前田利家，即便拜托他们也不会信。丰臣秀吉也不会宽恕。贱之岳之战后，丰臣秀吉听了佐佐内藏成助也算不上道歉的辩解也没说什么就颁发了让他继续掌管原领地的授权书。可佐佐木觉得自己背叛过丰臣秀吉，再怎么辩解丰臣秀吉也不会细听，只能持续无望的反抗而已。

岁月更新，冰雪消融，丰臣秀吉开始做攻打佐佐木的准备，八月亲率大军兵至越中。佐佐内藏成助打算背水一战，在领地内部建造了五十八个要塞，迎接来犯的丰臣秀吉大军。但他看到丰臣秀吉大军的到来心里发怵，希望织田信雄调停，而且以削发、身穿僧衣的可怜模样求得宽恕。丰臣秀吉批准了他的要求，赐予新川一郡与聊天官一职。所谓聊天官，就是指陪同丰臣秀吉说说话。在聊天官中间，有曾经是武艺超群的武士，有曾经的学者，有曾经的歌手，有曾经的僧侣利新左卫门那样的滑稽清口名人。总之，是陪同丰臣秀吉打发休闲光阴。

佐佐内藏成助归顺后为表示答谢带了约十个家臣前往丰臣秀吉阵营，途中经过前田利家阵营时，前田利家对家臣们说：

"一起笑，一起笑！"

于是，大家哄堂大笑。

《夜话》说，佐佐内藏成助羞愧得无地自容。

如此言行举止，在人心受到过百般锤炼、经历过艰难困苦的后代中间，只能留下思想境界不佳的口碑，有损前田利家德高望重的印象。但在那人心膨胀、必须那么做才能生存的时代，那般言行举止司空见惯。

越中就这样平定了。丰臣秀吉除去已经赐给佐佐内藏成助的新川一郡，其余三郡全赐给了前田利家。

"越中是又左卫门前田利家用武力得到的战利品，多半不会觉得是恩赐。既然那样，我索性把名字与官赐予他。"

丰臣秀吉赐前田利家使用羽柴筑前姓氏。这是《亚相公夜话》里的记述，是丰臣秀吉收买人心的技巧。《藩翰谱》称，这是丰臣秀吉首次把羽柴姓赐予下面的领主，而前田利家是首个使用丰臣秀吉原姓羽柴的领主。

前田利家成加贺、能登、越中三大领地的太守，就是从这时候开始的。

五

丰臣秀吉将德川家康招致麾下，是天正十四年十月。其实，丰臣秀吉应该就此止步，可是他后来做了一件蠢事，频频催他上京，但是德川家康没有首肯。于是，丰臣秀吉又让已经嫁给别人的妹妹离婚再嫁给德川家康，把德川家康当作妹婿。据说，丰臣秀吉的妹妹这时已经四十好几。相伴数十年的夫妻关系，被强行拆散。无疑，在皱皱巴巴脸上化妆的半老新娘，还要步入不得不再嫁的境地，不用说是极其悲伤的。

尽管如此，德川家康还是没有去京都的打算。于是丰臣秀吉又把母亲大政所借看望女儿名义送到了德川府，其实是把母亲作为人质押在德川府。

直到这时，德川家康才终于不得已起身去了京都。

丰臣秀吉于这天夜晚只带上几个随从拜访了德川家康下榻的旅馆，拉着他的手说：

"阁下进京使丰臣秀吉我真正统一天下，实在是受宠若惊。"

丰臣秀吉高兴地说了许多话，还拿出带来的饭菜，亲自尝后确定无毒再劝酒劝菜，还把嘴凑到德川家康的耳边窃窃私语：

"我今天登上最高官位，手握天下兵马大权，天下过半豪杰归属于我旗下。可是正如阁下知道的那样，我出身低微，而领主们多数都是昔日同僚朋友，没有从内心里视我这低微出身的人为君主。为此我希望阁下进京。打算与阁下正式面对面交流时让各位领主列席，我借机款待阁下与各位领主，盼望阁下赐予恭敬行礼。如此一来，各位领主就会觉得连德川家康阁下也那么尊敬鄙人，肯定会从内心改变迄今对鄙人我的误解。务请接受我的请求。"

既然已经进京，德川家康决定不再作毫无意义的拒绝，意识到从思想上彻底归顺丰臣秀吉才是上上策。

"明白了，我已经对你妹妹说了，既然已经进京，我会不遗余力地全力辅佐阁下。"

德川家康爽朗答道。他以欢聚一堂的形式与德川家康面对面坐在一起，丰臣秀吉正如事先商量好的那样盛情款待出席人员，于是各领主犹如丰臣秀吉预料的那样顷刻间都反省归顺。这情节记载在《修订版三河后风土记》里。由于这是褒奖德川家康的书籍。说到褒奖德川家康的书，虽是过去编辑出版，但从内容来看，即便没达到偏袒程度，我也还是要不得不说这是近似于祖护德川家康的书。

总之，丰臣秀吉这以后的活动变得顺利起来。这是不争的事实。

只要德川家康不以臣之形式归顺，丰臣秀吉受到的德川家康东方威胁就不会消失。只要来自德川家康的东方威胁不消失，自己亲率大军踏平九州的大业就难以实现。只要九州不屈服，也就不可能非常顺利地治理德川家康盘踞的东方。可以这么说，丰臣秀吉平定天下大业的步骤是伴随着德川家康的俯首称臣展开的。

德川家康是如此人物，在丰臣秀吉看来，确实让自己难以与其亲近。在这种场合，前田利家的存在砝码在丰臣秀吉的天平上变得重要起来。为了牵制德川家康，丰臣秀吉开始重用前田利家。每次晋升德川家康的官位时，丰臣秀吉也要晋升利家的官位。这不仅为了让天下人重视前田利家，也是为了防止人心集中到德川家康那里。即便这样，前田利家还是不能与德川家康同步获得晋升，常常差一个级别。德川家康晋升为大纳言官，前田利家则晋升为中纳言官，德川家康晋升为内大臣，前田利家则处在晋升为大纳言官的状态。这是因为牵制得过于明显而难以服众，相反还会出现负面效果。不用说，丰臣秀吉重用前田利家，当然给天下人留下的是丰臣秀吉还是那个昔日不忘友情的丰臣秀吉，从而给人一种温和的印象。但仅把这些视为原因，如果从客观上分析，则不能认可这是丰臣秀吉作为政治家应该实施的策略。

丰臣秀吉利用前田利家牵制德川家康的意图似乎从某种程度实现了。有如下传言：

一天，在氛围和谐的领主们聚集的恳亲会上，有人提出了丰臣秀吉阁下百年后由谁接班的议题。人们各自发表了自己的想法，但不知谁说了一句，有可能是德川家康。这时蒲生氏乡说：

"那斋蔷鬼怎么可能夺得天下？是那，那，那个老家伙啊！"

他手指着前田利家。

像蒲生氏乡那样的重量级人物如是说，便可得知当时人们是非常看好前田利家。前田利家本人步入老年后开始变得沉着冷静，宽容大度，在人格上也变得非常上品。

这是《伊达政宗传》里的详细叙述。

政宗与氏乡关系十分恶化，前田利家根据丰臣秀吉的命令劝说他俩关系和好如初。政宗仔细思考，带上寸剑红鞘短刀出席了那次会谈。前田利家上下打量那把刀：

"伊达阁下这架势出席有必要吗？"

政宗也有一套，说：

"我是年轻人。"

前田利家用词柔和但不失辛辣。这一说法，如果不是炉火纯青是脱口说不出来的。

由此，领主们也分成两大派系，有的去德川家康跟前，有的去前田利家跟前。当然也有脚踩两头船的人，无疑这样的人最多。

朝鲜战役时，在肥前名护屋大本营，前田利家与德川家康之间发生了激烈争吵。这一带德川家阵地的哨所旁边有清泉涌出，许多家族的士兵都在这里打水，语气粗野的士兵之间发生磨擦，开始口角争执，于是，德川家派人在这里看守，没有得到德川家许可的人不准打水。有一次前田家的两三个步兵来这里擅自打水，德川家看守的士兵们制止，于是发生了口角，两家的家丁蜂拥而至，最后变成两三千人犹如打仗那样的大规模喧闹。各领主又开始跟从各自首领形成同盟，导致争执不断扩大。蒲生氏乡、浅野幸长、毛利河内是利家派，在各自阵营里配备许多武士以备事变，一旦出事便可迅速赶到前田利家跟前保卫。伊达政宗平时就与前田利家关系亲密，经常去前田利家跟前，说如果出现突变一定发挥作用。对此，前田利家也一直信赖他。但是这天前田利家派人去其阵营观察他的手下，发现伊达家许多士兵把火枪口朝着前田利家阵营，大吃一惊，赶忙回来报告，前田利家怒斥：

"伊达这家伙与年轻人不一样，口是心非。"

虽然政宗厚颜无耻唯利是图的劣品是人们常提起的话题，但是前田利家对抗德川家康而得人心也是永远流传的故事。

丰臣秀吉经常依次晋升德川家康与前田利家的官位，一开始对于德川家康来说虽然是晋升官位加封待遇，但也考虑到只晋升德川家康的官位则有可能使其欲望无限膨胀，从而也晋升利家官位。然而，晚年的丰臣秀吉有了儿子丰臣秀赖以后，开始觉得必须加大力度致力于丰臣秀赖的将来。

关于这方面，前田利家是可以信赖的人物，他笃实讲义气，绝对不会做坏事，拥有世人对他的信赖，而且拥有实力。

诚然，丰臣秀吉如果把丰臣秀赖托付给前田利家，无疑应该是非常放心的。但是，丰臣秀吉觉得不能无视德川家康。丰臣秀吉设立五大老臣制度，不容置疑是为了抗衡德川家康的势力。光靠前田利家一人难以抗德川家康，于是思考除他俩以外还设立了三大老臣，让他们成为前田利家的臂膀以对抗德川家康，封杀其野心。上杉景胜与毛利辉元都是笃实敦厚的人，宇喜多秀家不仅正直，而且孩提时就成了丰臣秀吉的义子，在受宠的环境下长大成人。五大老之一、病死的小早川景隆也被誉为谋士，是对上司没有二心的人。因此，只能认为是丰臣秀吉集中笃实派让他们与前田利家共同抗衡德川家康的谋略，不是只根据他们身价挑选的。

丰臣秀吉死后，德川家康开始独断专行，其间有石田三成谋划的对抗，以致德川家康与前田利家之间的不和发展到眼看就要发动大战的程度。细川忠兴与加藤清正等穿梭周旋进行调停。这情节让给《石田三成传》详细叙述。但我想在这里指出的是，在这起争执过程中，三大老与五大地方官硬推前田利家与德川家康抗衡。不用说，四大老中的前田利家是最老资格的大老，也是实力最强者。我想这就是丰臣秀吉的真实意图。

前田利家死于庆长四年闰三月三日，死前口授遗言让御松执笔，其中一段如下：

"次子前田利政回金泽，留在那里。兄弟二人的属下将士合起来大约一万六千，要轮流将八千人驻扎在大坂，要让在金泽的八千人服从前田利知的命令！如果京城发生动乱出现反叛丰臣秀赖阁下的家伙，前田利政要率领领地里的八千将士进京，联手前田利长予以镇压。保卫自己领地的责任，让筱原出羽与前田利长重用的属下承担！

"我还要对两个儿子说的是，交战时勿在自己的领地内进行。即便只有一步也必须进入敌人领地交战。这是关键。如果你们被压在领地内迎战，我会在那个世界不高兴的。织田信长阁下从小领主开始一直是必须踏入敌人的境内拉开交战序幕，而且频频获胜。"

前田利家还说：

"在金泽的金银以及各种用具都给前田利长，三年内不要运到加贺。三年里如果世上发生什么骚乱，则可以随时作出决定！"

上述内容刊登在《加能越三州志》里。前田利家预见到三年内可能发生什么战争（关之原战是这第二年发生的），也预见到德川家康讨伐加贺的可能性，为此留下了遗训。

《宽政重修家谱》说，骚乱发生后，为了重归于好，前田利家带病从大坂去伏见拜访德川家康，德川家康为答谢去大坂访问前田

利家。这时，前田利家已经身患重病，好不容易起床接待，但他见
到德川家康后合掌拜托说：

"我老了，已经重病缠身，在世上的日子已经不长了，吾儿前
田利长的事就托付阁下，完全拜托阁下。"

但是，这说法不合情理。这书出自以江户时代许多作家撰写的
作品为基础写成，不用说各位作家是站在讨好德川家族的立场写的。
我相信《三州志》的陈述。

有关前田利家弥留之际的情景在《关原军记大成》里。夫人御
松来到前田利家枕边哭着

"阁下从年轻时开始频频打仗，杀人无数，罪逆深重，一想到
来世如何就会惊恐万状，因而给您缝制白色寿衣，望您穿上它。"

前田利家说：

"我凑巧出生于乱世而且成为武士，不得不出阵打仗，也不得
不杀人。但是我不曾为非正义而杀人，有何罪落入地狱呢？如果错
落到地狱而受鬼斥，那我会率领先于我死亡的家臣们讨伐地狱。切
勿无谓的担忧！我从彼岸留恋人世，担心丰臣秀赖陛下。如果老天
再增加鄙人五六年寿，那我必将看着丰臣秀赖陛下坐稳天下后离开
人世。可我实在放心不下啊！"

就在病情加重临终之际，前田利家取过竖立一旁的新藤五国光
短刀，连同刀鞘刺入胸膛，呻吟两三声后气绝身亡。

这太过于小说化。

面对白色寿衣，前田利家笑着谢绝：

"我穿那样的寿衣，后辈们的心更会哭个不停。"

话音刚落，女侍们一起失声痛哭，哭声传到大门外。

《亚相公御夜话》的记载有根有据。

《关原军记大成》的记述过于小说化，但前田利家的心情确实如此，毋庸置疑。

可谓前田利家是幸运的武将，年轻时以无用非凡的武士闻名列岛，但在武将作用的发挥上，除末森城后卷外没有值得一读的内容。他没有指挥过大战，也可能没有那样的能力。他不是谋臣，但他拥有好友丰臣秀吉，他也因丰臣秀吉出于政治战略上的考量而一跃成为大领主，登上大纳言官高位。

可是，如果他没有当时社会上稀有的笃实、诚信和忠义之心，即便丰臣秀吉也不会那么重用他。可以说，前田利家的幸运是由于持有笃实诚信忠义之心而获得的吧！